Schwingfest

Blanca Imboden

Schwingfest

Verliebt in einen Bauern

WÖRTERSEH

Lektorat: Andrea Leuthold, Zürich
Korrektorat: Claudia Bislin, Zürich
Umschlaggestaltung: Thomas Jarzina, Holzkirchen
Foto Umschlag vorn: Composing aus © www.istockphoto.com/
HuntImages (Hund) und © Paolo Foschini (Hose)
Foto Umschlag hinten: @ Thomas Jarzina
Layout, Satz und herstellerische Betreuung:
Rolf Schöner, Buchherstellung, Aarau
Druck und Bindung: CPI – Ebner & Spiegel, Ulm

Print ISBN 978-3-03763-067-9
E-Book ISBN 978-3-03763-597-1

www.woerterseh.ch

MIX
Papier aus verantwortungsvollen Quellen
FSC® C083411

Ich will den Zwerg nicht töten

»Das ist doch einfach schlechter Journalismus!«, schimpfe ich und knalle die Zeitung auf den Frühstückstisch. Meine Katze Klara, die gerade versucht hat, mir hinter meiner aufgeschlagenen Zeitung den Käse vom Teller zu stibitzen, springt erschrocken vom Tisch. Ich nehme das Blatt noch einmal zur Hand und lese kopfschüttelnd den Bericht, Wort für Wort.

Da hat also offensichtlich ein Luzerner Hotelier die Medien eingeladen, um eine großartige Neuheit in die Schweiz hinausposaunen zu lassen: Es gibt jetzt Katzenkaffee, vierzehn Franken die Espressotasse.

Katzenkaffee!

Wäre heute der 1. April, könnte ich herzhaft darüber lachen. Aber nein, es ist kein Scherz. Im Gegenteil! In Südostasien wird der Fleckenmusang, eine Schleichkatze, vom Baum in die Käfigbatterie »umgesiedelt« und dort mit roten Kaffeekirschen gefüttert. Diese werden dann im Verdauungstrakt der Tiere durch deren Magensäfte leicht gegärt und von Bitterstoffen befreit. Und am Ende presst das Käfigkätzchen, palim, palim, eine perfekte Kaffeebohne ins Katzenklo. Dieser Edelkaffee bringt geröstet locker zweihundert Franken das Kilo in die Kasse der Importeure. Es ist kaum zu fassen. Grimms Goldesel lässt grüßen.

»Vierzehn Franken für aufgebrühte Katzenkacke!«, rufe ich aus. »Wer braucht denn so was? Dekadenter Blödsinn! Da tragen die feinen Damen keinen Pelz mehr, andere sind Vegetarier oder sogar Veganer, kaufen nicht einmal mehr Lederschuhe, und jetzt kommen die mit so was daher! Die Haltung der Schleichkatzen werde kontrolliert, sagen die Produzenten. Kontrolliert!?«

Meine Hauskatze Klara schaut mich aus sicherer Entfernung verwundert an und schleicht sich davon.

»Pass bloß auf, Klara. Wenn du weiter meinen Käse klaust, füttere ich dich auch mit Kaffeebohnen!«, drohe ich ihr. »Und dann werde ich reich mit deiner Katzenkacke.«

Jetzt muss ich selber lachen.

Ja, ich kann mich herrlich aufregen, aber ich kann genauso schnell wieder lachen, auch über meine eigene Aufregung. Schon die Vorstellung, ich müsste Kaffeebohnen aus Klaras Katzenklo herauspicken, erheitert mich.

Trotzdem: Warum musste der Journalist das so unreflektiert, unkommentiert ins Blatt stellen? Er hätte doch wenigstens ein paar kritische Stimmen einholen können, wenn er schon selber nicht den Mut zu einem Kommentar hatte. Aber klar, vielleicht ist die Katzenkackekaffeebohnenrösterfirma oder der Hotelier ein wichtiger Inserent, und dann darf man heutzutage natürlich weder den einen noch den anderen kritisieren.

»Übelst!«

Warum ich so gehässig bin?

Ich gebe es zu: Das ist nur der Neid, der pure Neid auf jede angestellte Journalistin, auf jeden festen Job auf einer Zeitungsredaktion, auf jede Zeitung, die noch nicht gestorben ist und Mitarbeiter bezahlen kann.

Warum ich Selbstgespräche führe?

Na, mit wem soll ich denn reden, ich bin ja – mal abgesehen von Klara – mausbeinallein hier in meinem Home-Office.

Seit meine Zeitungsredaktion geschlossen wurde, einfach wegrationalisiert, und ich mich selbständig gemacht habe (mehr zwangsläufig als freiwillig), fehlen mir meine Kollegen.
So einfach ist das.
Aber mir fehlt noch mehr.
Mir fehlt eine Tagesstruktur, das regelmäßige Einkommen, manchmal überhaupt ein Einkommen, und ich vermisse den täglichen Austausch mit Arbeitskollegen. Schon die paar Begrüßungsworte am Morgen, die sich meist nur ums Wetter drehten, schafften eine Atmosphäre, ein Zusammengehörigkeitsgefühl, einen Teamgeist. Die kleinen Meetings am Kaffeeautomaten dienten Klatsch und Tratsch. Die gemeinsamen Mittagessen waren eine fröhliche Büro-Flucht, ein gelebtes Miteinander. Bei den Feierabend-Treffs konnte man den Tag reflektieren, sich anfreunden, jammern und jubeln. Und ich gehörte dazu.
Heute bin ich bloß Freiwild, ein einsamer Geist, der zu Hause auf Aufträge wartet und daher ständig sein iPhone im Auge behält, um auch ja keinen Anruf zu verpassen und auf jeden Fall allzeit bereit zu sein.
Natürlich habe ich im Gegenzug Freiheit, Unabhängigkeit und Selbständigkeit bekommen. Und ich muss nicht mehr über Dinge schreiben, die mich anwidern, wie zum Beispiel über Katzenkaffee. Ich habe keine Probleme mehr mit meinem Arbeitsweg, keine Staus, keine Autopannen, muss nicht mehr in aller Herrgottsfrühe Schnee schaufeln und mit klammen Fingern das Eis von zugefrorenen Autoscheiben kratzen. Keiner kontrolliert meine Arbeitszeiten oder meine Privatgespräche. Niemand sagt mir, was ich tun und lassen muss. Keiner nervt mich. Ich kann den Radiosender selber wählen und muss mich nicht mehr mit volkstümlichen Schlagern volldudeln lassen. Auch muss ich nicht mehr mit Frauen im Klimakterium über die Raumtemperatur diskutieren.

Ich habe Ruhe zum Arbeiten, weil ich keine fremden Telefonate mitanhören muss oder in irgendwelche Streitereien über die Länge des Leads oder die Relevanz eines Artikels hineingezogen werde. Endlich besteht kein Zwang mehr zu reißerischen Schlagzeilen, zu Boulevard, endlich gibts kein Rennen mehr um den großen Primeur. Und meine flexiblen Arbeitszeiten sind wirklich flexibel: Bei besonders schönem Wetter gehe ich wandern. Wenn es heiß ist, gebe ich mir hitzefrei. Wenn es mir nicht gut geht, bleibe ich einfach mal im Bett.
Was für ein großartiges Leben!
Nur leider hat mein neuer Job Nebenwirkungen: immer wieder Anfälle von akuter Existenzangst.
Außerdem rede ich mit meiner Katze über Gott und die Welt, und – als wäre dies nicht schon schlimm genug – manchmal texte ich sogar meine Bananenpflanzen zu.
Dafür sitze ich morgens ausgeschlafen und putzmunter am Frühstückstisch, und keiner muss sich an meinem wilden braunen Haarschopf stören, wenn er sich nicht zu einer Frisur bändigen lässt. Zu sagen, ich hätte Locken, wäre beschönigend. Auf meinem Kopf findet eine Art ständiger Aufstand statt, den ich nur mit chemischen Mitteln niederschlagen kann. Und wer nimmt schon gern am frühen Morgen freiwillig eine erste Nase voll Haarspray?

Pling.
Ups, ist es schon neun?
Immer um Punkt neun meldet sich meine Glückskeks-App mit einem penetranten »Pling«. Auf dem Bildschirm meines smarten Phones erscheint ein animierter Glückskeks, der raschelt und knuspert, sich aus seiner bunten, glänzenden Hülle befreit und mir dann – auf einem virtuellen Papierstreifchen – einen weisen Spruch mit auf den Lebensweg gibt.

Jeden Tag.
Immer um neun.
The same procedure as every day.
Nein, ich habe diese App gewiss nicht gekauft oder gar freiwillig heruntergeladen. So einsam bin ich dann doch noch nicht. Mein Bruder Beno hat sie mir geschenkt, weil er sie selber programmiert hat. Da kann man als stolze Schwester kaum Nein sagen. Und so werde ich nun täglich mit einer Lebensweisheit versorgt.
»*Größe tötet den Zwerg*« steht auf dem Zettel im digitalen Glückskeks von heute.
Größe tötet den Zwerg?
Ich könnte schreien.
Größe tötet den Zwerg?
Um Himmels willen, was will mir der Glückskeks damit sagen?
Spontan rufe ich meinen Bruder an und beschimpfe ihn: »So ein saublöder Spruch, Beno! Der wird mich jetzt den ganzen Tag über verfolgen, wie ein Ohrwurm, nur weil ich ihn nicht verstehe und somit ständig grübeln muss, was mir dieser bescheuerte Glückskeks wohl sagen will. War das Absicht? Ich kann mir direkt dein hinterhältiges Grinsen vorstellen, als du diesen Spruch programmiert hast. Bloß weil ich dich mal für die flachen, einfallslosen Sprüche kritisiert habe, die alle schon so ausgelutscht und altbekannt waren.«
Mein Bruder lacht ins Telefon und schimpft zurück: »Na hör mal, hast du eventuell deine knappen fünf Minuten? Wer nimmt denn diese Sprüche ernst? Nur du. Denkst du wirklich, ich programmiere die selber? Glaubst du tatsächlich, ich würde meine eigenen App-Sprüche lesen?«
Am Ende gibt er mir den Rat, Google zu bemühen.
»Ey, ich muss an eine wichtige Sitzung«, ranzt er mich an, »und ich habe echt keine Zeit für deinen Zwergenkram!«

Ich höre nur noch kurz sein Lachen, und dann herrscht Stille. Er hat einfach aufgelegt.
Zwergenkram!
Größe tötet den Zwerg.

Auch Google kann nicht helfen. Der Spruch ist anscheinend bekannt, aber eine Erklärung bietet keiner. So gebe ich meine Ratlosigkeit schadenfroh an meine Facebook-Freunde weiter. Sollen die doch mal zeigen, was sie so drauf haben. Ich kann einen Spruch nicht einfach lesen und vergessen. Das ist wie bei einem Ohrwurm, einem Hit, der eine Zeit lang gnadenlos den ganzen Tag auf allen Kanälen rauf und runter gespielt wird und sich im Gehörgang festkrallt wie eine Zecke. Wobei ich manche Hits auch mag, im Gegensatz zu diesem Zwergenkram. So ein Zwergenspruch ist Folter für eine Texterin.

Ein Gutes hat das Ganze: Ich finde Inspiration, die Muse küsst mich, und ich haue vergnügt eine Kolumne über die zunehmende Verbreitung von Glückskeksen in die Tasten. Sogar meine Mutter legte mir neulich einen neben meine Kaffeetasse. Sie redete von einem alten chinesischen Brauchtum. Inzwischen weiß ich, dass das gar nicht stimmt. Die Japaner brachten die Glückskekse nach Amerika, und von dort wurden sie erst in den Neunzigerjahren nach China ausgeführt.
Dass diese Kekse wie süße Knusperpappe schmecken, scheint niemanden zu interessieren, denn die Ratschläge, Hinweise, Prophezeiungen und Rätsel auf den kleinen eingebackenen Papierchen scheinen genau das zu sein, was die Menschen brauchen, heute, wo keiner mehr im Kaffeesatz lesen kann, jeder aber im Alltag nach einer Prise Magie und Orakel lechzt. Schade eigentlich nur, dass die Sprüche nicht etwas pfiffiger und überraschender daher-

kommen. Wie schön wäre es doch, man könnte mal etwas lesen wie:

Dein dicker Hintern steht dir gut.
Bleib so, wie du bist.
Glückskekse sind kalorienfrei.
Achtung, dieser Tag könnte Spuren von Müssen enthalten.
Weniger Botox, mehr Mimik.
Deine Waage belügt dich.
Lies mal wieder ein Buch!

Unter dem Titel »Ich will den Zwerg nicht töten« gelingt mir eine witzige Kolumne, und ich versöhne mich daher augenblicklich mit meinem Bruderherz und mache nebenbei unauffällig Werbung für seine App. Perfekt.
Nach eineinhalb Stunden schicke ich die Kolumne an mehrere Adressen und hoffe, einer meiner regelmäßigen Auftraggeber kauft sie.

Zwergenkram!
Beno und ich sind Zwillinge. Wir sehen total unterschiedlich aus, denken völlig anders, sind zwei grundverschiedene Menschen. Aber wir stehen uns nahe. Sehr nahe. Es ist verrückt: Wir hatten beide die gleiche Ausgangslage, das gleiche Elternhaus, anfangs auch die gleiche Schulbildung. Aber aus Beno ist der große Sieger geworden, Mister Reich-und-schön, und ich wurstle mich immer bloß irgendwie durchs Leben. Wären wir Fremde, würden unsere beiden Leben sich wohl gar nie berühren. Doch, möglicherweise schon: Ich würde vielleicht für irgendeine Zeitung ein Porträt über den erfolgreichen Geschäftsmann Beno Betschart schreiben, wenn er mal wieder einen Innovationspreis oder dergleichen

gewonnen hat. Im schlimmsten Fall würde ich bei ihm putzen. Aber – wir sind Zwillinge. Und so darf ich ihn auch mal beschimpfen, und er kann zurückschimpfen – und die Welt bleibt weiterhin in Ordnung. Wir sind unzertrennlich, auch wenn wir uns oft nicht verstehen und uns manchmal tüchtig auf den Glückskeks gehen: Da ist ein imaginäres Band, das wir beide spüren und schätzen und das hoffentlich ewig hält.
Schade, dass ich dieses Gefühl bei meinem Theo nicht habe. Jedenfalls nicht vergleichbar intensiv. Dabei weiß ich tief im Innern: Es müsste so sein, wenn man sich wirklich liebt. Man müsste sich fühlen wie Zwillinge, so, als wäre man nicht ganz vollständig ohne den anderen, als gäbe es eine ewige, unzerstörbare innere Verbundenheit, von der man weiß, dass sie alles übersteht. Müsste, gäbe, wäre.
Nun, zurzeit ist er sowieso nicht hier. Er macht auf Teneriffa, nein, nicht Ferien, er leitet die Revision der Seilbahn auf den Teide. Als Seilbahntechniker reist er um die halbe Welt, überallhin, wo es Anlagen der Kabinata gibt. Manchmal, in besonders stillen, ehrlichen Momenten denke ich, dass wir genau deshalb nach vier Jahren noch immer zusammen sind: weil wir so oft getrennt sind und keine gemeinsame Wohnung haben. Aber ganz ohne Theo kann ich mir die Welt halt auch nicht vorstellen.

Ich checke meine E-Mails und habe Grund zur Freude: Das Magazin »Frauenpower« hat meine Glückskeks-Kolumne gekauft. Schön. Das ist ein gutes Gefühl. Ich kann es noch. Ich erreiche die Leser. Ich habe Ideen. Ich atme tief durch und erlaube mir eine Weile lang, nicht weiter an mir zu zweifeln.
Auf Facebook schaue ich mir die unbeholfenen Versuche meiner Freunde an, den Zwergenspruch zu deuten. Ihre Ratlosigkeit belustigt mich.

Edi: *»Mit dem zufrieden sein, was man hat. Wenn man zu groß wird, verliert man den Boden unter den Füßen.«*
Conny: *»Dämlicher Spruch.«*
Katrin: *»Sobald du groß bist, bist du nicht mehr klein? Erwachsensein geht auf Kosten der Kindheit?«*
Alfons: *»Mit Größe sollte nicht die körperliche Größe gemeint sein. Und mit dem Zwerg vielleicht so etwas wie der innere Schweinehund?«*
Charly: *»Hat das was mit der EU zu tun?«*
Madeleine: *»Der Inhalt (Zwerg) sollte der eigenen Hülle gerecht werden. Will er größer scheinen, als er ist, geht seine eigene Kostbarkeit verloren.«*
Roswitha: *»Das Ganze will innerpersonal gesehen werden. Deine Größe (in dir), also das Kraftvolle, Gereifte, Entwickelte, zerstört das Zwergenhafte in dir. Zwergenhaft könnte das unausgereifte, im Wachstum zurückgebliebene, Prollige, Unscheinbare, Kindische sein.«*
Lena: *»Der Satz hat mich verfolgt. Könnte es nicht umgekehrt sein: Größe schafft den Zwerg? In einer Welt, in der es nur Zwerge gäbe, bräuchte es das Wort Zwerg nicht. Erst wenn Größe beziehungsweise Größeres dazukommt, wird der Zwerg als Zwerg erkannt.«*

Ich liebe Facebook. Hier finde ich Unterhaltung, Ablenkung, oft auch Infos und Hilfe; Inspiration für Kolumnen sowieso.
Mein Theo hat ein paar Fotos vom 3718 Meter hohen Teide eingestellt. Er arbeitet rund 150 Meter unter dem Gipfel am höchsten Berg Spaniens. Ich beneide ihn um den Aufenthalt auf der sonnigen, warmen Insel, weiß aber auch, dass er nicht besonders gern dort ist. »Wir können nur nachts arbeiten, weil der Betreiber keinen Betriebsunterbruch will. Und du weißt, ich arbeite nicht gern nachts«, hatte er mir seinen Job auf den Kanarischen Inseln schon im Voraus beschrieben.

Meine Freundin Trix macht gerade Wanderurlaub auf Mallorca. Auch sie zeigt Fotos auf Facebook. Berge und Meer, Sonne und blauer Himmel, idyllische Wege mit Aussicht.
Okay, jetzt bin ich tatsächlich neidisch.
Glückspilze.
Ich schalte den Computer aus.

Sogar beim Einschlafen denke ich noch an den Glückskeks. Irgendwann beschließe ich, dass mir der Spruch wohl sagen will, dass ich bescheiden bleiben soll.
Vielleicht will er mir aber auch sagen, ich solle meine Bescheidenheit endlich ablegen?
Die Frage ist doch: Bin ich die Größe oder der Zwerg?
Nein! Jetzt dreht es sich wieder, das Gedankenkarussell.
Als Klara zu mir auf die Bettdecke springt, lasse ich sie einmal mehr gewähren, streichle ihr sanft übers Fell und werde dabei endlich ruhig und schlafe ein.

Ich bin noch lange nicht überfällig

Ich schreibe gerade die Texte für die Website eines Heilpraktikers und Naturarztes, der Pasten in Tuben und Töpfchen und allerlei Tropfen für Gesundheit, Schönheit und ewiges Leben anbietet. Und natürlich für die Bekämpfung allerlei Gebresten. Über Dinge zu schreiben, von denen ich nichts verstehe, das fällt mir auch heute noch schwer, aber es ist möglich. Ich halte mich an die Vorlagen, bemühe das Internet, klammere mich an die Notizen meiner ausführlichen persönlichen Gespräche mit dem Hersteller. Warum er die Texte nicht selber schreibt, wo er doch so viel Zeit braucht, mir die Produkte zu erklären? Weil er es wohl nicht kann. Vielleicht hat er aber auch eine Lese- und Schreibschwäche? Ich weiß, dass der Mann Mühe hat, sich einfach und allgemein verständlich auszudrücken. Die Texte zu den jeweiligen Produkten müssten vom Pizzabäcker ebenso verstanden werden wie von der Paläontologin, betont er immer wieder. Ich versuche, mir die beiden vorzustellen, wenn ich über kolloidales Silber, organisches Silizium oder Lupineneiweiß schreibe. Werden die dieses Zeug wirklich kaufen?

Einmal mehr wird mir bewusst, dass mich meine neue Freiheit nur beschränkt frei macht. Natürlich möchte ich nicht wirklich über Produkte schreiben, deren Nutzen oder Schaden ich gar nicht beurteilen kann. Aber was tut man nicht alles für Geld, für die Miete, für die Krankenversicherung, für das kleine Auto, das schöne Fahrrad, das edle Katzenfutter?

Neulich meinte Theo, ich könnte mir das Leben wesentlich leichter machen, indem ich bei ihm einziehen würde. Seine Wohnung sei riesengroß und stehe zu oft leer.

»Wir könnten auch heiraten«, erwähnte er so beiläufig, als ginge es um die Anschaffung eines Wasserkochers. »Das würde deinen Existenzängsten ein Ende bereiten. Du könntest endlich den Roman schreiben, von dem du immer redest. Wir sind doch jetzt schon vier Jahre zusammen. Was meinst du? Sind wir nicht langsam überfällig?«

Die Art, wie Theo mir so ganz nebenbei einen Heiratsantrag machte, ist symptomatisch für unsere Beziehung, fern von Romantik und Leidenschaft. Leider. Für ihn ist es der Gipfel der Romantik,

wenn er mit mir ein Fußballspiel im Fernsehen anschaut und auf dem Beistelltischchen eine Kerze brennt. So tickt Theo.
Ich war einen Moment lang sprachlos. Ich meinte gar nichts. Überfällig?
Wir könnten auch heiraten?
Ich muss ihn völlig schockiert angeschaut haben.
»Denk darüber nach«, sagte er nur, unbeeindruckt von meiner Reaktion, küsste mich auf die Nasenspitze und verschwand für zwei Monate nach Venezuela, um irgendeine rekordverdächtige Superseilbahn zu bauen. Danach haben wir das Thema nicht mehr angesprochen.
Also arbeite ich fleißig weiter wie bisher und schreibe halt auch mal Werbetexte für meinen Quacksalber, wie ich ihn ab und zu scherzhaft nenne. Mike ist ein sympathischer Kerl, lebt für seine Produkte, glaubt an deren Wirksamkeit und an mich und zahlt mich entsprechend gut.
Und ja, ab und zu träume ich davon, einen Roman zu schreiben. Ein dickes Buch voller Herz und Schmerz, alles nur meiner romantischen Fantasie entsprungen, ohne klar umrissenen Auftrag. Irgendwelche Träume hat doch jeder!

Meine Katze liebt es, wenn ich zu Hause bin. Sie streunt viel weniger durch die Gegend, seit ich so oft daheim arbeite. Klara ist ein anhängliches Tier, eine treue Seele, ein Stubentiger. Sie liebt mich – auf ihre eigene Art. Manchmal beschenkt sie mich mit halb lebendigen beziehungsweise halb toten Tieren. Sie legt sie vor mich hin wie kostbare Jagdtrophäen. Das ist der Glücksfall. Denn wenn ich Pech habe, versteckt sie die Viecher irgendwo in der Wohnung, wo ich sie dann erst Wochen später finde. Igittigitt.
Klara, die stolze Jägerin.
Wenn Theo auftaucht verschwindet sie.

Will sie mir damit etwas sagen?
Ich glaube eigentlich nicht wirklich, dass Tiere die besseren Menschenkenner sind.
Von wegen Menschenkenner: Lass mich den Klingelton deines Handys hören, und ich sage dir, wer du bist … Ich staune ja immer wieder, was die Leute für Klingeltöne haben und wie lange es jeweils dauert, bis sie darauf reagieren. Mein iPhone meldet sich neuerdings mit einem intensiven Grillenzirpen, und Klara wird halb verrückt deswegen. Ich hingegen mag das Gezirpe sehr, weil es mich nicht erschreckt, und falls es mal in der Öffentlichkeit losgeht, klingt es nicht so penetrant und durchdringend.
Gerade zirpen sie wieder, die Grillen, und Klara kriecht unter das Sofa.
»Hallo Bea!«, meldet sich Claudine, die Redaktionsleiterin von »Frauenpower«, meiner Lieblingsarbeitgeberin. »Ich habe einen schönen Auftrag für dich«, sagt sie und lacht, was außergewöhnlich ist, denn sie ist kein besonders sonniges Gemüt, mehr so eine Frau, deren Glas ständig halb leer ist. Ich selber bin ja eine unbelehrbare Optimistin mit immer halb vollem Glas. Jetzt bin ich gespannt, was Claudine unter einem schönen Auftrag versteht.
»Kennst du Sämi Schuler? Er wohnt in deinem Dorf.«
Nein, ich kenne ihn nicht. Bloß weil ich in einem Dorf wohne, kenne ich noch lange nicht jeden, aber das kann sich eine Zürcher Stadtfrau wohl nicht vorstellen. In Ibach wohnen inzwischen 4500 Menschen, wenn auch nicht so eng zusammen wie in Zürich, wo inzwischen bereits über 400 000 Leute leben.
»Was ist mit ihm? Sieht er gut aus? Ist es ein Prinz?«, frage ich neugierig.
»Fast. Mindestens etwas Ähnliches. Er ist der ›May Boy‹ im ›Bauernkalender für die Frau‹. Ein ganz besonders knackiger Kerl. Wir möchten gern wissen, warum sich ein Bauer mit entblößtem

Oberkörper im Stall fotografieren lässt. Ist er einsam, vielleicht auf Frauensuche? Keine Ahnung. Finde das für uns raus. Nur Text, keine Fotos; für die Bilder schicken wir Sabrina bei ihm vorbei. Er hat schon zugesagt. Bist du dabei?«

»Aber sicher. Ich werde einen schönen Mann besuchen und erst noch Geld dafür bekommen – ich wäre ja schön doof, wenn ich so einen Auftrag ausschlagen würde!«

Wir lachen beide, und das ist ein gutes Gefühl, vor allem deshalb, weil Claudine die Frau ist, die mir die besten, spannendsten Jobs verschafft – verschaffen kann –, wenn sie denn will. Gemeinsames Lachen ist also gut. Sehr gut.

»Ich maile dir Details, seine Kontaktdaten und das Kalenderblatt«, verspricht mir Claudine und verabschiedet sich.

»Ja, unbedingt, vor allem das Kalenderblatt«, ich lächle vor mich hin.

Es gibt schlimmere Jobs ...

Die E-Mail von Claudine kommt umgehend. Ich schaue mir den Bauern an.

Nein, wirklich!

Wir hatten uns auf der Redaktion schon immer ein wenig über den Bauernkalender lustig gemacht. Über die weibliche und die männliche Ausgabe. Und auch jetzt muss ich über das Kalenderblatt mit Sämi Schuler lachen. Ein schöner Mann, keine Frage, aber auch ein unglaublich gestelltes, gestelztes Bild. Diese Fotoartisten versuchen immer, irgendetwas zu inszenieren, eine Art künstliche Erotik zu schaffen, und erreichen damit das pure Gegenteil. Einen bildhübschen Mann wie diesen Sämi, den kann man doch einfach mit freiem Oberkörper im Stall arbeiten lassen, das reicht schon. Dann drückt man den Auslöser, und fertig. Aber nein, hier wurde wieder mal stundenlang auf- und umgebaut, gestylt, geschminkt, eingeölt und besprochen, Lichter und Lampen positioniert, und am Ende wirkt dann eben nichts mehr natürlich.

Sämi ist schön. Ich schaue ihn an und wundere mich über mich selbst. So halb ausgezogen hat er zweifellos etwas unerhört Anziehendes, aber es fällt mir schwer, zu analysieren, woran es liegt. Ist es der muskulöse, braun gebrannte Körper oder sein herzliches Lächeln? Sind es die liebenswerten Fältchen rund um die blauen Augen, seine blonden Locken, ungekämmt und verwuschelt? Ist es der Dreitagebart?

Plötzlich ertappe ich mich dabei, wie ich das Foto auf dem Bildschirm berühre, wie ich mit meinen Fingerspitzen über seine Lippen streiche.

Absolut bescheuert!

Nun muss ich über mich selber lachen.

Und den Kopf schütteln.

Ja, ich wundere mich wirklich – sehr.

Ich bin dem Zauber dieses Kerls ganz offensichtlich voll erlegen. Vielleicht bin ich einfacher gestrickt, als ich selber glauben möchte? Oder das Fototeam hat tatsächlich einen verdammt guten Job gemacht, und ich muss mich für meine Kritik entschuldigen?

Auf jeden Fall brenne ich nun darauf, Sämi kennen zu lernen. Sofort mache ich Nägel mit Köpfen und rufe ihn an. Seine Stimme klingt nett. Wir sind gleich per Du und verabreden uns für den späten Montagnachmittag, irgendwann ab 15 Uhr.

»Falls ich nicht grad auf dem Hof bin, ruf mich an. Wir stellen neue Zäune auf«, erklärt er und verabschiedet sich freundlich.

Ich freue mich auf die Begegnung!

Ich schreibe gern Porträts. Das kommt meiner natürlichen Neugierde entgegen. Ich darf Menschen zu Hause besuchen, in ihr Privatestes hineinschauen und sie gnadenlos ausfragen. Mein

Chef bei der leider nicht mehr existierenden Zeitung fand immer, ich hätte ein goldenes Händchen für Porträts. Ja, ich finde schnell einen Zugang zu meinem Gegenüber, sodass ich die Leute oft vor sich selber schützen muss, weil sie mir zu viel erzählen, Dinge zum Beispiel, die nicht in eine Zeitung oder in eine Zeitschrift gehören, Geschichten, die ihnen schaden könnten.
Doch heute ist Quacksalber-Tag, und ich schreibe keine Porträts. Ich arbeite mich durch Produkteinformationen, schreibe Texte für alle Konsumentinnen der Welt und versuche zuerst einmal, selber zu verstehen, was ich in verständliche Worte fassen soll: Inka-Gold, ozonisiertes Olivenöl, organischer Schwefel, Flohsamenschalenpulver … Ich suche und finde Worte, preise die Produkte an, als würde ich sie tagtäglich selber verwenden, ich arbeite konzentriert, speditiv und vergesse Sämi.
Flohsamenschalenpulver!
Klingt wie die kleine Schwester von Katzenkacke.
Zwergenkram.

Harry und Sämi

Ein wunderschöner Apriltag.
Heute fühlt es sich wie Frühling an. Die Vögel zwitschern, und die Sonne wärmt. Was bin ich froh, dass der Winter endlich vorbei ist und der allerletzte Schnee geschmolzen. Ich bin durch und durch ein Sommermensch.
Meine App mit den schlauen Glückskeks-Sprüchen hat heute ver-

kündet, bewegte Gedanken gebe es nur in einem bewegten Körper. Diese Message habe ich verstanden – danke, Bruderherz! Ich hole mein Fahrrad aus dem Keller, pumpe, fröhlich vor mich hin summend, die Reifen auf und radle dann gut gelaunt zu meinem bäuerlichen Rendezvous.
Sämis Hof liegt am Dorfrand von Ibach, Richtung Brunnen, rechts, mitten im offenen Feld. Als ich auf den Kiesweg einbiege, rennt mir ein bellender Berner Sennenhund entgegen. Er wedelt mit dem Schwanz, tänzelt um mein fahrendes Rad herum, bis ich fast vom Sattel falle. Gerade rechtzeitig ertönt ein lauter, schriller Pfiff, und der aufgeregte Hund steht da wie angewurzelt. Allerdings nur einen kleinen Moment lang, dann macht er kehrt und rennt zurück zum Hof, wo ein Mann auf ihn wartet. Das wird wohl Sämi sein. Ein schönes Bild: der Bauer mit seinem Hund. Ein großer, kräftiger, attraktiver junger Mann. Er lächelt mir entgegen, und mein Herz wird warm. Leicht verlegen bringe ich mit einer wuschelnden Geste meine wilden Locken in Ordnung und steige vom Rad.
»Entschuldige die ungestüme Begrüßung. Das ist Harry, der Hofhund. Er dreht jedes Mal fast durch, wenn jemand kommt. Aber einen Eindringling abwehren, das würde er nie. Er mag Besucher.«
Sämi reicht mir seine Hand. Sie ist rau und so groß, dass meine fast in ihr verschwindet. Sein Händedruck ist angenehm kräftig und sein Lächeln ein echter Eisbrecher.
»Ich mag Besucher auch gern«, sagt er charmant, und zeigt mit einer einladenden Armbewegung Richtung Haus.
Was für ein Mann! Schon lange hat mich keiner mehr so aus der Fassung gebracht. Ich bin ein bisschen irritiert. Schließlich habe ich meinen Theo. Andere Männer interessieren mich eigentlich nicht. Natürlich habe ich Kollegen, Freunde, und mir fällt auf,

wenn ein Mann besser aussieht als andere, und schaue dann gern zweimal hin. Aber ich habe trotzdem noch nie einen Mann so wahrgenommen wie diesen hier. Während ich hinter ihm hergehe, stelle ich irritiert fest, dass er die wildesten Fantasien in mir freisetzt und längst vergessen geglaubte Sehnsüchte aufkommen lässt. Im Treppenhaus zieht der schöne Bauer seine Stiefel aus, schlüpft in Hausschuhe und führt mich in seine Wohnung im zweiten Stock. Sie ist sauber, hell und geräumig und aufgeräumt. Die Kuckucksuhr im Wohnzimmer amüsiert mich. Vor dem extrem großen Fernseher, einem neuen Modell mit gekrümmtem Bildschirm, steht ein bequemer Sessel, auf dem ein Schaffell liegt. Interessiert werfe ich einen Blick auf einen beachtlichen Stapel Fotobücher über exotische Länder auf der Kommode. Obendrauf sitzt ein alter Teddybär, der leider nur noch ein Auge hat. Ein Einaugen-Bär.

»Die Wohnung ist neu renoviert, ich fühle mich sehr wohl hier«, sagt Sämi und lacht mich an.

Harry rennt von Raum zu Raum, als müsste er alles kontrollieren oder würde jemanden suchen. Schließlich legt er sich umständlich in seinen Korb und beobachtet mich.

Sämi bietet mir Apfelsaft an. »Konservierter«, wie er erklärt. Ich mag ihn trotzdem. Den Saft.

Ich rufe mein professionelles Ich auf den Plan, richte mein iPhone für die Aufnahme unseres Gesprächs ein und stelle meine erste Frage.

»Wie bist du in diesen Bauernkalender gekommen?«

Sämi lacht. »Meine Nichte Martina hat mich angemeldet. Und dann wurde ich ausgewählt. Und angefragt. Und ich dachte: Warum auch nicht?« Es sei ja heute nicht mehr so, dass jeder Bauer nur auf seinem Hof hocke und arbeite und sich für nichts anderes als Landwirtschaft interessiere. Er finde es wichtig, dass

sich auch solche Bauern, wie er einer sei, in der Öffentlichkeit zeigen würden.
»Was für ein Bauer bist du denn?«, will ich jetzt natürlich wissen.
»Ein glücklicher.«
»Und wie wird man ein glücklicher Bauer?«
»Ich habe eine prima Arbeitsteilung mit meinem Vater. Wir haben einen Lehrling und einige Aushilfen. Der Hof hat genau die richtige Größe. Wir sind gut organisiert, strukturiert. Meine Mutter hilft mit, macht die Buchhaltung und so – meine Eltern wohnen übrigens im ersten Stock.«
Auf die Frage, was ihn denn sonst noch glücklich mache, sagt er: »Ich reise gern. Damit bin ich wohl ein sehr untypischer Bauer. Ende Jahr gibt es eine Abstimmung über den schönsten Bauern im Kalender. Der erste Preis ist eine Reise. Ein weiterer Grund für mich zum Mitmachen.«
Er zeigt auf ein paar vergrößerte Fotos an einer Wand, die ihn mitten in exotischen Landschaften zeigen.
»Würdest du dich als untypischen Bauern bezeichnen?«
»Hey, wir sind nicht alle gleich«, betont Sämi. »Nicht jeder Bauer ist automatisch in der SVP und hört Ländlermusik.« Er selber höre auch Rock, Reggae und Schlager und würde sicher nie einer Partei beitreten.
Ich könnte jetzt mit ihm über Politik reden, aber das interessiert die Leserinnen von »Frauenpower« kaum, also frage ich Sämi, was nicht nur sie, sondern auch mich interessiert: »Bist du Single?«
»Ja«, bestätigt er, »aber – bevor du fragst – so verzweifelt, dass ich in eine ulkige Fernsehsendung gehen würde, bin ich noch lange nicht. Ich war verlobt, aber am Ende wollte meine Freundin dann halt doch nicht auf einem Bauernhof leben.«
Sämi starrt ins Leere, atmet tief ein, es ist fast schon ein tonloses Seufzen. Da habe ich wohl einen wunden Punkt getroffen.

»Es heißt, dass man viele Zuschriften bekommt, wenn man im Kalender abgebildet ist. Nun bin ich gespannt, ob dann im nächsten Monat plötzlich der Briefkasten voll ist.« Jetzt lächelt er.
Am liebsten würde ich gleich hier und jetzt meine Zuschrift bei ihm deponieren.
Aber Job ist Job.
Es ist kein Problem, Sämi zum Erzählen zu bringen, die Stimmung zwischen uns ist locker und entspannt. Ich muss kaum etwas fragen, nur zuhören. Er macht mir meine Arbeit leicht.
»Ich bin gern Landwirt«, sagt er und unterstreicht das mit einem Nicken. »Natürlich unterliege auch ich vielen Zwängen, stehe um fünf Uhr früh schon im Stall. Die Kühe bestimmen den Tagesrhythmus. Aber sonst teile ich mir die Arbeit selber ein, halte mich viel draußen in der Natur auf. Ich habe immer ein Gefühl von Freiheit.«
Im nächsten Atemzug erzählt Sämi aber auch von den tausend Vorschriften und Normen, die es vom Bund aus zu erfüllen gebe, und von der zunehmenden Bürokratie.
»Es ist heute wichtiger denn je, dass ein Bauer gut ausgebildet ist. Sonst verliert er leicht den Durchblick.«
Er habe irgendwann aufgehört, sich gegen die Gesetze aufzulehnen, sich darüber aufzuregen, dass viele Regeln unverständlich seien und der ganze Papierkrieg völlig übertrieben sei. Er wolle sich nicht aufreiben.
»Es ist halt einfach schade, dass wir allgemein so wenig Wertschätzung erfahren. Wir tun sehr viel für das Wohlbefinden unserer Tiere, für die Umwelt, die Natur. Genau das, was man eben von uns erwartet. Und dann kaufen viele Schweizer billiges Fleisch aus dem Ausland, Äpfel aus Neuseeland und Erdbeeren aus Hinterindien.«
Sämi schweigt eine Weile und scheint nachzudenken.
»Neulich erzählte Bundesrätin Doris Leuthard im ›Donnschtig-

Jass‹ einen schlechten Witz«, fährt er schließlich fort. »Dieser solle von Bundesrat Johann Schneider-Ammann kommen, was das Ganze ja auch nicht besser macht. Schneider-Ammann habe sie also gefragt, ob sie wisse, warum die Bauern so wenig Haare unter den Armen hätten. Die Antwort: Weil der Bund ihnen ständig unter die Arme greift. – Ist das nicht beschämend, wenn eine Bundesrätin im Fernsehen so etwas von sich gibt? Absolut geschmacklos.«
Er schaut mich an, und ich nicke nur. Ich sage nichts, frage nichts. Muss ich auch nicht, Sämi ist definitiv ein guter Erzähler.
»Mein Vater und ich, wir sind ein super Team«, sagt er jetzt. »Und mein Bruder – er ist Lehrer – springt auch ab und zu ein, wenn Not am Mann ist. Der Lehrling hilft tatkräftig mit, und meine Mutter kümmert sich wie gesagt ums Finanzielle. So lässt sich die Arbeit wirklich gut einteilen. Ich war sogar schon einmal zwei Monate mit meiner damaligen Freundin in Amerika. Es ist wichtig, dass man seinen Hof auch mal verlässt und über seinen Misthaufen hinausblickt. Alles eine Frage der Organisation. Früher war ich sogar aktiver Schwinger und musste viel Zeit ins Training investieren. Auch das war möglich. Heute gehe ich immer noch gern an Schwingfeste und helfe beim Jungschwingertraining aus.«
Sämi schaut mich eindringlich an und betont nochmals, dass er ein glücklicher Bauer sei. »Landwirt zu sein, das ist eben kein Beruf, das ist eine Berufung. Es braucht die Liebe zum Job, zu den Tieren, zur Natur. Wenn man anfängt, Arbeitsstunden zu zählen und über seinen Lohn nachzudenken, hört man besser auf. Ich bin wirklich voller Idealismus Bauer geworden. Noch glücklicher wäre ich natürlich mit einer Frau an meiner Seite und einer eigenen Familie.«
Den letzten Satz sagt er ganz leise, und ich weiß jetzt schon, dass dies der Schlusssatz meiner Story wird.

Dann dreht Sämi den Spieß plötzlich um und versucht, mich zum Reden zu bringen: »Ich kann auch gut zuhören, jetzt erzähl du«, meint er, steht auf, geht in die Küche, um kurz darauf mit Kaffee und Keksen zurückzukommen.
»Magst du?«, fragt er und schenkt mir, ohne eine Antwort abzuwarten, Kaffee ein.
Und ich vergesse meine Rolle als Interviewerin und erzähle ihm tatsächlich von mir. Dass ich zwar ein positiver Mensch sei, aber doch nicht wirklich glücklich, weder in meiner Beziehung noch mit meiner beruflichen Situation.
»Ich helfe meiner Freundin Trix ein paar Tage im Monat in ihrer Buchhandlung aus. Sonst habe ich kein regelmäßiges Einkommen, und das ist nicht immer leicht. Manchmal hätte ich gern mehr Sicherheit.«
»Willkommen im Klub!«, meint Sämi. »Sicherheit ist etwas für Weicheier, für Beckenrandschwimmer.«
Wir lachen.
Zusammen.
Ein schönes, warmes, gemeinsames Lachen.
Wenn er wüsste, dass ich tatsächlich eine Beckenrandschwimmerin bin …
Aber ein Weichei?
Niemals.
Dann wird es still zwischen uns und unsere Blicke verfangen sich ineinander. Sämi hat Augen wie kleine Bergseen, kühl und blau, tiefgründig, anziehend. Ich möchte hineinspringen und darin untergehen. Wow, diese Begegnung geht unter die Haut. Es ist nicht nur sein Äußeres. Da ist mehr. Eine Verbindung. Ein Gefühl von Nähe, die nicht nur körperlicher Natur ist. Wir sitzen nebeneinander, und er müsste nur die Hand ausstrecken oder den Kopf ein wenig zu mir neigen …

Aber – Sämi steht abrupt auf.
»Jetzt haben wir wirklich lange geredet, und es ist spät geworden. Hast du Hunger?«
Ich nicke.
»Also komm«, sagt er und führt mich aus der Wohnung und über die Treppe nach unten. Harry folgt uns, munter mit dem Schwanz wedelnd.
»Wir können bei meinen Eltern essen«, sagt Sämi, klopft kurz an die untere Tür und öffnet sie beinahe gleichzeitig.
»Kommt nur«, ruft eine kleine, rundliche Frau, die mir Sämi als seine Mutter Regula vorstellt. In der Küche sitzen schon mehrere Leute um den großen Eichentisch herum. Ich grüße verlegen in die Runde. Man grüßt kurz zurück und rutscht zusammen. Ein Überraschungsgast scheint hier nichts Besonderes zu sein, nichts, was jemanden, der schwer gearbeitet hat, vom Essen abhalten könnte. Es gibt Rösti mit Spiegeleiern, Käse und Hauswurst. Harry hat sich sicherheitshalber schon mal »ganz unauffällig« einen zentralen Platz unter dem Tisch gesucht. Mir selber ist es fast ein wenig peinlich, mich einfach so an diesen gedeckten Tisch zu setzen. Aber Regula reicht mir sofort einen vollen Teller. Es duftet lecker. Sehr lecker.
»Iss!«, fordert sie mich freundlich auf und reicht mir einen Milchkaffee dazu. Sie duzt mich spontan.
Beim Essen wird fröhlich geplaudert und diskutiert. Ich genieße die Rösti und den Käse und die Wurst, lehne mich zurück und beobachte. Die Tafelrunde gefällt mir: der Bruder, ein Nachbar, eine Tante, der Lehrling … So schnell blicke ich nicht durch, wer wer ist, aber das ist auch nicht wichtig.
Man diskutiert gerade eine Internetgeschichte, und ich höre interessiert zu. Da hat ein deutscher Bauer, sie nennen ihn »Bauer Willi«, einen offenen Brief geschrieben und seinen jahrelang auf-

gestauten Frust ausgekotzt. Offenbar sparte er nicht mit Vorwürfen nach allen Seiten: zu viele Gesetze und eine absurde Bürokratie, zu großer Preisdruck, null Qualitätsbewusstsein bei den Kunden, kein Bewusstsein für saisongerechtes Einkaufen, kein Wissen und kein Verständnis mehr für die Bauern.

Alle am Tisch würden den offenen Brief sofort unterschreiben, auch wenn das Schreiben im Internet nicht überall gut ankam und tausendfach kommentiert wurde.

Hat nicht mein Vater schon immer gesagt: »Wenn du Jammern lernen willst, geh zu den Bauern«? Doch was, wenn ihr Jammern berechtigt ist?

Aber schon ist das Thema vorbei, und es wird über die neuen Moderatoren des »Musikantenstadls« gelästert und dann übers Schwingen gesprochen.

»Denkt ihr, dass Martin Grab schon fit genug ist, um in diesem Jahr wieder anzutreten? Hoffentlich fängt er nicht zu früh an. Ob das sein Knie aushält?«

»Sie legen halt auch immer mehr an Muskelmasse zu, werden schwerer«, meint der Lehrling, ein eher schmächtiges Bürschchen, dem etwas mehr Muskelmasse wohl guttäte.

»Das war doch schon immer ein Problem«, glaubt ein anderer zu wissen, und Sämis Vater sagt: »Heute sind die Schwinger totale Kraftmaschinen, Muskelpakete, aber die Gelenke bleiben trotzdem verletzlich, und die Knie, die sind nach wie vor der wunde Punkt.«

»Warst du schon einmal an einem Schwingfest?«, fragt mich Sämis Mutter Regula, und ich werde ein wenig rot, weil ich plötzlich die Aufmerksamkeit aller habe.

»Nein«, muss ich zugeben. »Aber ich wollte schon immer einmal eines besuchen«, lüge ich.

»Dann komm doch an den Frühjahrsschwinget in Ibach. Da sind

wir alle dabei. Thomas, unser Lehrling, wird erstmals bei den Aktiven mitschwingen.«

Oh.

Der Lehrling sieht sehr zart und zerbrechlich aus und hat mein Mitgefühl, wenn er gegen diese Kraftprotze antreten muss, über die gerade gesprochen wurde.

Aber in erster Linie tue ich mir selber leid, denn aus dieser Nummer komme ich jetzt nicht mehr raus.

Will ich Sämi wirklich kennen lernen, muss ich die Kröte schlucken und mich fürs Schwingen interessieren – und darf niemals zugeben, dass Schwingen für mich bisher nicht einmal am Rande meiner Aufmerksamkeit war. Männer wälzen sich im Sägemehl. Andere Männer sitzen darum herum. Das nennt sich Schwingfest. Den Reiz des Ganzen konnte ich bisher nicht erkennen.

»Ich komme gern«, sage ich spontan.

»Du wirst es nicht bereuen«, verspricht Regula.

Und dann stehen alle auf. Ich biete Regula meine Hilfe beim Abräumen an, aber sie lehnt lachend ab. Sämi begleitet mich nach draußen und zu meinem Fahrrad.

»Danke«, sage ich nur.

»Danke meinerseits.«

Harry rennt wie wild um uns herum, bis ich stolpere und in Sämis starken Armen lande. Braver Harry! Aber Sämi hält mich nur kurz und lässt mich sofort wieder los. Die Berührung hat ein richtiges Gefühlsfeuerwerk in mir entzündet. Ob er auch etwas gespürt hat?

Wir stehen uns eine Weile gegenüber.

Vielleicht wartet er nur darauf, dass ich endlich gehe.

Ich aber hätte halt gern noch ein liebes Wort zum Abschied, den ich ohnehin noch ein wenig hinauszögern möchte.

»Soll ich dir aus der Hand lesen?«, fragt Sämi irgendwann.
»Das kannst du?«
Ich strecke ihm lachend und ungläubig meine Hand entgegen, die Handfläche nach oben und warte auf seine Lesekunst. Sämi studiert aber nicht meine Lebenslinien, nein, er dreht meine Hand um und betrachtet ausgiebig meine Fingernägel. Sie sind zurzeit gerade besonders bunt. Eine ehemalige Arbeitskollegin, Yvonne, hat jetzt ein Nagelstudio und gewährt mir jeweils einen großzügigen Rabatt, wenn ich mich als Versuchskaninchen zur Verfügung stelle. Gestern hat sie sich mit allen möglichen Rottönen gleichzeitig auf meinen Nägeln ausgetobt. Es sieht voll schräg aus.
»Ja, ich kann in Händen lesen! Willst du wissen, was ich grad gesehen habe?«
»Gern. Ich bin gespannt.«
»Also, ich habe gelesen«, kündigt Sämi mit großem Pathos an und schaut mir in die Augen, »ich habe gelesen, dass eine Frau mit solchen Nägeln nie und nimmer einen Bauern heiraten wird.«
Ich halte seinem Blick stand, obwohl es wehtut. Ich weiß, was er mir sagen will. Trotzdem.
»Ist das nicht eine sehr oberflächliche Art, Prognosen zu stellen: falsche Nägel – falsche Frau?»
Sämi hält immer noch meine Hand, und das ist schön. Seine Worte sind es weniger: »Schau, wir hatten einen schönen Nachmittag und einen ebenso schönen Abend. Wir könnten das Ganze auch noch ausdehnen auf eine Nacht, auf mehrere. Aber ich weiß, dass du nicht in mein Leben passt. Frauen, die nicht aus der Landwirtschaft kommen, haben keine Ahnung, worauf sie sich einlassen. Ich habe meine Erfahrungen gemacht, und die waren sehr schmerzhaft, glaub mir. Am Anfang ist es noch ganz lustig, da und dort ein wenig zu helfen, auch mal schmutzig zu werden oder schlecht zu riechen, wenn es denn nicht anders geht. Aber wenn

das alles plötzlich Alltag wird, sieht es anders aus. Stell dir vor, wie deine Nägel aussehen würden, wenn du eine Woche hier mitarbeiten würdest …«

Er lässt meine Hand los, und sein Blick ist traurig. Sämi tritt zwei Schritte zurück.

Ich habe verstanden.

Das war deutlich.

»Auf Wiedersehen, Sämi! Ich werde dir den Text zum Gegenlesen schicken. Es war sehr nett bei euch«, sage ich sachlich, bemüht, meine Gefühle unter Kontrolle zu halten.

»Nein, ich muss das nicht lesen. Das wird schon gut. Ich vertraue dir. Komm gut heim!«

Ich schwinge mich auf mein Velo und fahre los. Harry rennt ein paar Meter neben mir her, bellt und wedelt mit dem Schwanz. Lieb von ihm. Ich trete in die Pedale, radle schnell und schneller, als wäre ich auf der Flucht. Ich powere mich richtig aus. Zu Hause angekommen, falle ich fast vom Rad, so zittern meine Beine.

In meiner Wohnung lasse ich mich auf das Sofa fallen und starre zur Decke.

Ich habe mich verliebt.

Aber wie!

Das ist völliger Blödsinn, richtiger, echter Zwergenkram, kombiniert mit Katzenkacke.

Was soll das, wo ich doch Theo an meiner Seite habe und sich Sämi überhaupt nicht für mich zu interessieren scheint?

Obwohl – Sämi würde sich wahrscheinlich für mich interessieren, wenn ich Bäuerin wäre. Ja, wenn das Wörtchen wenn nicht wär, dann wäre ich heute Nacht wahrscheinlich auch gar nicht heimgekommen.

Sempach Matthias trifft Langstrumpf Pippi

Eigentlich wollten wir uns regelmäßig treffen.
Regelmäßiger.
Aber es gelingt uns nicht.
Dafür sind wir heute Abend zusammen: Trix, meine Buchhändlerfreundin, und Yvonne, die ehemalige Journalistin mit dem Nagelstudio.
BFF. Best friends forever.
So nennen uns die Kinder von Trix.
Wir sitzen im Schwyzer »Kreuz und Quer« und bringen uns mal wieder gegenseitig auf den neusten Stand.
Trix erzählt ausführlich von ihren Wanderferien auf Mallorca. »Traumhaft, einfach genial. Wandern mit Blick auf das Meer. Umwerfend! Unvergesslich!«
Sie kann gar nicht mehr aufhören zu schwärmen und reicht dazu ihr iPad herum, um ihre Ausführungen mit Beweisfotos zu illustrieren. Dabei muss man Trix nur anschauen, um zu verstehen, wie schön es war, so glücklich strahlt sie uns an.
»Du hattest aber auch wirklich Erholung nötig«, meint Yvonne. Womit sie recht hat, denn Trix war in letzter Zeit oft übellaunig und gereizt. Eine Buchhandlung zu führen, ist in der heutigen Zeit eine wirkliche Herausforderung, und daheim hat sie auch einige Baustellen: einen bequemen Ehemann, eine zunehmend pflegebedürftige Schwiegermutter und obendrauf zwei Töchter

im aufmüpfigen Teenageralter. Da kam die Reise, die ihr ihre Eltern zum vierzigsten Geburtstag schenkten, genau richtig.
»Ja, es war ein riesiger Luxus, mal einfach mit einer Wandergruppe loszuziehen, frei von jeglichen Verpflichtungen, ohne Verantwortung. Einfach nur dem Rudel folgen. Hätte nie gedacht, dass das so entspannend sein kann«, sagt sie und lächelt selig.
Ich schaue Trix an und frage mich, wie frei sie sich im Schwarm der Wandervögel wirklich gefühlt hat und ob ihr gutes Aussehen nur mit Erholung zu tun hat.
»Schau nicht so«, wehrt sie sich. »Da war nichts. Und wenn, würde ich wohl auch nicht darüber reden.«
Nein, das würde sie wahrscheinlich nicht. Aber wir würden es trotzdem herausfinden. So ist das nun mal, wenn man sich so gut kennt.
Yvonne erzählt ein paar Geschichten aus dem Nagelstudio. Ich weiß, dass sie vor allem deshalb so erfolgreich ist, weil sie so gut zuhören kann und oft auch Therapeutin und Lebensberaterin ist. Deshalb möchte sie jetzt gern auch mir zuhören. »Und du, Bea, was läuft bei dir?«, fragt sie und schaut mich neugierig an.
»Bei mir gibt es nichts Neues«, sage ich so beiläufig wie möglich. »Theo ist gerade auf Teneriffa und kommt morgen heim.«
Meine Freundinnen mustern mich skeptisch. Stimmt, ich bin sonst weniger schweigsam.
»Du hast ein neues Kleid gekauft?«, fragt Trix nun argwöhnisch.
»Ja.« Das muss ich doch wohl nicht begründen? Ich habe ein Kleid gekauft. Genau. Ist ja nicht verboten. Soll vorkommen.
»Steht dir gut. Verdammt gut«, kommentiert Yvonne. »Ich habe dich seit Jahren nicht mehr in einem Kleid gesehen.«
Stimmt. Meine »Frühlingsgefühle« haben mich dazu bewogen, ein buntes, fröhliches, figurbetontes Kleid zu kaufen. Allerlei Blautöne auf einem zarten Stoff, der meine weibliche Figur

umschmeichelt, wie mir die Verkäuferin tausendfach versicherte. Aber heute friere ich darin. Der Frühling hält am Abend noch nicht, was er am Nachmittag versprach.
»Du siehst überhaupt gut aus«, sagt Trix in einem Ton, als wärs ein Vorwurf und als müsste ich mich dafür entschuldigen.
Ich kann ihnen doch nicht erzählen, was mich bewegt. Wie sollten sie das verstehen, wenn ichs nicht mal selber verstehe. Außerdem kann ich nichts ändern. Es ist einfach so: Ich bin verliebt. Aber da er mich ja eh nicht will, muss ich es gar nicht erst thematisieren. Da möchte ich mir ihren liebevollen Spott lieber ersparen.
»Hallo, träumst du?«, fragt Yvonne besorgt. Ich habe gerade die Frage der Bedienung, was ich bestellen möchte, verpasst.
»Ehm – gern einen Gin Tonic«, sage ich schnell.
Jetzt fragt Yvonne mit einem Blick auf meine Hände: »Wann kommst du eigentlich wieder einmal bei mir im Studio vorbei? Ich habe ein ganz tolles neues Muster, das ich ausprobieren möchte.«
Oh, jetzt muss ich Farbe bekennen: »Du, nimms mir nicht übel, aber ich möchte eigentlich am liebsten mal meine alten langweiligen Fingernägel zurück. Kann man denn diese Gelnägel auch wieder loswerden?«
»Loswerden?«
»Ja.«
Yvonne fällt der Unterkiefer runter. Dann sagt sie streng: »Man kann die Gelnägel sorgfältig runterfeilen, sehr sorgfältig. Das muss eine Fachfrau tun. Danach muss man gut auf seine Nägel achten, die unter dem Gel etwas dünner und empfindlicher geworden sind. Aber natürlich: Das geht …« Yvonne schaut mich allerdings an, als wäre das eine absolut abartige Vorstellung und ich die erste Frau auf Erden, die auf so eine abstruse Idee kommt.

Unsere Getränke werden serviert, und wir stoßen an. Wieder mustern mich meine Freundinnen.

»Wenn du jetzt noch einen neuen Haarschnitt planst, dann bin ich sicher: Da ist ein neuer Mann im Spiel«, erklärt Yvonne und durchbohrt mich mit ihrem Nagelstudio-Laserblick.

»Sind wir Freundinnen oder sind wir Freundinnen, komm, sag schon, wie heißt er?«, fragt Trix und versucht es mit dem Hundeblick.

Und so bricht es aus mir heraus.

Alles.

Die ganze Geschichte, die eigentlich leider gar keine Geschichte ist, weil sie gar nicht angefangen hat und somit auch nicht enden kann.

Das ganze Nichts.

Genau.

Ich erzähle das ganze Nichts.

Detailliertes Nichts.

»Dann fasse ich also mal zusammen: Du hast dich in Sämi verliebt, der nichts von dir wissen will, weil er eine Bäuerin sucht, die mit ungepflegten Händen im Stall arbeitet und gern Schwingfeste besucht. Und du hast mit Theo einen Mann an deiner Seite, der dich heiraten würde, weils praktisch wäre.«

Yvonne hat gesprochen.

Hugh!

So ist es.

Klingt total absurd.

»Und wie weiter?«, will sie nun wissen.

»Zuerst kommt Theo heim, und dann treffe ich mich mit Sämis Familie am Ibächler Schwingfest.«

»Oh!«, sagt Trix.

»Oh!«, sagt Yvonne.
»Oh?«, frage ich genervt. »Was oh?«
Yvonne und Trix schauen sich vielsagend an.
»Wo liegt das Problem? Ich werde mich beim Schwingfest bis auf die Knochen blamieren, weil ich keine Ahnung vom Schwingen habe. Und das ist wahrscheinlich auch gut so. Denn danach wird zwischen Sämi und mir definitiv alles klar sein, und ich werde Theo doch noch heiraten – irgendwann.«
»Genau«, sagt Yvonne und verdreht die Augen.
»Genau«, plappert Trix hinterher.
»Ich finds ja schon mal großartig, dass du jetzt erstmals überhaupt auch andere Männer anschaust. Du weißt, ich mag Theo, aber ihr, ihr habt eine Beziehung, als wärt ihr ein altes Ehepaar«, gibt Yvonne nun zum Besten, und Trix doppelt nach: »Schau dich im Spiegel an – er tut dir gut, dein Bauer!«
Dann diskutieren die beiden, ganz und gar ohne meine Beteiligung, meine Beziehung zu Theo. Sie finden Theo nett, aber er sei nun lange genug der Mann an meiner Seite gewesen. Und dann besprechen sie über meinen Kopf hinweg, ob es Sinn mache, sich um einen Mann zu bemühen, der eine Bäuerin suche. Und ob es überhaupt richtig sei, sich zu verbiegen, um einen Mann zu erobern. Und wie man diesen Bauern vielleicht doch noch für sich beziehungsweise für mich gewinnen könne. Und ob ich überhaupt das Zeug zur Bäuerin hätte.
Ich lehne mich zurück und amüsiere mich.
Yvonne, die ehemalige Journalistin, meint schließlich: »Wenn ich mal unseren alten Chef zitieren darf: Recherche, Recherche, Recherche! Du hast doch ein paar Tage Zeit: Also lerne. Recherchiere. Google. Suche. Lese. Mach einen Fernkurs, oder kauf ein Buch. Zum Beispiel ›Schwingexpertin in zehn Tagen‹ oder ›Schwingen für Dummies‹ oder ›Hoselupf, leicht gemacht‹.«

Auch Trix will helfen: »So was haben wir natürlich nicht in der Buchhandlung, aber bestimmt Bücher, die dir weiterhelfen könnten. Und einen Spielfilm. Aber ich denke, im Internet wirst du sicher auch fündig.«
Beide erklären einstimmig, dass sie froh sind, sich selber nicht mit dem Thema Schwingen befassen zu müssen, und tuns dann doch.
»Machen wir doch mal ein Brainstorming. Was fällt euch ein zum Thema Schwingen?«, eröffnet Yvonne und nimmt einen großen Schluck Weißwein.
»Männer wälzen sich im Sägemehl.«
»Kampfsport, urwüchsiger.«
»Die Bösen.«
»Schwingfeste in jedem Dorf, auf jedem Berg.«
»Schweizerischer gehts nicht mehr. SVP-Klub.«
»Männer, Männer, Männer. Fast alles Bauern.«
»Edelweißhemden. Bier und Bratwurst.«
»Sempach Matthias.«
»Wer?«, frage ich verwundert?
Das Namedropping kam von Yvonne.
»Na ja, auch wenn es mich nicht interessiert, kenne ich doch den Namen des letzten Schwingerkönigs. Aus der Werbung für Teigwaren und Käse«, gibt sie lachend zu. »Der sieht echt gut aus. Früher waren die Schwinger schwere, klobige Riesen, heute sind sie muskulös und definiert.«
»Definiert«? Was ist denn das für ein Ausdruck?
»Und wieso heißt er Sempach Matthias und nicht umgekehrt?«
»Hä? Umgekehrt Matthias wäre ja ein schön doofer Name«, lacht Yvonne, »und Sempach Umgekehrt erst recht.«
»Mach dich nicht lustig über mich, du weißt schon, was ich meine.«
»Keine Ahnung, bei den Schwingern ist das einfach so. Erst der Nachname, dann der Vorname.«

»Aha, also umgekehrt.«
»Nein, Matthias.«
Das herzhafte Gelächter meiner besten Freundinnen steckt mich an.
»Viel ist uns jetzt aber zum Schwingen auch nicht grad eingefallen«, gebe ich zu bedenken. »Ihr seid keine große Hilfe!«

»Sag mal, Bea, was machst du, wenn Theo morgen heimkommt?«, fragt Yvonne etwas später.
»Ich werde wohl oder übel mit ihm reden müssen.«
Yvonne seufzt: »So sind wir Frauen. Männer würden einfach mal schauen, wie sich alles entwickelt, damit sie am Ende ganz sicher noch irgendein Eisen im Feuer haben, aber wir, wir reden.«
»Stimmt. Überleg dir gut, was du tust«, redet mir Trix nun zu, um dann gleich wieder zu korrigieren: »Überlege besser nicht zu viel. Sei mal spontan. Das steht dir gut. Sei frech und mutig und frei, wie Pippi Langstrumpf.«
Pippi Langstrumpf?
Wie kamen wir jetzt von Sempach Matthias zu Langstrumpf Pippi?
»Mein Bruder David könnte dir helfen«, meint Trix plötzlich.
»Beim Gespräch mit Theo?«
»Nein, du Witzbold, sicher nicht. Aber David versteht viel vom Schwingen.«
Sie kritzelt seine Handynummer auf einen Zettel und ich stecke ihn ein, kann mir aber nur schwer vorstellen, wie ich einen mir nur flüchtig bekannten Mann anrufe und ihn bitte, mir alles übers Schwingen beizubringen, und das in möglichst kurzer Zeit und mit der Begründung, dass ich damit einen anderen Mann beeindrucken möchte. Schreck lass nach!

Ohne mich

Theo ist immer richtiggehend ausgehungert nach mir, wenn er von einem Auslandsaufenthalt zurückkommt. Er kann es kaum erwarten, über mich herzufallen. Auch diesmal ist das so. Ich erwidere seine Zärtlichkeiten und seine Leidenschaft erst zögerlich, lasse mich dann aber mitreißen. Theo ist mir vertraut, er steht mir nahe, wir sind ein Paar. Sämi dagegen ist ein Hirngespinst. Und vor allem ist er einer, der mich nicht will. Einer, der in einer anderen Welt lebt. In einer Welt, von der ich keine Ahnung habe.

Zwergenkram.

Katzenkacke.

Nach dem innigen »Überfall« sitzen Theo und ich in meiner Küche und essen zu Abend. Obwohl er, wie immer nach seinen Reisen, bestimmt viel zu erzählen hätte, schweigt er den Teller und mich an.

Liegt es wirklich an mir, dass die Stimmung so eigenartig ist? Ahnt er etwas? Bin ich ein offenes Buch? Klara jedenfalls scheint die Situation gar nicht zu behagen, sie hat sich über ihre Katzentreppe aus der Wohnung geschlichen. Ich horche in mich hinein und mustere mein Gegenüber eindringlich.

Theo ist heute anders. Er ist da und irgendwie doch nicht. Ganz nah und doch weit weg. Er ist still, aber unruhig. Er trinkt zu viel Wein, dreht die Spaghetti im Leerlauf endlos im Teller, bevor er

die Gabel langsam zum Mund führt. Ich kenne ihn lange und gut genug, um zu sehen, dass er sich quält.
»Was ist los mit dir, Theo? Geht es dir nicht gut?«
Theo schaut erschrocken auf. Er druckst herum, versichert, alles sei in Ordnung. Kein Problem.
»Sprich mit mir!«, fordere ich ihn auf.
Es beunruhigt mich, ihn so zu erleben. Vielleicht ist er krank?
Theo nimmt meine Hände in seine. Ich muss an Sämi denken, dem ich so gern meine Hand gereicht habe. Auch Theos Hände sind Arbeiterhände. Das hat mich nie gestört. Im Gegenteil.
»Ja, Bea, wir müssen wirklich reden.«
Gut. Ja.
Ich bin auf alles gefasst.
Wird er mich verhören? Oder hat er mir etwas zu beichten? Wäre doch verrückt, wenn er mir jetzt gestehen müsste, sich verliebt zu haben. Und wie würde ich darauf reagieren? Wäre ich erleichtert? Oder würde ich ihm den heftigen, wilden Sex von vorhin übel nehmen? Dabei hätte ich doch gar nicht das Recht dazu, den ersten Stein zu werfen.
Aber nein, es kommt anders.
»Bea, du hast ja jetzt keine Arbeit mehr«, beginnt er.
Na ja, das ist vielleicht etwas übertrieben. Ich habe lediglich keine Festanstellung mehr. Ich schweige.
»Kabinata hat mir ein super Angebot gemacht. Und früher hätte ich es deinetwegen abgelehnt. Jetzt aber habe ich spontan zugesagt, weil ich weiß, dass du mitkommen kannst, wenn du willst, wenn du mich wirklich liebst.«
Mein Gesicht verzieht sich zu einem einzigen Fragezeichen.
»Schatz, ich kann ein ganzes Jahr in Vietnam arbeiten. Kabinata baut dort drei Bahnen. Vietnam! Ein herrliches Abenteuer. Und ich kann dich mitnehmen. Das habe ich ausgehandelt. Sicher, wir

können dort teilweise nur extrem bescheiden in einem Container im Dschungel wohnen. Aber du könntest an deinem Roman schreiben, von dem du immer träumst. Und wir wären zusammen. Was denkst du?«

Was ich denke?

Gute Frage.

Nein!

Ich denke nur dieses eine Wort.

Nein!

Und ich merke, er hat recht: Denn wenn ich immer noch richtig in Theo verliebt wäre, würde ich zumindest in Erwägung ziehen, mit ihm dieses Abenteuer zu wagen. Der Zeitpunkt wäre tatsächlich gar nicht so schlecht. Aber ich will nicht weg, ich will nicht mit ihm ans Ende der Welt ziehen und in Containern auf Baustellen campieren.

Nein!

Dafür reichen meine Gefühle für ihn nicht aus. Nicht mehr. Und das hat nicht einmal etwas mit Sämi zu tun.

»Du hast schon zugesagt?«, frage ich nur.

»Ja. Hast du keine Lust auf ein gemeinsames Abenteuer? Endlich mal ein Jahr ohne Trennungen? In einem fantastischen, uns unbekannten Land?«

Die Stille ist jetzt sehr still.

Erdrückend.

Erstickend.

Erschlagend.

Wir schauen uns einen Moment lang in die Augen, dann senke ich meinen Blick.

»Nein«, sage ich leise. Und dieses kleine Wort wird immer größer, wächst wie ein gigantischer Turm in den Himmel und bricht dann zusammen wie ein Kartenhaus, stürzt in Einzelteilen auf uns nieder.

»Ich verstehe nicht, du hast doch hier nichts zu verlieren. Gar nichts! Und jetzt haben wir noch keine Kinder. Es ist der ideale Zeitpunkt!«, insistiert Theo aufgebracht. »An meinen freien Tagen können wir ans Meer fahren, uns das Land anschauen, umherreisen …«
Er schweigt und schaut mich kopfschüttelnd an.
Was soll ich sagen? Vor ein, zwei Jahren hätte mich die Idee vielleicht sogar begeistern können. Aber die Vorstellung, ein Jahr lang ständig mit Theo auf kleinstem Raum zusammen zu sein, löst in mir heute und jetzt keinerlei romantische Bilder oder Gefühle aus. Ganz ehrlich: Ein Jahr zusammen in Vietnam würde unsere Beziehung nie und nimmer überleben. Ich bin jetzt definitiv sicher, dass wir nur noch ein Paar sind, weil wir so oft getrennt sind.
Gerade überlege ich mir, wie ich ihm meine Gefühle erklären soll, wie ich mein Nein begründen könnte, da sagt er plötzlich: »Ich habe dich überrumpelt. Das tut mir leid. Sorry. Lass uns morgen weiterreden.«
Er steht auf, küsst mich kurz und verabschiedet sich. Er müsse bei sich daheim noch einiges erledigen, habe ja noch nicht einmal seinen Koffer ausgepackt. Wie ich ihn kenne, bringt er seine schmutzige Wäsche wieder zu seiner Mutter. Immer noch.

Vietnam.
Ein Küstenstaat in Südostasien. Grenzt an China, Laos, Kambodscha, den Golf von Thailand und das Südchinesische Meer. Gedankenverloren surfe ich durchs Internet und sehe bezaubernde Bilder. Ich versuche mir vorzustellen, mit Theo an der Halong-Bucht, im Norden Vietnams, Hand in Hand den Sonnenuntergang zu genießen oder mit ihm bis zur Erschöpfung durch die grünen Reisfelder von Sapa zu wandern, gemeinsam

durch das turbulente Hanoi zu bummeln oder tausendmal die Sanddünen von Mui Ne, ganz im Süden, zu fotografieren.
Das Nein baut sich wieder vor mir auf, diesmal groß wie der Keangnam-Wolkenkratzer in der Hauptstadt Hanoi, der mit 336 Metern das höchste Gebäude Vietnams ist.
Nein!
Immerhin ist mir das inzwischen völlig klar. Das ist ja auch schon etwas wert.
Keine Zweifel.
Nur Klarheit.
Eine erschreckende, schmerzhafte Klarheit.
Ich werde mit Theo reden müssen.
Über alles.
Nicht bloß über Vietnam.

Später schickt Theo eine SMS: *»Gute Nacht, Liebes. Ich komme morgen zum Mittagessen.«* Das treibt mir die Tränen in die Augen. Es sind wohl Abschiedstränen.
Wir hatten wunderschöne Zeiten, Theo und ich, aber sie sind vorbei. Eigentlich war schon unser Kennenlernen ein Unfall: Ich schrottete Theos Fahrrad beim Versuch, mein Auto vor der Bäckerei zu parkieren, die im Erdgeschoss des Wohnblocks, in dem er wohnt, eingemietet ist. Nachdem ich bei verschiedenen Mietern gefragt hatte, wem das Velo gehöre, klingelte ich an seiner Wohnungstür, um mich zu entschuldigen und meine Adresse zu hinterlassen. Ich war auf ein Donnerwetter gefasst, aber Theo war charmant, großzügig und fürsorglich. Er servierte mir einen Kaffee auf seinem winzigen Balkon, erzählte witzige Anekdoten aus seinem Berufsleben. Ich war begeistert, hing an seinen Lippen, denn er war lustig und unterhaltsam, unkompliziert und locker. Gegen Abend öffnete er eine Flasche Rotwein, holte schnell in der

Bäckerei unten frisches Brot, zauberte Wurst und Käse auf den Tisch und zündete eine Kerze an.

Ich konnte gar nicht anders, als mich in den großen, starken, braun gebrannten Mann zu verlieben. Mir gefiel seine Glatze, die seinem liebenswürdigen Gesicht viel Raum ließ. Er trug ein kariertes Hemd, wie ein Bauer oder Wanderer. Mich beeindruckte, dass er absolut sicher und ruhig wirkte, irgendwie angekommen. Er schien in seinem Beruf glücklich und erfolgreich zu sein. Wenn er von seinen Seilbahnen erzählte, strahlten seine Augen, wurde seine Gestik lebendig, und ich hatte den Eindruck, als würde er am liebsten gleich wieder losziehen, wohin auch immer, um das nächste Bauprojekt in Angriff zu nehmen.

»Stell dir vor, in Gibraltar haben die Affen bis zur letzten Sekunde an den Seilen geturnt, bevor die erste Bahn daran hochfuhr. Seither bin ich jedes Jahr im Januar für Revisionen dort. Kennst du Gibraltar? Eine Halbinsel, fantastisch schön. Und ich komme zu einer willkommenen Auszeit von unserem Winter. Ja, und jetzt gerade war ich für zwei Monate in Singapur, wo wir eine Stadtseilbahn gebaut haben, die vom Hafen aus in einen Vergnügungspark führt. Die Mittelstation wurde in einem Hochhaus platziert, und so fährt nun die Bahn durch das Haus hindurch. Eine schwierige Baustelle, so mitten in einer Großstadt, das kannst du dir ja vorstellen! Diese Stadtseilbahnen werden immer gefragter, vor allem in jenen übervölkerten Städten, wo der Verkehr täglich kollabiert. Wir haben solche Bahnen schon in China, Japan, Venezuela und Bolivien gebaut. Mein Leben gefällt mir, auch wenn es manchmal ganz schön anstrengend ist. In manchen Ländern muss ich dafür sorgen, dass wir alles – wirklich jedes einzelne Werkzeug, jeden Nagel, jede Schraube, eben einfach alles – mitbringen. Und dann auch noch die ganze Zeit darauf aufpassen. Da ist es natürlich entspannend, wenn wir mal in der Schweiz arbeiten können. Die Rotenfluebahn zum Beispiel, direkt hier vor der Haustür, das war schon eine coole Baustelle. Neulich war ich in Koblenz, wo wir eine Bahn über den Rhein und über eine Autobahn gebaut haben. Und mein nächstes Ziel ist Ischgl ...«

Theo erzählte wie ein Wasserfall, schwatzte ohne Ende, und es war überhaupt nicht langweilig, ihm zuzuhören, obwohl mein Interesse an Seilbahnen schon damals eher gering war. Aber ich spürte, dass sehr viel Herzblut in seiner Arbeit steckte. Und er schien belesen und an den Ländern, in denen er arbeitete, und am Leben von deren Bevölkerung aufrichtig interessiert.

Doch Theo redete nicht nur, Theo hörte auch zu. Erzähler gibt es ja viele. Aber Zuhörer? Theo war einer.

Warum nur haben wir uns so auseinandergelebt?

Je erfolgreicher und wichtiger er bei Kabinata wurde, desto länger war er von zu Hause weg. Tja, und wenn er heimkam, wollte er nur noch die Füße hochlegen. Verständlich. Er hatte keine Lust, seine oder meine Freunde oder die Familie zu treffen. »Ich will nur ein wenig wohnen«, erklärte er immer öfter und schaltete den Fernseher ein. Es gab kaum noch gemeinsame Aktivitäten und Erlebnisse. Und wenn er längere Zeit nicht auf Montage war, wurde er unruhig und launisch.

Meine Prognose: In absehbarer Zeit wird Theo an seinem Job leiden. Er wird des anstrengenden Zigeunerlebens müde sein. Doch andererseits hält er es ja auch nicht lange zu Hause aus. Das wird schwierig. Ist es zeitweise jetzt schon.

Theo hat sich im Verlauf der Zeit verändert.

Theo? Ich mich wahrscheinlich auch.

Vielleicht ist ein Jahr in Vietnam für Theo wirklich eine Chance; ein guter Job, eine spannende Erfahrung. Ich werde ihm morgen sagen, dass er unbedingt gehen soll. Aber ohne mich.

Zu spät für rote Rosen

Meine Glückskeks-App plingt und raschelt und erklärt mir heute Morgen: »*Wenn es um dich herum dunkel ist, zünde dir einen Traum an.*« Danke, Beno. Ein richtig schöner Spruch. In den letzten Tagen habe ich die Keks-Sprüche oft einfach ungelesen weggedrückt. Aber heute fühlt sich der Tag tatsächlich ein klein wenig dunkel an. Ich schicke meinem Bruder eine SMS und danke ihm für den Spruch, obwohl ich weiß, dass er mich dafür auslachen wird.

Tut er nicht.

Er ruft mich umgehend an.

»Was ist los mit dir, Bea? Was willst du anzünden?«, fragt Beno ein wenig besorgt. Er hat gerade ein paar Minuten Zeit bis zur nächsten Sitzung.

Und so sitze ich am Küchentisch und erzähle ihm alles, inklusive Sämi und Schwingfest und Vietnam, derweil mein Kaffee kalt wird.

»Du willst dich von Theo trennen?«, fragt mein Bruder schließlich erstaunt, um dann sofort anzufügen: »Nur Mut. Am schlimmsten sind Menschen, denen der Mut für Veränderungen fehlt und die deswegen ständig mit sich und der Welt hadern. Wenn es um Kompromisse geht: Man sollte keine machen – sie sind gut und schön, aber nicht immer richtig. Du bist mutig, also pack den Stier an den Hörnern!«

Ich denke an Pippi Langstrumpf und muss ein wenig lachen.
»Warum lachst du?«
»Meine Freundinnen meinten, ich solle mir ein Beispiel an Pippi Langstrumpf nehmen.«
Jetzt lacht auch Beno und findet, so weit müsse ich sicher nicht gehen. Das mit dem Pferd in die Luft stemmen – das könne ich zum Beispiel ruhig weglassen.
»Ich habe ja gar keins … Ach Beno, es tut mir einfach leid, dass ich Theo wehtun muss. Und mir selbst tut es ja auch weh«, jammere ich ihm die Ohren voll.
»Du schaffst das, Bea. Lügen schmerzen am Ende viel mehr. Denk einfach an Pippi. Und falls du mich brauchst: Am Abend bin ich zu Hause.«
»Danke, Beno!«
Ein Zwillingsbruder ist ein großes Geschenk.

Ich gehe einkaufen und besuche anschließend Trix in der Buchhandlung.
»98 Franken 20«, sagt sie und hält mir eine Tüte entgegen.
»Dir wünsche ich auch einen guten Morgen«, entgegne ich und füge an: »Ich kaufe nichts.«
»Doch, du kaufst!«, hält sie dagegen.
Aha.
»Kaufzwang?«, frage ich mit hochgezogenen Augenbrauen.
»Ja.« Sie nickt.
In welchem abartigen Verkaufsseminar hat sie wohl diese doch sehr spezielle Verkaufstaktik gelernt?
Ich schaue neugierig in die Tüte. Drei Bücher über den Schwingsport, dazu ein Spielfilm.
Gut. Ich zücke mein Portemonnaie.
Irgendwie muss ich ja mit meinen Nachforschungen beginnen.

Ich betrachte es als ein Spiel, als eine Herausforderung. So schwierig kann das nicht sein. Als ich bei der Zeitung arbeitete, musste ich immer wieder in neue Themengebiete eintauchen, und manchmal war es auch ein Sprung ins eiskalte Wasser. Oft hat mir die Recherche neue Horizonte eröffnet, mir Einblick in Welten ermöglicht, die ich dadurch sogar lieben lernte. Viele Veranstaltungen hätte ich freiwillig nie besucht, und sie waren dann doch ein Volltreffer und ganz nach meinem Geschmack.

Ich hatte übrigens tatsächlich schon einmal mit Schwingen zu tun. Extrem unfreiwillig allerdings. Damals ging es um ein Porträt über Adi Laimbacher. Ja, ich weiß, umgekehrt. Aber so redet doch keiner? Laimbacher Adi? Auf jeden Fall stand der Interviewtermin fest, und mein Kollege von der Sportredaktion erkrankte. So wurde ich ungefragt zu dem bekannten Schwyzer Schwinger geschickt, ohne dass ich überhaupt Zeit gehabt hätte, mich in das Thema einzulesen. Aber Adi war umgänglich und einfühlsam. Er machte es mir leicht. Der Sportredaktor redigierte dann vom Krankenbett aus meinen Text, damit auch alles seine Richtigkeit hatte. Ich hasste solche Einsätze. Aber sie waren natürlich auch spannend, wie mein ganzes Leben als Journalistin. Nie gab es einen wirklichen Alltag, nie wusste ich, was kommt. Ich war immer bereit für das Neue, immer auf dem Sprung, hielt Augen und Ohren offen. Immer.

Tempi passati.

Stimmt nicht.

Ich arbeite ja auch heute noch so.

Aber halt doch anders.

Ich sollte mich mehr auf die Gegenwart und die Zukunft konzentrieren, ich weiß ja, dass es mir alles andere als guttut, alten Zeiten nachzuhängen. Aber das ist im Moment grad wirklich schwierig. Voltaire meinte mal so schön: »Da es sehr förderlich für die

Gesundheit ist, habe ich beschlossen, glücklich zu sein.« Sein Satz gefällt mir ausnehmend gut, nur mit der Umsetzung hapert es manchmal. Beziehungsweise oft. Also meistens.

Um mich von dem bevorstehenden Mittagessen mit Theo abzulenken, setze ich mich in meinen Lieblingssessel, öffne mein erstes Schwingerbuch: »Schwingen für Anfänger« – und staune. Meine Güte: 50 000 Leute sitzen an einem Eidgenössischen Schwingfest auf der Tribüne. 50 000 Leute! Fünfzigtausend! Und insgesamt kommen sogar rund 300 000 Leute aufs Gelände, um mitzufiebern und mitzufeiern. Das Ganze ist ein riesiger Großanlass, der allerdings nur alle drei Jahre stattfindet. Vergleichbar mit, mit – ja mit was? Vielleicht am ehesten mit einem Papstbesuch? Keine Ahnung. Das nächste Eidgenössische Schwing- und Älplerfest wird Ende August 2016 in Estavayer-le-Lac in der Westschweiz über die Bühne gehen und soll bestimmt wieder neue Rekorde aufstellen.
Ich glaube, es ist wirklich an der Zeit, dass ich mir diesen Sport mal genauer anschaue. Vielleicht habe ich bisher ja tatsächlich etwas verpasst?
Nach den ersten Kapiteln weiß ich, dass ich nichts weiß. Na ja, ein bisschen weiß ich jetzt schon: Beim Kampf geht es darum, dass der eine Schwinger den anderen so zu Boden bringt, dass beide Schulterblätter des Gegners ins Sägemehl gedrückt werden, und dabei muss eine Hand immer an der gegnerischen Schwingerhose sein. Und natürlich muss der Kampf innerhalb des Sägemehlrings bleiben.
Das habe ich verstanden.
Und ich glaube fast, damit habe ich schon den wesentlichen Teil der Regeln begriffen.
Kann das sein?

Das wäre sympathisch.
Allerdings soll es über dreihundert Schwünge, Griffe und Kombinationen geben. Die sechs bekanntesten kenne ich bereits: Kurz, Gammen, Übersprung, Kreuzgriff, Hüfter und Wyberhaken.
Na, da habe ich doch schon einiges vom Schwingerchinesisch intus.

Theo hält rote Rosen in seinen Händen, als er in meine Küche tritt. Rote Rosen! Ich kann mich nicht erinnern, wann er mir jemals Blumen geschenkt hätte, nicht einmal eine mickrige Primel. Heute tut er es. Ich bin gerührt, doch es ärgert mich auch irgendwie. Es ist zu spät für rote Rosen.
Ich habe Lammfilet niedrig gegart. Theos Lieblingsessen. Wir essen und reden. Andere gehen spazieren, um etwas auszudiskutieren. Wir, wir können besonders gut beim Essen reden.
»Ich werde definitiv nicht nach Vietnam mitkommen, Theo«, erkläre ich mutig.
Er sagt nichts, schaut mich nur an und kaut.
»Ich glaube, ich liebe dich nicht mehr. Nicht mehr so, wie ich es müsste, um mit dir meine Zukunft zu planen«, gestehe ich schweren Herzens.
Theo sagt: »Gibst du mir noch etwas Salat, Bea?«
Ich reiche ihm die Schüssel.
Und dann schweige ich auch.
Jetzt sagt er: »Aber es war doch alles wunderbar mit uns, findest du nicht?«
Der Klassiker: Ich habe einmal gelesen, dass die meisten Männer, die von ihren Frauen verlassen werden, erklären, die Trennung sei aus heiterem Himmel gekommen, und bis anhin sei alles perfekt gewesen.
Weil sie blind und taub sind?

Gefühlsarm?
Mit Wichtigerem beschäftigt?
Das hat Tim Bendzko schon richtig gesungen:

Muss nur noch kurz die Welt retten,
danach flieg ich zu dir.
Noch 148 Mails checken,
wer weiß, was mir dann noch passiert, denn es passiert so viel.
Muss nur noch kurz die Welt retten,
und gleich danach bin ich wieder bei dir.

Ich erinnere Theo an unsere guten Zeiten, wie wunderbar einmal alles gewesen war und wie es sich im Unterschied dazu heute anfühlt. Ihm ist das nur ein Achselzucken wert. Es sei doch normal, dass sich eine Beziehung über die Jahre etwas verändere.
Etwas???
»Es gibt einen anderen Mann«, sagt Theo.
Einfach so als Feststellung. An ihm kann es ja nicht liegen, das steht nicht zur Debatte, also gibt es nur eine Lösung; einen anderen Mann. Womit er ja auch irgendwie recht hat. Aber halt nur irgendwie.
»Nein. Es gibt keinen anderen.«
Ich werde ganz bestimmt nicht von Sämi erzählen, beschließe ich hier und jetzt. Denn den gibt es ja eigentlich wirklich nicht.
»Bekomme ich noch einen Kaffee?«, fragt Theo.
Der Abschied tut weh, denn Theo wird plötzlich ganz traurig. Ich sei doch sein Zuhause, erklärt er, und er wisse ja gar nicht mehr, worauf er sich beim Heimkommen noch freuen könne, wenn ich nicht mehr für ihn da sei.
»Kümmere dich wieder mehr um deine Familie und deine Freunde«, schlage ich vor. »Sie haben dich in letzter Zeit vermisst.«

Theo nickt, rührt Zucker in seinen Kaffee, und seiner Körperhaltung nach zu schließen, würde er sich am liebsten selbst darin auflösen.
»Und Theo: Geh nach Vietnam! Nutz diese Chance. Das ist ein spannendes Abenteuer, und vor allem tut es dir bestimmt gut, mal eine Weile im gleichen Land zu arbeiten. Dazu brauchst du mich nicht.«
Theo nickt wieder, und sein trauriger Blick trifft mich. Sein linker Mundwinkel zuckt, kaum sichtbar. Worte findet er jetzt erst recht keine mehr.
Gesprächig war er in den letzten Monaten sowieso nicht, aber heute wollte er wohl nur noch Blumen sprechen lassen. Auch das sehe ich als Symptom einer Beziehung, die nicht mehr zu retten ist. Vielleicht haben wir uns einfach nichts mehr zu sagen? Meine Mutter meint immer, man könne an einer Beziehung arbeiten. Könnte man, eventuell. Aber darunter verstehe ich die gegenseitige Wertschätzung, jeden Tag, das ständige Bemühen umeinander, Komplimente, liebe Worte, Zärtlichkeiten, Aufmerksamkeit, Achtsamkeit, und das alles nicht erst in der Krise. Jetzt, wo der Zug bereits abgefahren ist, noch einen gewaltigen Hoselupf machen zu wollen und an unserer Beziehung herumzubasteln, dazu ist es wohl zu spät. Leider. Irgendwie.

Theo packt seine persönlichen Dinge, die er über die Jahre bei mir deponiert hat, in eine große Tasche, die ich ihm in die Hand drücke. Ich achte darauf, dass er auch seine Zahnbürste, das viel zu süße Rasierwasser, die Seilbahn-Fachbücher und seine Filzpantoffeln mitnimmt. Als er fertig ist, umarmt er mich noch einmal fest, und es ist verrückt, aber es fühlt sich gut an. Er ist mein Theo und wird es wohl auch immer irgendwie bleiben. Ein Kumpel, ein treuer Kamerad, ein lieber Freund. Mehr leider nicht mehr.

Dann geht er.
Endgültig.

Ich bleibe in meiner Wohnung zurück und fühle mich elend. Ich habe ein schlechtes Gewissen, und doch bin ich erleichtert. Gleichzeitig.
Ich bin traurig. Und froh.
In diesem Moment kommt eine SMS.
»Schon irgendetwas angezündet?«, will mein Bruder wissen.
Ach ja, stimmt. Ich wollte doch träumen. Träumen von besseren Zeiten, von größerer Liebe.
Aber das fällt mir ehrlich gesagt gerade ein bisschen schwer.
Trotzdem hat mir die SMS wieder ein kleines Lächeln ins Gesicht gezaubert. Ich bin nicht allein.
Und jetzt streicht mir auch noch Klara um die Beine, als möchte sie mir sagen: »Das hast du gut gemacht.«

Gammen

Ich lerne.
Der Gammen ist ein Angriffsschwung. Der Angreifer hakt sein linkes Bein am rechten Bein des Gegners ein (oder das rechte am linken) und drückt den Oberkörper des Gegners rückwärts aus dem Gleichgewicht.
Gut.

Den Gammen habe ich verstanden. Die meisten anderen Schwünge kann man allerdings nicht nachvollziehen, wenn man bloß darüber liest. Daher schaue ich mir als Nächstes den Spielfilm »Hoselupf« an, »eine dokumentarische Hommage an den Schweizer Nationalsport«, wie der Film angekündigt wird, in dem der Komiker und Schauspieler Beat Schlatter einen Typ spielt, der schwingen lernt. Interessant und lustig. Ein Film, wie gemacht für mich. Viele schöne, kräftige Männer. Und Beat Schlatter. Der hatte wohl viel Zeit für seine Recherchen. Und natürlich ein gutes Drehbuch. Am Ende kann er sogar ein Schwingfest kommentieren und kennt die kompliziertesten Schwünge. Ich bin beeindruckt.
Bin ich denn nun für mein erstes Schwingfest vorbereitet? Denkste! Nicht einmal im Ansatz. Ich werde mein erstes Schwingfest in Ibach besuchen und vom Schwingen so viel verstehen wie ein Kuh vom Stepptanz. Dabei wird es dort ein Wiedersehen mit der ganzen Sämi-Familie geben. Ich bin ein wenig nervös, finde aber meine gesamte Aktion inzwischen ohnehin ziemlich albern. Seit wann renne ich wie ein Teenager irgendeinem Typ hinterher? Aber ich werde hingehen und mir selber zuschauen, wie ich mich blamiere. Das wird mir eine Lehre sein.

Der Frühjahrsschwinget Ibach wird vom Schwingerverband am Mythen organisiert. Das Anschwingen beginnt um elf Uhr. Obwohl die Aprilsonne scheint, ist es bitterkalt, und natürlich findet der Event im Freien statt. Dabei hätten die Ibächler sehr wohl eine Indoor-Alternative: die Reithalle im Eigenwies. Was solls. Ich ziehe mich also warm an – die dicke Unterwäsche vom Winter ist noch in Griffnähe – und stopfe eine zusätzliche Jacke in meinen Rucksack. Ganz früh mache ich mich auf den Weg, denn ich weiß ja nicht, wie begehrt die Sitzplätze sein werden.

Stundenlang stehen möchte ich bestimmt nicht. Mit dem Fahrrad brauche ich nur fünf Minuten zum Schulhaus Christophorus, wo auf der Wiese neben der Turnhalle eine kleine Tribüne steht. An der Kasse gibt es keine Warteschlange. Nachdem ich bezahlt habe, stehe ich etwas ratlos herum.
»Du bist tatsächlich gekommen«, spricht plötzlich eine äußerst angenehme, warme Stimme direkt von hinten in mein Ohr. »Schön.« Sogar einen Hauch von Rasierwasser rieche ich, so nah kommt Sämi mir, dann umfasst er mich von hinten und wirbelt mich herum. Nachdem ich wieder festen Boden unter den Füßen habe, reichen wir uns die Hand, und das Kribbeln ist sofort wieder da. Sämi ist süß. Dieser Mann hat was. Er bringt mich schon aus der Ruhe, wenn er mich bloß anschaut.
»Wir sitzen in der Festwirtschaft. Komm doch auch! Aber zuvor kannst du ja schon mal deinen Rucksack auf einen Platz legen. An einem Schwingfest wird nichts gestohlen. Schau, dort hinten sitzt meine Mutter.«
Und schon verschwindet mein Traumprinz wieder. Regula winkt mir zu. Sie hat eine Wolldecke über ein paar Sitzplätze ausgebreitet. Mir fällt auf: Jeder bringt hier ein Sitzkissen mit. Außer mir. Tja, man lernt nie aus.
»Hier sitzt jeder, wo er will«, erklärt mir Regula, nachdem wir uns begrüßt haben. Aha.
Ich platziere meinen Rucksack neben die Wolldecke und setze mich einen Moment lang zu Regula. Fasziniert schaue ich zu, wie die vier Ringe präpariert werden. Das Sägemehl wird erst mit Wasser bespritzt, und dann fahren Walzen darüber. Es sind jede Menge fleißige Helfer im Einsatz.
»Komm, lass uns zu den andern etwas trinken gehen«, meint Regula nach einer Weile, »du siehst nachher noch genug.«
Als wir in die Festwirtschaft eintreten, winkt mich Sämi sofort an

seine Seite. Wir setzen uns auf eine wacklige Bank an einen langen Tisch. Es riecht, als würden alle Kaffee Schnaps trinken. Nein, das ist mir jetzt doch definitiv zu früh. Aber es gibt ja auch normalen Kaffee und frische Nussgipfel dazu.

»Heute treten auch sechs Eidgenossen an«, verkündet ein Mann, der mir gegenübersitzt. Ich nicke wissend, habe aber nicht die geringste Ahnung, wovon er redet. Sind wir nicht alle Eidgenossen? Schweizer? Eidgenossen?

»Die Brüder Gloggner, Christian Schuler, Andreas Ulrich und die beiden Brüder Laimbacher. Dieses frühe Schwingfest ist ein erster Formtest.«

»Adi Laimbacher?«, wage ich zu fragen.

Der Mann nickt. Ich muss lächeln. Ich kenne nur einen einzigen Schwinger, und der ist heute hier. Das kann mir doch nur zugutekommen.

Denke ich.

Tut es aber nicht.

Ich springe kopfüber in das erste Fettnäpfchen, das sich mir bietet.

»Schön«, sage ich, »Adi Laimbacher ist nämlich der einzige Schwingerkönig, den ich kenne.«

Einen Moment lang herrscht Grabesstille. Dann brechen sie in lautes Gelächter aus.

»Schwingerkönig, ha, das wüsste ich jetzt aber, hahaha!«

»Er ist bestenfalls ein Prinz … hahaha …«

»Vielleicht der König der Herzen … hahaha …«

Ich merke, wie meine Wangen zu glühen beginnen. Ich laufe rot an. Knallrot. Nein, es ist noch viel schlimmer: Ich werde sogar von innen rot. Rotestes Rot. Ich versuche, mich hinter meinen Haaren zu verstecken, würde sie am liebsten von hinten über mein Gesicht kämmen. Vorhang zu und tschüss.

»Es gibt nur an den alle drei Jahre stattfindenden Eidgenössischen Schwingfesten einen Schwingerkönig. Und der Laimbacher Adi hat ein solches nie gewonnen«, raunt mir Sämi ins Ohr. »Er wird auch nie ein König werden, weil er noch dieses Jahr aufhören wird. Aber der Adi ist immerhin ein ›Eidgenosse‹, das heißt, er wurde bei Eidgenössischen schon mit Kränzen ausgezeichnet, was eine große Ehre ist.«
Kränze! Das wars. Ich dachte, er trug auf dem Foto eine Krone.
Kranz. Krone. König.
Katzenkacke.
Zwergenkram.
Fettnäpfchen.
Schwingerlatein.
Ich werde ab sofort schweigen.
Schweigen kann ich.
Jedenfalls, solange ich auf diesem mir so fremden Terrain bin.
Schwingen ist Silber, Schweigen ist Gold.

Plötzlich streben alle auf ihre Plätze zu. Der Wettkampf beginnt ohne Ansage. Es geht einfach los auf den vier Sägemehlringen. Die Tribüne füllt sich langsam. Auch alte Leute klettern wendig wie Bergziegen über die Sitze, über die Leute und über allerlei Gepäckstücke hinweg zu ihrem Platz. Wir sitzen gut, haben eine perfekte Sicht auf das Geschehen. Die Sonne strahlt zwar an den frisch angeschneiten Mythen vorbei auf uns nieder, vermag aber nicht gegen die bittere Kälte anzukommen.
Die ersten Frühlingstage, die wir bereits einmal kurz hatten, mussten vor ein paar Tagen einem hoffentlich kurzen Wintereinbruch Platz machen. Aber die Kälte, die jetzt herrscht und die für mich eine echte Herausforderung darstellt, scheint für die Schwinger kein Thema zu sein.

Wir jubeln Thomas, dem Lehrling, zu, der schon nach einer halben Stunde antreten muss. Die Paarung erregt sofort die Aufmerksamkeit des Publikums, weil sie so unterschiedlich ist. »David gegen Goliath« kommt mir in den Sinn. Das Publikum ruft Thomas Aufmunterungen zu. Er hat allerdings keine Chance gegen den Riesen mit Stiernacken. Thomas liegt auf dem Rücken, bevor er zeigen kann, was er draufhat. Regula mag gar nicht erst hinschauen. Sie hat Angst, dass sich Thomas verletzt.
Sämi ist von der ungleichen Einteilung schwer enttäuscht.
»Da können sie die Paarungen ja gleich verlosen, wenn sie Thomas gegen diese Telefonkabine antreten lassen.«
Vielleicht hat es ja ganz einfach keinen so schmächtigen Partner gegeben, den man Thomas hätte zuteilen können? Aber ich schweige. Dass es beim Schwingen keine Gewichtsklassen gibt, scheint mir ein kleines Problem zu sein, vor allem für diese jungen Schwinger, die offenbar schon mit sechzehn gleich mit den Großen loslegen dürfen. Ich frage vorsichtig nach.
»Ja, mich nervt das im Moment grad auch, aber im Allgemeinen ist das schon okay«, beruhigt mich Sämi. »Bei jedem Schwingfest gibt es ein Einteilungskampfgericht, und meist überlegen die sich schon gut, wen sie wie einteilen. Aber nicht immer. Oder nicht immer nachvollziehbar. Sie haben halt auch die Aufgabe, ein bis zum Schluss spannendes Fest zu gestalten. Und bei so einem kleinen Fest könnte es halt gut passieren, dass bei einer Auslosung bereits am Anfang alle Favoriten gegeneinander antreten, und die Hälfte dann am Mittag schon raus ist.«
Aha. So ist das.

Es ist wirklich sehr frisch hier draußen.
Auch die warme Unterwäsche schützt nicht mehr vor der Kälte, die sich langsam bis zu meinen Knochen vorarbeitet.

»Bier, Most, Mineral«, rufen Kinder und preisen kalte Getränke an. Ich aber bräuchte eher eine Bettflasche.
Bin ich ein Weichei?
Wahrscheinlich schon.
Die hundertvierzig Schwinger schwitzen jedenfalls. Einige werden buchstäblich von Kopf bis Fuß paniert, weil das Sägemehl an ihnen kleben bleibt. Am Ende des Tages haben sie es wohl in jeder Körperöffnung. Einige müssen sogar welches schlucken. Ich kann mir vorstellen, dass sie auf diese Ballaststoffe verzichten könnten. Da wird gezerrt, verdreht, gedrückt, gerissen. Manchmal sieht der Kampf tänzerisch aus, fast elegant, ab und zu gar akrobatisch, und wenn der eine den anderen in der Luft herumwirbelt, oft brachial. In einzelnen Fällen wirkt es lächerlich, dann beispielsweise, wenn einer versucht, sich unter dem schweren Körper seines Gegners aus dem Ring heraus in Sicherheit zu winden oder auf allen vieren in Sicherheit zu krabbeln. Nein, ästhetisch sieht es nicht immer aus. Aber ja, es gibt richtig schöne Männer im Sägemehlring. Allen voran die erfolgreichen Laimbacher-Brüder, und das jetzt nicht, weil ich etwa parteiisch wäre. Gott bewahre! Sie sind eben »definiert«, wie meine Freundinnen richtig gesagt haben, athletisch und durchtrainiert.
Neugierig beobachte ich das Geschehen.
Mir gefallen vor allem die Rituale.
Vor ihrem Einsatz gehen die Schwinger zum eigens dafür aufgestellten Holzbrunnen. Dort spritzen sie sich Wasser ins Gesicht, tauchen Hände und Arme unter, atmen noch einmal durch, sammeln sich. Viele nehmen etwas Sägemehl in die Hand, zerreiben es konzentriert zwischen den Fingern, bevor sie den Ring betreten. Die Gegner reichen sich die Hände, bevor sie sich an ihre Zwilchhosen fassen. Und ganz schön: Am Ende klopft der Sieger dem Besiegten das Sägemehl vom Rücken.

Der erste Preis heute ist ein Wochenende auf dem Stoos. Dafür leisten die Schwinger einiges. Sie krampfen und schnaufen und schwitzen und sind hart im Nehmen.
Im Schlatter-Film habe ich gesehen, dass es vor vielen Jahren bei einem Schlussgang auf dem Brünig sogar einmal einen Genickbruch gab. Der Verunfallte überlebte zwar, blieb aber gelähmt. Das Schwingen ist also alles andere als ungefährlich, auch wenn alle immer so tun. Manchmal kann ich fast nicht hinsehen.

Jetzt ist es richtig saukalt. Ich hole mir eine Bratwurst, mehr um mich daran zu wärmen, als weil ich Hunger hätte.
Zurück an meinem Platz, muss ich leider feststellen, dass Sämi weg ist. Neunhundert Leute im Publikum, wie der Speaker vorhin verkündete, aber weit und breit kein Sämi.
Regula sagt nur: »Ein Notfall im Stall.«
Mehr weiß sie auch nicht. Sie kümmert sich jetzt um Thomas, der bei ihr sitzt und Zuspruch braucht.
Ohne Sämi sehe ich keinen Sinn mehr darin, hierzubleiben. Ich kann mich unmöglich entspannen und mich für das Schwingen begeistern, wenn meine Zähne wie Kastagnetten klappern.
Schade, ja, aber noch mehr hätte ich nicht anziehen können.
Ich verabschiede mich und fahre mit dem Velo davon.
Im Moment möchte ich nur eines: warm haben. Zu Hause angekommen, lege ich mich auf das Sofa, eingewickelt in eine warme Decke. Sogar Klara lässt sich dazu erweichen, mich ein wenig zu wärmen, und kuschelt sich neben meine Füße.
Was will das Herz mehr.

Gegen Abend erwache ich, weil es an der Tür klingelt. Und als ich durch den Spion spähe, erschrecke ich gewaltig. Es ist Sämi! Ich bin gerade unter der Decke hervorgekrochen und sehe wohl auch so aus: verschlafen, verschrumpelt, zerknittert. Aber ich öffne die Tür. Sämi wirkt ein wenig irritiert.

»Schau mal!«, sagt er und deutet auf einen Mann, der im Treppenhaus neben meiner Wohnungstür hockt und schläft. Der Mann stinkt, als hätte er seit gestern nur gesoffen. Dem Schnarchen nach zu urteilen und in Anbetracht seines außergewöhnlichen Schlafplatzes hat er das wahrscheinlich auch.

»Theo!«

Ich kanns nicht fassen.

Eigentlich sollte ich einfach so tun, als würde ich ihn nicht kennen, als sei er ein Penner, der sich in mein Treppenhaus verirrt hat. Aber das könnte ich nie.

Jetzt schlägt Theo die Augen auf.

»Be-ha! Wo bin hi-ich?«, fragt er mit schwerer Zunge, und als er Sämi erblickt: »Ist das dein Neu-her?«

Sämi hilft mir, Theo in die Wohnung zu bringen. Allein gehen kann er nämlich kaum.

»Wo-hont ter jest scho-hon hier?«, lallt Theo mit Blick auf Sämi.

Ich erspare mir eine Antwort.

Wir legen ihn auf das von mir bereits angewärmte Sofa. Sämi zieht ihm die Schuhe aus, ich decke ihn zu. Theo kuschelt sich in die Decke und schläft augenblicklich wieder ein. Immerhin.

Klara verlässt die Wohnung. Zu viel Theo, zu viel Geschnarche, zu viel Alkoholdämpfe in der Luft.

Was für ein saublödes Zusammentreffen. Sämi wollte mich besuchen und trifft auf einen besoffenen Theo. Wie soll er das bloß einordnen, wo wir uns doch gar nicht wirklich kennen? Was er jetzt wohl denkt?

»Trinkst du einen Kaffee mit mir?«, lade ich ihn ein.

Er zögert einen Moment, nickt dann aber.

»Entschuldige, dass ich dich so überfallen habe. Das war so eine spontane Idee. Manchmal bin ich so. Ich war wieder am Schwingfest, gerade rechtzeitig für den Schlussgang, aber du warst leider schon weg.«

»Es war mir einfach irgendwann zu kalt, ich musste nach Hause, um wieder aufzutauen. Wie ist es ausgegangen?«, frage ich, damit das Gespräch im Gange bleibt.

»Das hätte dir gefallen, Bea. Laimbacher Adi, dein sogenannter König, hat gewonnen. Er kämpfte im Schlussgang gegen seinen Bruder Philipp. Und dann, grad neunzehn Sekunden vor Schluss, konterte Adi einen Angriff von Philipp und gewann mit Übersprung. Es war wirklich spannend.«

»Wow, mit Übersprung!« Ich lächle in mich hinein. Das werde ich wohl googeln müssen.

»Dein König, der nur ein Eidgenosse ist, hat das Fest zum zehnten Mal gewonnen.«

»Cool.«

Wir sitzen an meinem Küchentisch.

Im Wohnzimmer schnarcht Theo.

Eine blöde Situation.

»Was ist mit ihm?«, will Sämi nun wissen.

»Wir waren bis vor kurzem ein Paar. Ich habe die Beziehung beendet, und er braucht wohl noch eine Weile, um damit fertigzuwerden. Obwohl es längst keine Beziehung mehr war, eigentlich.«

Wir sitzen eine Weile schweigend da.

»Warum bist du gekommen?«, frage ich irgendwann geradeheraus.

»Das klingt jetzt bestimmt ein bisschen doof – aber ich weiß es auch nicht so genau. Vor allem wollte ich mich entschuldigen, dass ich einfach so weggerannt bin, ohne mich zu verabschieden. Vielleicht wollte ich auch ein wenig bei dir jammern.«

»Jammern?«
»Ja. Heute Nachmittag ist eine Kuh eingegangen. Meike. Wie sich herausstellte, hatte sie ein Stück einer Aludose im Pansen. Richtig hässlich. Und alles nur, weil es immer mehr Leute gibt, die ihren Müll einfach irgendwo hinschmeißen.«
Er seufzt.
»Oh, das tut mir leid.«
Ich lege meine Hand auf seine.
»Es ist ein absolut sinnloser Verlust. Ein Verlust, der mir zu Herzen geht. Und es kann jederzeit wieder passieren. Über unsere Wiese führt ein Stück vom Jakobsweg, was heißt, dass es immer wieder fremde Passanten gibt. Und obwohl wir aufpassen wie verrückt, gelangt dann halt manchmal doch Müll ins Heu.«
»Schlimm.«
Was soll ich dazu sagen? Littering, wie das neudeutsch heißt, ist ein zunehmendes Problem, überall. Ich denke, dass die meisten Leute gar nicht wissen, was sie da tun, wenn sie achtlos ihren Müll irgendwohin werfen, geschweige denn, welche Konsequenzen das haben kann.
»Ich habe schon Wanderer auf frischer Tat ertappt, doch sie lachten mich nur aus, als ich sie zurechtgewiesen habe. Auch Erwachsene sind nicht mehr bereit, ihren Kindern eine gewisse Ordnung anzuerziehen. Neulich habe ich mit Kindern geschimpft, die ständig durchs hohe Gras gerannt sind. Da zeigte mir ihr Vater den Stinkefinger.«
Bevor ich dazu etwas sagen kann, ruft Theo nach mir. Die Situation ist völlig absurd und äußerst unangenehm.
»Kümmere dich nur um deinen Patienten«, sagt Sämi und steht auf. »Wir sehen uns ja bestimmt am Schwingfest in Muotathal, oder?«
»Aber klar! Nächste Woche erscheint übrigens mein Artikel über

dich im Magazin ›Frauenpower‹. Ich bringe dir ein paar Zeitschriften mit.«

»Schön.«

Wir verabschieden uns ein wenig steif. Es ist, als wäre es ihm peinlich, einfach so vorbeigekommen zu sein. Und ich bin alles andere als erfreut, dass er gleich in meinen Ex hineingelaufen ist. Irgendwie sehe ich gerade keinen Weg, diese eigenartige Situation aufzulockern.

»Danke für deinen Besuch«, sage ich, bevor Sämi im Treppenhaus verschwindet. Ich winke ihm hinterher, was er nicht sieht, denn er dreht sich nicht mehr um.

Theo ruft wieder nach mir. Weinerlich. Dabei müsste ich weinen! Er hat neben mein Sofa gekotzt. Immerhin daneben. Trotzdem: Mein Mitgefühl für ihn ist schlagartig in sich zusammengefallen. Gut, dass ich Parkett und keinen Teppich habe. Aber putzen muss ich trotzdem. Ich öffne die Fenster sperrangelweit. Jetzt bin ich richtig sauer. Während ich mit Wasser, Seife und Bodenlappen hantiere, versuche ich, die Luft anzuhalten, was mir leider nicht ganz gelingt. Als ich fertig bin und gefühlte hundert Streichhölzer angezündet habe, um die Luft mit Schwefelgeruch zu schwängern, schimpfe ich laut und in allen Tonlagen mit Theo. Aber er hört nichts, ist wieder eingeschlafen. Jetzt, wo alles raus ist, geht es ihm wohl besser. Schön für ihn.

Dafür hat er mir alles versaut: Sämi kam einen Schritt auf mich zu, und Theo hat ihn vertrieben.

Übersprung

Ich lerne.
Beim Übersprung wird das eigene Bein hinter das diagonal liegende Bein des Gegners gestellt, der Oberarm des Gegners fixiert, und dann wird der Konkurrent mit Druck nach vorn ins Sägemehl gelegt.
Ich verstehe Bahnhof.
Das eigene Bein hinter das diagonal liegende Bein des Gegners stellen, wie soll das denn gehen?
Keine Ahnung.
Nichts verstanden.
Auf Youtube gibt es immerhin ein Video zum Übersprung, das mir aber auch nicht wirklich weiterhilft. In meinem gescheiten Buch lese ich dann noch, es sei ein explosiver, schneller, überraschender Schwung.
Aha.

Irgendwie übersprungsartig, zumindest schnell und explosiv, habe ich heute Morgen Theo aus meiner Wohnung geworfen. Er war einigermaßen ausgenüchtert, als er sich einfach so, als wäre nichts passiert, an meinen Küchentisch setzte und um einen Kaffee bat, worauf ich sozusagen gefühlsmäßig und rein imaginär mein Bein hinter sein diagonal liegendes gestellt und ihn voll nach vorn gedrückt habe, nicht ohne vorher seinen Oberarm fixiert zu haben.

Nein, im Ernst, ich bin weder ein Restaurant noch eine Ausnüchterungsstation.
Ich arbeite heute in Trix' Buchhandlung im Einkaufszentrum Kaufrausch. Ich bin die Erste am Morgen, muss also mehr als pünktlich sein. Vorsichtig schiebe ich an der Ladenfront die riesigen Glasscheiben auseinander, immer mit einem leicht mulmigen Gefühl. Vor ein paar Wochen ist Trix dabei nämlich plötzlich eine Scheibe aus den Schienen gesprungen und mit einem mörderischen Knall auf den Boden gekippt und in tausend Scherben zersprungen. Trix zitterte vor Schreck noch nach einer Stunde.
Wenn die Ladenfront offen ist, schiebe ich die Rollelemente mit den Büchern raus. Wir dürfen einen Meter von der Außenfläche mitbenützen, und das tun wir auch. Aber nur genau einen Meter, keinen Zentimeter mehr. Das wird kontrolliert. Da der Bücherlieferant erst später kommt, die Kasse bereits gestartet und das Geld gezählt ist, kann ich mich einen Moment lang umsehen, bevor die ersten Kunden kommen. Wenn man so selten in der Buchhandlung arbeitet wie ich, muss man sich erst wieder orientieren. Was ist neu? Was steht wo? Wie sieht die Bestsellerliste aus? Welche Aktionen haben wir?
Na ja, es ist Frühling, und was wird da wohl am meisten verkauft?
Gartenbücher?
Reiseführer?
Wanderkarten?
Weit gefehlt!
Diäten sind im Frühling angesagt. Ich schiebe zwei Rondelle mit Sachbüchern zum leidigen Thema an den prominentesten Platz unserer Buchhandlung, exakt dorthin, wo jede Kundin, jeder Kunde fast darüberfallen muss.
»Die Steinzeit-Diät«
»Denk dich schlank!«

»Das Turbo-Stoffwechsel-Prinzip«
»Atme dich schlank«
»Schamanisch abnehmen«
»Tu nichts und werde schlank«
»Schatz, meine Hose rutscht!«
»Die Mond-Diät«
»Die Nebenbei-Diät«
»Schlank mit Kartoffeln«
»Jeder kann schlank sein«

Im Frühling türmen sich diese Bücher. Eine Neuerscheinung jagt die andere, dabei gäbe es längst genug Lesestoff zum Thema, und wirklich Neues steht in keinem der Bücher. Aber sie werden gekauft. Am besten gefällt mir ja die Steinzeit-Diät. Ob man da nur das essen darf, was man selber gejagt oder gesammelt hat? Die Mond-Diät erscheint mir dagegen etwas gefährlich: Der nimmt doch immer ab und zu und ab und zu. Ein denkbar schlechtes Vorbild. Schlank mit Kartoffeln wird man wohl am besten, wenn man sich frühmorgens mit einer besonders großen den Mund zustopft.

Natürlich würde ich niemals jemandem vom Kauf eines solchen Buches abraten. Wir brauchen schließlich jeden Franken Umsatz, damit die Buchhandlung überhaupt überleben kann. Meiner Freundin Yvonne habe ich den Kauf dieser Bücher und DVDs bisher allerdings erfolgreich ausgeredet. Man muss ja nur logisch denken: Mehr Kalorien verbrauchen, als man isst, respektive weniger Kalorien essen, als man verbraucht. Yvonne hat bloß ein paar wenige Kilos zu viel, und es besteht eigentlich kaum ein Grund für ihre intensive Suche nach dem ultimativen Wundermittel.

Ganz besonders amüsiere ich mich, wenn eine Frau ein Diätbuch kauft und gleichzeitig ein Buch mit neuen Tortenrezepten.

Genauso musste ich neulich schmunzeln, als ein Mann bei mir das Buch »Endlich Nichtraucher« bezahlte und dann fragte, wo er hier Zigaretten kaufen könne.

Heute bringt mich schon die erste Kundin völlig aus dem Konzept. Sie will ihrem Enkelkind ein Tagebuch kaufen.
»Wir führen leider keine Tagebücher. Die können Sie in der Papeterie gleich hier um die Ecke kaufen«, erkläre ich der Dame höflich.
»Doch«, sagt sie und bleibt vor der Kasse stehen, als würde sie nicht weggehen, bevor sie ein Tagebuch in die Hände bekommt. Grimmig und wild entschlossen hat sie sich vor mir aufgebaut. Wird das eine Ladenbesetzung? Soll ich selbst eines nebenan in der Papeterie holen, nur damit sie Ruhe gibt?
»Nein, Tagebücher haben wir nicht, tut mir leid«, versuche ich es noch einmal und zeige dazu mein einnehmendstes Lächeln.
»Doch«, beharrt sie. Altersstarrsinn?
Jetzt beginne ich schon, mich umzuschauen. In Buchhandlungen wird ja inzwischen alles Mögliche verkauft. Neulich, als der Besteller »Tulpengrab« erschien, hatten wir sogar Tulpenzwiebeln im Angebot. Was, wenn wir gerade letzte Woche einen Turm voller Tagebücher bekommen haben? Vielleicht sind Tagebücher plötzlich wieder der letzte Schrei bei den Kindern?
Nein. Da ist nichts.
Ich zeige ihr unsere wunderschönen, teilweise wirklich edlen Notizbücher. Ich habe selber einige davon gekauft, und jetzt stehen sie daheim herum, weil sie zu schön sind, um vollgekritzelt zu werden.
»Daraus könnte man ein prima Tagebuch machen«, erkläre ich und lächle immer noch, inzwischen ein wenig verkrampft.
Die Frau schaut mich an, als wäre ich völlig gestört.

»Das Kind will doch lesen, nicht schreiben!«, empört sie sich.
Da geht mir plötzlich ein Licht auf. Sie will »Gregs Tagebuch«. Ein Bestseller auf der Liste der Jugendbücher. Darin ist zwar mehr gezeichnet als geschrieben, aber das ist wohl das Erfolgsgeheimnis bei unseren lesefaulen Kindern. Ich begleite sie in die Kinderbuchabteilung.
»Na also!«, triumphiert sie.
»Wissen Sie, ob das Kind schon Bücher aus der Serie hat?«, frage ich.
Sie schüttelt den Kopf.
»Es gibt inzwischen schon zehn Bände«, informiere ich sie. »Welchen möchten Sie gern kaufen? Den neuesten oder den ersten?«
Die Frau schaut mich an, schüttelt den Kopf und meint: »Ihre Beratung verunsichert mich ja nur. Ich komme lieber morgen wieder, wenn Ihre Chefin hier ist. Sie sind keine große Hilfe.«
Und dann verlässt sie mit flottem Schritt den Laden.
Tja, das gibt es immer wieder, Kunden, die einem den letzten Nerv rauben, viel Beratungszeit beanspruchen und dann doch nichts kaufen.

Ich selber hatte als Kind tatsächlich ein Tagebuch. Man sollte die Notizen aus der Kindheit aufheben. Ich kann mich noch gut erinnern, dass ich meinen ganzen Weltschmerz hineingeschrieben und meine riesigen Probleme darin beweint habe. Zum Beispiel als ich im Fernsehen »Aktenzeichen XY… ungelöst« nicht schauen durfte. Oder als meine Freundin weggezogen war; für immer. Und als mein Goldfisch Selbstmord beging, indem er einfach aus dem Goldfischglas heraussprang. Später einmal habe ich das Tagebuch entsorgt. Ich dachte, es wisse zu viel. Heute bedauere ich das. Meine erste Liebe, mein erster Herzschmerz: Das würde ich heute gern alles noch einmal nachlesen können.

Ich werde unangenehm aus meinen Gedanken gerissen, als ich jenen Mann im Laden entdecke, der ständig nach Sex-Ratgebern fragt oder die längste Zeit darin herumblättert. Ab und zu kauft er auch einen und zwinkert uns dann beim Bezahlen zu, als möchte er sagen: »Ich bin ein Experte. Ich weiß alles, kann alles, habe Sex sozusagen studiert. Möchtest du auch mal?« Ein widerlicher Kerl, erstaunlich gut aussehend übrigens, immer perfekt gekleidet, aber scheinbar einsam oder auf jeden Fall sexuell unterfordert. Diesmal verschwindet er überraschend schnell wieder, ohne etwas zu kaufen.

Eine Frau kauft jede Woche vier Bücher. Krimis, Romane, Sachbücher. Sie läuft einfach kreuz und quer durch den Laden und lässt sich inspirieren. Sie kauft nach Lust und Laune. Eine richtige Wunschkundin: unkompliziert, lesefreudig, zahlungskräftig. Sie ist schlank und groß, und wir nennen sie den »Bücherwurm«. Von dieser Kundschaft hätten wir gern mehr. Sie macht uns das Leben leicht.

Viele Kunden kaufen nur ein einziges Buch, aber das so kompliziert, umständlich und aufwendig, als möchten sie ein Grundstück erwerben. Oder so, als würden sie nur dieses eine Buch kaufen und dann nie mehr im Leben ein weiteres. Immer wieder kommen auch Leute in den Laden, die von Tuten und Blasen keine Ahnung haben, sich aber so aufführen, als ob. Gerade steht eine elegante Frau vor mir, sorgfältig gekleidet in ein hellblaues Kostüm, mit passenden Wildlederschuhen. Sie verlangt nach dem Buch »Sinatra« von Hermann Hesse. Ich erkläre ihr höflich, dass das ja nur »Siddhartha« sein könne, Sinatra sei ein Sänger gewesen.

»Was soll das denn heißen, ›Siddhartha‹? Das ist doch kein Wort!«

Aha. Aber Sinatra schon?

Die Frau hält mir einen Zettel hin, und da steht es schwarz auf weiß: »Sinatra«.

»Jetzt können Sie es lesen, oder?«, schnauzt sie mich an. Ich atme tief durch.

»Ich kann es sehr gut lesen, aber es ist trotzdem falsch. Es gibt kein Buch von Hesse mit diesem Titel.«

»Sind Sie Buchhändlerin oder was?«, fragt sie mich und beäugt mich kritisch durch ihre Nickelbrille.

»Nein, Journalistin, Texterin, aber ich kenne trotzdem die Bücher von Hesse.«

Ich denke an Begriffe wie Gammen und Übersprung. Das tut gut. Die Frau faltet ihren Zettel sorgfältig wieder zusammen und steckt ihn in ihre hellblaue Einkaufstasche.

»Dann komme ich wieder, wenn eine Buchhändlerin hier ist.«

Sie rauscht davon, und nur ihr schweres, süßes Parfüm bleibt im Laden zurück. Zu gern würde ich ihr »Siiiddhaaarthaaa« nachschreien und vielleicht noch das eine oder andere Buch hinterherwerfen.

Schon wieder eine, die nach meiner Chefin verlangt. Was ist denn heute los?

Dabei mag ich meine Tage in der Buchhandlung; raus aus dem Home-Office und mitten unter die Menschen. Ich bin eine gute Verkäuferin, weil ich stressresistent und immer fröhlich bin. Es braucht viel, um mich wirklich grummelig zu machen. Ein schwieriger Kunde ist meist schon vergessen, wenn er den Laden verlassen hat. Und ich liebe Bücher von ganzem Herzen, war schon als Kind ein Bücherwurm, was mich dann schließlich ja auch zum Schreiben gebracht hat. Neulich waren zwei Frauen in der Buchhandlung, die nur lachend an Büchern geschnuppert haben. Ja, Bücher haben einen eigenen Geruch. Ich habe im Internet Werbung für ein Parfüm gesehen, das nach Bibliothek riechen soll. Was sind wir doch für komische Menschen: Wir kaufen Bücher heute digital, laden sie auf unseren E-Book-Reader, holen

uns dann aber den Duft der Bücher in der Parfümflasche. Irgendwann wird dieser Duft sicher auch noch auf Knopfdruck vom Reader freigesetzt.
Wunderlich.
Aber auch irgendwie wunderbar.

Jetzt steht ein Mann vor mir an der Kasse und unterbricht meine Gedankenreise. Er knallt einen Bildband über die Alpen auf den Tisch und sagt: »Das ist ein Geschenk.«
Was er damit eigentlich sagen will: »Guten Tag, liebe Frau Betschart. Ich möchte dieses Buch kaufen. Würden Sie es mir freundlicherweise als Geschenk verpacken? Das wäre sehr nett.«
Irgendwann einmal, wenn wieder einer kommt und mürrisch »Das ist ein Geschenk« ranzt, dann werde ich das Buch entgegennehmen und lächelnd »Danke« sagen. Irgendwann. Heute nicht. Heute bin ich gnädig – nehme allerdings zur Strafe ein besonders hässliches Geschenkpapier.
»Den Preis können sie ruhig dranlassen. Dann sieht man, wie teuer dieser Schunken war«, meint der Kunde dann noch als Zugabe. Und das bei einem Aktionspreis von 17 Franken 90. Unglaublich, aber wahr.
»Bereits ein einziges Buch enthält den Tagesbedarf an A, B, C, D und vielen weiteren lebenswichtigen Buchstaben.« Diesen Spruch hat Trix hinter die Kasse geklebt. Nach einem Tag in der Buchhandlung habe ich viele Buchstaben getankt und freue mich wieder darauf, selber zu schreiben.

Der Wyberhaken

Ich lerne.
Beim Wyberhaken – keiner weiß, woher der Name kommt – beginnt der Angreifer mit einem Gammen, klemmt dann das gegnerische Bein mit den eigenen Beinen ein und hakt nachher übers Kreuz mit einem Bein nach. Dadurch ist der Gegner in seiner Bewegungsfreiheit eingeschränkt und kann sich kaum mehr vor dem Fall ins Sägemehl retten.
Auf Youtube wird der Schwung von Jörg Abderhalden, einem dreifachen Schwingerkönig, gezeigt. Es sieht furchtbar gehäkelt aus, was er da so treibt mit den Beinen, fast schon, als wolle er nicht häkeln, sondern ein Zopfmuster stricken.
Soll ich wirklich irgendwann all diese Schwünge unterscheiden und benennen können?
Kann das der normale Schwingfestbesucher?
Ich kann es mir nicht vorstellen.
Nein, kaum.

Gestern erschien im »Frauenpower«-Magazin meine Story über Sämi. Ein sympathischer, interessanter Bericht mit Fotos, die den Leserinnen bestimmt gefallen. Sämi sieht aus wie der Traum-Bauer schlechthin. Am Ende des Artikels steht, klein und kursiv gedruckt, die Bemerkung, dass Fanpost an den Bauern gern weitergeleitet werde. Ich spüre einen leichten Anflug von Eifersucht.

Bestimmt melden sich jetzt viele Frauen ohne gegelte und bunt lackierte Nägel, und Sämi wird eine neue finden, bevor er herausfindet, dass eigentlich *ich* die Richtige für ihn wäre. Natürlich muss ich über mich schmunzeln. Aber nerven tuts mich trotzdem! Gerade ist in der »Bravissimo« eine Liste mit hundert Flirt-Tipps für Mädchen erschienen. Klar, ich gehöre nicht mehr zur Zielgruppe dieses Magazins, aber ich bekam die Diskussionen über die Liste mit. Die Zeitschrift erntete im Internet einen veritablen Shit-Storm für die blöden Ratschläge. Beispiele gefällig?

»Imitiere seinen Style! Dein Schwarm trägt am liebsten Grün? Zieh dir auch grüne Sachen an. Die stechen ihm viel mehr ins Auge als andersfarbige Teile.«

»Binde dir einen orange- oder pfirsichfarbenen Schal um, der bringt deinen Teint zum Leuchten und lässt dich attraktiver wirken.«

»Sprich ein wenig tiefer, wenn dein Schwarm in der Nähe ist. Das wirkt sexy und reifer.«

»Wenn du dich mit einem schnuckeligen Typ unterhältst, schau ihm bewusst nur in ein Auge. Damit wirkst du ruhiger und konzentrierter. Das ist die absolute Charme-Hypnose!«

Man stelle sich vor: Hundert solche albernen Ratschläge, und kein Mädchen wird sich mehr natürlich und normal verhalten können. Das Resultat liegt auf der Hand: »Bravissimo« macht eine ganze Leserinnengeneration zu ewigen Singles. Nur in *ein* Auge schauen! So ein Blödsinn. Das Heft war schon in meiner Jugendzeit nicht viel wert, aber durch die Verbote meiner Eltern wurde es damals extrem aufgewertet. Dabei könnte ich grad heute ein paar gute, persönliche, ernst gemeinte Ratschläge gebrauchen.

Zeit, mal wieder nachzuschauen, wie es dem Traum geht, dem ich zurzeit nachjage.

Ich klemme drei Exemplare von »Frauenpower« auf den Gepäckträger meines Fahrrads und bringe sie, wie versprochen, persönlich bei Sämi vorbei. Es ist inzwischen Mai geworden, das Wetter ist freundlich und frühlingshaft.

Harry bellt schon von weitem, als ich in den schmalen Weg zum Hof einbiege. Sämi kommt aus dem Stall, um den Hund zu beruhigen. Wieder falle ich fast vom Fahrrad, weil das Tier so aufgeregt um mich herumrennt. Erst als Sämi kurz und energisch pfeift, kuscht sich der Hund an seine Seite.

»Hallo ihr zwei«, sage ich mit meinem schönsten Lächeln und steige vom Fahrrad, »ich bringe – wie versprochen – das Heft mit meinem Artikel persönlich vorbei.«

»Das ist aber sehr schön«, sagt Sämi und strahlt mich an. Soll ich jetzt wirklich nur in eines seiner blauen Augen schauen? Und tiefer sprechen? Wird er dann nicht denken, ich sei ein wenig krank oder ziemlich bescheuert? Ups, meinen pfirsichfarbenen Schal habe ich auch vergessen.

Sofort öffnet Sämi neugierig das Magazin und schaut sich die Bilder und den Titel an. Er nickt zufrieden.

»Einen Kaffee kann ich dir heute leider nicht anbieten. Der Besamer Stöckli kommt gleich vorbei. Tut mir leid.«

Mir auch. Sehr sogar.

»Aber wir können ja dann in Muotathal zusammen etwas trinken«, verspricht er.

Ach ja, das nächste Schwingfest steht diesen Sonntag an. Es hätte eigentlich schon letzten Sonntag stattfinden sollen, wurde aber wegen des starken Regens verschoben. So wetterfest, wie ich dachte, sind die Kerle ganz offenbar doch nicht.

»Das wird halt nicht so ein hochkarätiges Schwingfest, weil am Verschiebedatum viele Schwinger bereits bei anderen Schwingeranlässen angemeldet sind. Die beiden kantonalen Kranzfeste in

Sachseln und Wädenswil sind wichtiger als das Rangschwingen in Muotathal. Aber es sind immerhin fünfzig Schwinger am Start.«
Ja, ja, kein Problem, fünfzig Schwinger reichen für mich voll und ganz, zumindest solange Sämi im Publikum ist. Eigentlich würde mir auch Sämi allein reichen, ohne die ganzen Schwinger.
In diesem Moment kommt ein Auto angebraust: der Besamer Stöckli, wie die großen Lettern auf dem Wagen zeigen. Sämi drückt mir nur noch kurz die Hand und wendet sich dann dem »Familienplaner« im blauen Overall zu.
Das wars.

Ich bin also schneller daheim, als mir lieb ist, und mir ist sofort klar: Ich muss arbeiten. Ich will auf keinen Fall nachdenken. Wenn ich nämlich über mich und mein Tun grüble, dann muss ich den Kopf schütteln und kriege Ohrensausen und Kopfschmerzen.
Da ich im Moment keine Aufträge habe, versuche ich mal wieder, eine originelle Kolumne zu schreiben. Allerdings habe ich keine Idee, keine Ahnung, kein Thema. Ich stöbere ein wenig auf Facebook herum, einer sicheren Quelle der Inspiration. Dort werden nicht nur Katzenbilder und Essensfotos gepostet, sondern zurzeit gerade lustige Tests gemacht. Es scheint eine Seuche zu sein. Ich klicke mich da und dort durch spezielle Links, amüsiere und wundere mich und beginne zu schreiben. Und schon ist die Kolumne da.

Eine Japanerin?

Ich gebs zu: Ich bin ein Facebook-Fan. Kein Ausflug, von dem ich nicht zeitnah ein Foto ins Netz stelle. Bea vor dem Matterhorn. Bea auf dem Mythen. Bea am Meer. Kein Sonnenuntergang, den ich nicht mit meinen Facebook-Freunden teile. Jeder Einbrecher wird von mir vorgängig zuverlässig über meine

Abwesenheiten informiert, seien es Ferien, Wanderungen oder Familienfeste. Ja, das ist falsch. Manchmal mache ich halt Dummheiten und Fehler.
Neulich las ich: »Ich habe schon so viel aus meinen Fehlern gelernt, ich glaube, ich mache noch ein paar.« Solch coole Sprüche merke ich mir natürlich. Und woher habe ich sie? Aus Facebook.
In letzter Zeit musste ich mit leichtem Befremden feststellen, dass viele meiner Freunde auf Facebook laufend irgendwelche eigenartigen Tests machen. Welche Naturkatastrophe entspricht deinem Temperament? Welcher Typ Frau bist du? Welches Lied wurde für dich geschrieben? Welcher Spielfilm passt genau zu dir? Welches Tier passt zu deiner Seele?
Ich habe zuerst einmal den Kopf geschüttelt über die blöden Tests und mich gewundert. Und wie so oft hat dann die Neugier gesiegt. Nein, Neugier ist nicht prinzipiell etwas Schlechtes. Gerade eine Journalistin muss neugierig sein, offen für Neues, allzeit bereit.
So habe ich mich an einem verregneten Sonntagnachmittag auch durch diverse solcher Tests geklickt. Die Fragen waren meist sehr banal und konnten oft nicht einmal eindeutig beantwortet werden. Aber ich blieb dran und lernte unglaublich viel über mich.
Stellen Sie sich vor: Meine Vorfahren waren eine sagenumwobene Schamanenfamilie! Erstaunlich. Aber es klingt gut. Das Tier, das zu meiner Seele passt, ist ein Tiger, weil ich so leidenschaftlich und impulsiv und temperamentvoll bin. Großartig! Ich glaube, ich bin eher so eine Art Stubentiger, aber der Test weiß es sicher besser. Er sagt auf die Frage, welche Naturkatastrophe meinem Temperament am besten entspreche, ja auch: »Du bist wie ein Orkan.«

So weit, so gut. Aber als ich die Frage nach meiner »inneren Nationalität« abklärte, war ich doch verblüfft: Tief in mir drin sei ich eine Japanerin. Hallo? Werde ich von einer versteckten Kamera am Computer gefilmt? Nichts gegen Japaner, aber mit Japan habe ich jetzt wirklich gar nichts zu tun. Mal abgesehen von den Glückskeksen, die ja von dort stammen sollen.
Ja gut, ich habe einen japanischen Fernseher, ein japanisches Auto, eine japanische Kamera. Das schon. Und eine Touristin bin ich natürlich auch. Immer gern unterwegs, immer mit Kamera, immer mit großen Augen, offen für Neues. Mit dieser Definition könnte ich leben.
Während ich noch mit meiner inneren Nationalität haderte, stand plötzlich meine Freundin Trix hinter mir. »Was machst du denn da?«, wollte sie wissen. Ich erzählte ihr von den komischen Tests, die ich einfach mal ausprobieren wollte.
»Soll ich dir etwas über dich sagen, ganz ohne Internettest? Du sitzt zu viel am Computer, bist zu oft auf Facebook, du hast sicher heute zu wenig geschrieben, du brauchst dringend frische Luft und solltest wieder mal etwas Leckeres essen.«
Sie hatte – wie so oft – recht. Hundert Punkte für meine Freundin. Und sie brauchte dafür keine Fragen zu stellen. Ich schaltete meinen Laptop aus, und wir spazierten zum Japaner. Sayonara.

Schnell schicke ich die Kolumne wieder an diverse potenzielle Abnehmer und wünsche mir Glück.
Ich bin ein Orkan!
Hallo?
Diese Tests sind wirklich der Wahnsinn.
Ich bin ein Tiger!
Grrrr.

Klara denkt darüber sicher anders. Sie hat sich jedenfalls an mich geschmiegt, als wüsste sie genau, dass von mir keine Gefahr ausgehen kann. Sie schnurrt so laut, dass es fast schon ein Brummen und Knurren ist, ein richtiger Katzenmotor, so als würde sie jetzt dann gleich abheben.
Müsste ich in einem dieser bescheuerten Tests meinen Lieblings-Sound angeben, es wären die zufriedenen Laute meiner Katze.

Die Kolumne wird innerhalb von einer halben Stunde gekauft. Die »Berner Familien-Illustrierte« will eine Sonderausgabe zum Thema Facebook machen, und da passt mein Text perfekt rein. Glück gehabt. Ich träume natürlich davon, irgendwann für eine Zeitschrift oder Zeitung eine eigene, regelmäßige Kolumne schreiben zu dürfen. Das wäre eine schöne und lukrative Herausforderung und ein kleines Stück Sicherheit für meine Haushaltskasse. Ja, ich bin eine Beckenrandschwimmerin, ich weiß.

Das Anschwingen

Ich lerne.
Mit Anschwingen werden die ersten beiden Gänge an einem Schwingfest bezeichnet. Dabei werden die besten Schwinger gegeneinander eingeteilt, und das sehr gewollt, da der Tag so immer mit einem Höhepunkt beginnt. Die Gänge drei und vier heißen Ausschwingen, fünf und sechs nennt man Ausstich. Bei den Eidgenössischen Festen gibt es acht Gänge, allerdings auf zwei Tage

verteilt. Die Gänge sieben und acht nennt man dann Kranz-Ausstich.
Bei Sämi frage ich mich, ob ich nicht bereits im Anschwingen gebodigt wurde, ob ich eigentlich noch im Wettkampf bin oder längst auf dem Rücken liege beziehungsweise ausgeschieden bin.

Mein zweites Schwingfest ist wenigstens nicht mehr so eine eiskalte Angelegenheit. Als ich am 10. Mai in Muotathal aus dem Bus steige, lacht die Sonne. Ja, ich habe den Bus genommen, weil ich dachte, ich würde vielleicht keinen Parkplatz bekommen. Ich konnte ja nicht wissen, dass dies ein so kleines Schwingfest ist. Ein wirklich kleines. Sozusagen winzig. Ohne Tribüne. Ohne Gedränge. Es wirkt fast ein bisschen familiär. Das kommt natürlich auch daher, dass gleichzeitig woanders noch zwei größere Schwingfeste stattfinden. Außerdem ist Muttertag, der Tag, den ich normalerweise gern bei meiner Mutter verbringe. Diesmal habe ich ihr, das muss ich zu meiner Schande gestehen, allerdings lediglich einen Blumenstrauß schicken lassen und ihr ein kleines, holpriges Gedicht dazu geschrieben. Gut, dass Beno bei ihr ist. Der Muttertag ist für sie eben doch eine wichtige Sache.
Da ich Sämi noch nirgendwo sehe, setze ich mich in die Festwirtschaft, trinke einen Kaffee und gönne mir dazu den bei Schwingfesten offenbar obligaten Nussgipfel.
Und dann kommt er.
Sämi.
Groß, schön, strahlend.
Und hinter ihm – eine Frau!
Sie trägt Jeans und ein Edelweißhemd, hat ihre langen Haare irgendwie kunstvoll am Hinterkopf hochgesteckt. Und vor allem sieht sie verdammt gut aus. Großzügig präsentiert sie ein imposantes Dekolleté. In ihrem Ausschnitt baumelt ein goldenes Kreuz,

genau dort, wo jeder hingucken will oder muss, weil er – oder auch sie – gar nicht anders kann.
Ich auch nicht.
Wow.
Die hats echt drauf.
Katzenkacke!
Soll ich sie gleich ins Sägemehl zerren und an ihr meine nigelnagelneuen theoretischen Schwingerkenntnisse einem ersten Praxistest unterziehen? Was Sämi wohl an der findet? Als würde er mit dieser Frau jemals übers Schwingen reden wollen.
Natürlich bin ich höflich, lächle, grüße. Sie sind auch beide ganz locker und unbefangen, setzen sich zu mir ins Restaurant. Sämi erzählt unverblümt, dass er Tamara (sie heißt tatsächlich Tamara – ich hasse diesen Namen!) meinetwegen kennen gelernt habe.
»Tamara hat sich wegen deines Artikels gemeldet.«
Gut gemacht, Bea. Innerlich klopfe ich mir auf die Schulter.
»Ich habe schon dreizehn Briefe und E-Mails bekommen.« Sämi strahlt glücklich. »Das liegt am Kalender, aber vor allem an deinem Bericht. Du bist sozusagen meine Glücksfee.«
Auch Tamara lächelt.
Sehr schlau von mir, den Mann zu verkuppeln, den ich selber haben möchte. Bestimmt wird er mich dann zur Hochzeit einladen, wenn er die Richtige gefunden hat.
»Und die willst du jetzt alle treffen?«, frage ich neugierig und etwas beunruhigt.
»Na ja, anfangs hatte ich das vor. Aber momentan drängt sich das nicht auf.« Sagts und lacht Tamara zu.
Und Tamara lächelt mit ihrem perlweißen Miss-Schweiz-Lächeln zurück. Und das tut sie auch noch, als er sagt: »Sie ist nett.«
»Schön«, sage ich.
»Ja, schön ist sie auch«, antwortet Sämi.

Und Tamara lächelt.
Was für eine absolut bescheuerte Situation. Warum stehe ich nicht auf und gehe? Wer bin ich eigentlich? Und was mache ich da?
Jetzt setzen sich Männer an unseren Tisch, die Sämi alle zu kennen scheint. Erstaunlicherweise sind Frauen, ja sogar Dekolletés schnell vergessen, wenn über das kantonale Schwingfest von Ende April diskutiert wird.
»Dein König Adi Laimbacher wurde in Küssnacht Dritter«, sagt Sämi neckend und zwinkert mir dabei zu.
»Das weiß ich doch längst, Sämi. Zusammen mit seinem Bruder Philipp und Grab Martin!«
Die Männer schauen mich einen Moment lang erstaunt an. Aber das verunsichert mich heute nicht, ich habe meine Schulaufgaben gemacht.
»Gewonnen hat der 105 Kilo schwere junge Außenseiter Mike Müllestein, und zwar ganz unerwartet«, fahre ich weiter.
»Mit einer Kombination Kurz/Lätz, nach achtzehn Sekunden«, weiß einer.
Zugegeben, das wusste ich jetzt nicht.
Kurz/Lätz? Muss ich googeln.
»Das Beste aber war: Martin Grab ist wieder fit«, freut sich ein Fan. »Nach einer einjährigen Verletzungspause war sein Comeback mit dem geteilten dritten Platz großartig.«
Tamara gähnt betont. Sie steht nicht mehr im Zentrum der Aufmerksamkeit. Eine für sie wohl ungewohnte Situation. Achtung, Tamara! Du verspielst gerade deine Bonuspunkte.
»Warst du auch am kantonalen Schwingfest?«, frage ich sie scheinheilig.
Und tatsächlich, sie kann nicht nur lächeln. »Nein, ich finde, Schwingen ist ziemlich fad«, sagt sie.
Ziemlich fad? Ich verschlucke mich ernsthaft an einem Schluck

Kaffee und huste um mein Leben. Sämi klopft mir freundschaftlich auf den Rücken. Der Anfall geht vorüber.

War das jetzt gemein von mir?

Ich meine, Tamara hat das einfach so gesagt, ohne Rücksicht auf Verluste. Rundherum schaut man sie befremdet an, um sie dann zu ignorieren und weiterzudiskutieren.

»Habt ihr gehört, dass sie jetzt eine Skulptur machen lassen, so eine Art Pokal, für das Eidgenössische in Estavayer nächstes Jahr?«

»Wie beim Fußball und beim Tennis? Muss das sein?«

»Ach, es gibt immer mehr unnötigen Schnickschnack rund um unsere Tradition.«

»Ein Pokal, das ist doch lächerlich. Reicht jetzt der Sieger-Muni nicht mehr?«

»Immerhin soll es eine Schnitzerei werden. Von Ruedi Rüttimann aus Küssnacht.«

»Wenigstens nicht irgend so ein doofes Plastikding aus China.«

»Ja, genau, eine Schneekugel voll Sägemehl oder so was!«

Alle lachen.

»Sicher gibts dann ein Werbelogo auf dem Pokal.«

»Da können sie ja gleich eine kleine Plakatwand überreichen, mit lauter Werbung drauf.«

»Ich habe gehört, es soll auch noch Briefmarken und allerlei Kleidungsstücke mit dem Pokal drauf geben. Der soll vermarktet werden, wie diese doofen Olympia-Maskottchen. Vielleicht gibt es ihn dann als Miniausgabe für den Nachttisch oder aufblasbar als Schwimmhilfe.«

»Ach je. Es geht immer nur ums Geld. Immer nur um die Frage, wie man noch mehr Geld aus dem Schwingsport herausquetschen könnte. Das ist übel. Da müsste der ESV besser aufpassen.«

ESV – das ist der Eidgenössische Schwingerverband. Und dass der besser aufpassen müsste, darüber sind sich alle einig.

Ich verstehe das Problem mit dem Pokal nicht wirklich. Aber ich habe natürlich schon verstanden, dass die Eingefleischten an den Schwingfesten und am Schwingen überhaupt möglichst nichts verändern und modernisieren wollen.
Zum Thema »Werbung und Schwingen« gab es seitenweise Erklärungen in meinem Buch. Wie viele Zentimeter seiner Kleidung ein Schwinger für die Werbung freigeben darf, das ist klar geregelt. Und ein Schwingerkönig darf zwar Werbung für Nudeln oder Käse machen, muss aber vorher alles vom ESV genehmigen lassen und ihm einen Teil seiner Einnahmen für die Jugendförderung abliefern. Und da das allgemeine Interesse am Schwingsport immer mehr zunimmt, geht es halt auch um immer mehr Geld. Der Sport wird sich verändern, ob man will oder nicht. Schon jetzt kann kein Spitzenschwinger mehr während des ganzen Jahrs hundert Prozent arbeiten. Irgendwann wird es den ersten Profi geben. Und immer größere Stadien, nationale Fernsehübertragungen, internationale Werbepartner und komplizierte Sponsoringverträge, spektakuläre Schlagzeilen und einen gewaltigen Starkult um die Könige oder Eidgenossen. Das kann man zwar bedauern, aber mit Sicherheit nicht aufhalten.

Nun verabschieden sich die Männer und gehen zu den Bänken, die rund um die Sägemehlringe aufgestellt sind. Eine Tribüne sucht man hier vergeblich.
»Können wir nicht einfach hier in der Festwirtschaft sitzen bleiben?«, fragt Tamara. »Man hat ja auch von hier eine perfekte Aussicht.«
Stimmt, sie hat recht. Aber Sämi will ganz vorn sitzen, und so stehen wir halt auf.
Der Tag ist wunderschön, und der Platz beim Schulhaus Stumpenmatt liegt nahezu idyllisch, mit Blick auf den Wasserberg und den Heuberg.

Auf dem Schwingplatz wird der Siegerschafbock Tino herumgeführt, damit jeder den stolzen Preis bewundern kann. Ja, da hat der Gewinner ein ordentliches Geschenk. Bei größeren Festen sind auch viele Viehhändler anwesend, da die meisten Lebendpreise gleich vor Ort zu barer Münze gemacht, das heißt verkauft werden.

Dann gehts los. Im Ring und genauso auf den Bänken. Die Männer schreien ihre Kommentare so lautstark in den Ring, dass ich fast schon mit einem Echo von den Bergen rechne.

»Halt ihn! Halt ihn!«

»Puh, ist der langsam! Schläft er noch?«

»Schau mal, wie der Kerl an Muskelmasse zugelegt hat!«

»Wow, der hat eine starke Brücke!«

»Ui, das war eine Kombination Kurz/Fußstich.«

»Jetzt wirds aber langsam langweilig. Angreifen!«

»Keine Chance. Gegen den hat er keine Chance! Ein Spränzel.«

Die Männer sind voll bei der Sache, fiebern mit.

Irgendwie fühle ich mich königlich unterhalten.

Tamara gähnt.

Philipp Laimbacher, der Bruder von Adi Laimbacher, gewinnt jeden Gang. Adi selbst ist leider gar nicht hier.

Irgendwann verschwindet Tamara und macht sich auf die Suche nach einer Toilette. Auf dem Rückweg – ich kann es zufällig beobachten – stolpert sie über einen Wasserschlauch und verletzt sich offenbar. Jedenfalls humpelt sie zu unserer Bank zurück und erzählt, was ihr passiert ist. Nur widerwillig kümmert sich Sämi um seine Kreuz-, äh, Herzdame. Tamara macht ihm klar, dass sie heimwill. Und zwar sofort.

»Kannst du selbst fahren, oder brauchst du einen Chauffeur?«, fragt Sämi ohne Begeisterung, aber immerhin anständig hilfsbereit.

»Chauffeur wäre sicher gut, der Fuß tut wirklich weh.«

»Ach, das können wir Sämi doch nicht antun«, werfe ich spontan ein. »Wenn du willst, fahre ich dich.«
Tamara erdolcht mich beinahe, so böse ist ihr Blick.
»Das würdest du tun?«, fragt Sämi sofort frohlockend.
Ich nicke nur, und Sämi schaut mich fast schon liebevoll an.
Tamara dolcht weiter, muss sich aber geschlagen geben.
Wir verabschieden uns.
Nur, was habe *ich* jetzt davon?
Immerhin hocke ich nicht alleingelassen an einem Schwingfest und muss denken, dass Sämi mit Tamara heimfährt und was das alles bedeuten könnte. Stattdessen verlasse ich mit der hinkenden Tamara das Areal. Sämi hat mir versprochen, mich später über den Fortgang des Geschehens zu informieren.
Tamara stützt sich auf mir ab und humpelt neben mir her, aber kaum sind wir außerhalb des Schwingareals, scheint sie kaum noch Schmerzen zu haben und geht schon fast wieder normal.
»Interessiert dich die Schwingerei wirklich?«, fragt sie und verdreht die Augen.
»Ja«, lüge ich schamlos.
»Das ist doch so was von primitiv!«
»Nein, primitiv ist es sicher nicht. Es ist ursprünglich, urchig, Welten entfernt von Schickimicki – mir gefällt das«, höre ich mich sagen. Jetzt verteidige ich schon den Schwingsport, als würde ich dazugehören.
Tamara schüttelt nur den Kopf und überreicht mir ihren Autoschlüssel. Wir stehen vor einem winzigen blauen Wagen. Ich finde mich schnell darin zurecht und fahre Tamara heim. Wir reden nichts. Gar nichts. Das Schweigen drückt und lässt die Fahrt endlos erscheinen.
Worauf habe ich mich nur eingelassen? Tamara wohnt in Goldau, was für mich bedeutet, dass ich, um nach Hause zu kommen, zwei

Stationen mit dem Zug zurückfahren muss. Ärgerlich, zumal das doch eh alles nur Show war. Als wir uns verabschieden, ringt sie sich wenigstens ein Danke ab.

Zu Hause vergesse ich Tamara schnell, denn die Ereignisse überschlagen sich. Meine Katze sitzt vor der Wohnungstür und jammert kläglich. Das ist mehr als ungewöhnlich, weil sie dank der Katzentreppe und ihrem eigenen Privateingang in meiner Balkontür kommen und gehen kann, wie sie will. Ich gehe also auf den Balkon, um zu kontrollieren, ob das Türchen vielleicht klemmt. Da sehe ich zu meinem Entsetzen, dass die ganze Katzentreppe heruntergerissen wurde, und – als wäre das nicht schlimm genug – ganz offensichtlich gebrannt hat. Jetzt liegt sie halb verkohlt im Garten und mottet noch immer vor sich hin. Ein trauriger und vor allem beängstigender Anblick.
Ich bekomme Gänsehaut.
Um Klara vom Drama abzulenken, stelle ich ihr den Futternapf hin.
Aber ich?
Was mache ich mit mir?
Ich bin entsetzt.
Wer tut so was. Und warum?
War das nur ein Streich?
Oder steckt mehr dahinter?
Muss ich jetzt um Klara Angst haben?
Oder um mich?
Ist jemand hinter mir her?
Als es an meiner Tür klingelt, fahre ich richtiggehend zusammen. Vorsichtig spähe ich durch den Spion und erkenne erleichtert meinen Nachbarn Izmir. Er wohnt mit seiner Familie direkt unter mir. Vielleicht hat er etwas gesehen, oder er möchte sich für seine

Kinder entschuldigen, die – was ich nicht hoffe und mir auch kaum vorstellen kann – die Leiter abgefackelt haben.
Aber es kommt ganz anders.
»Die Katzentreppe hat gebrannt. Wir haben sie gelöscht«, erzählt er aufgeregt.
»Was, sie hat einfach so gebrannt?!«, frage ich fassungslos.
»Ja. Also das heißt, nicht einfach so natürlich. Es tut mir leid, Bea, aber ich glaube, dein Freund hat sie angezündet, der, der manchmal bei dir wohnt. Suheyla hat gesehen, wie er die Treppe runtergerissen hat. Dann hat sie sich versteckt, weil sie Angst hatte.«
»Theo?« Ich bin fassungslos.
Izmir nickt und bietet mir sogleich an, eine neue Treppe zu bauen. »Ich habe Zeit. Was meinst du? Ich mache das gern für dich.«
Natürlich nehme ich das Angebot an. Die Treppe war ein maßgeschneidertes Konstrukt, das ich vom Vormieter übernehmen konnte. Ich wüsste gar nicht, wie ich sie ersetzen sollte.
»Aber du musst mir versprechen, mit deinem Freund zu reden, Bea. Wir haben sonst Angst, hier zu wohnen. Wir möchten nicht, dass irgendwann das ganze Haus brennt. Oder sollen wir zusammen zur Polizei gehen?«
»Nein, nein, ich rede mit ihm. Sofort.«
»Danke.«
»Es tut mir leid, Izmir. Das kommt nicht wieder vor.«
»Hoffentlich.«
Ich unterdrücke den Drang, auf der Stelle zu Theo zu fahren und ihm die Leviten zu lesen. Ich bin zwar total außer mir, bekomme mich aber in den Griff.
Natürlich habe ich Schuldgefühle. Er ist ja derart neben der Spur, weil ich unsere Beziehung beendet habe. Aber entschuldigt das sein Benehmen? Erklärt es das? Theo war doch immer so ruhig, besonnen und beherrscht, eher leidenschaftslos. Und jetzt rastet

er derart aus? Fackelt mir nichts, dir nichts meine Katzentreppe ab – ich kann es kaum glauben.
Um mich zu beruhigen, setze ich mich hin und zähle von hundert rückwärts. Dazu trinke ich eine Tasse Kaffee und atme nach jedem Schluck tief durch. Das alles beruhigt mich nur wenig, war aber ein gut gemeinter Versuch.

Als ich dann zwei Stunden später vor Theos Wohnungstür stehe, klopft mir das Herz bis zum Hals. Ich klingle und klingle. Nichts passiert. Ich parkiere meinen Finger hartnäckig auf dem Klingelknopf. Und dann geht die Tür endlich auf. Theo steht vor mir, ungepflegt, verschlafen, übel riechend. Ich gehe an ihm vorbei hinein in seine Wohnung, reiße die Vorhänge auf, öffne die Fenster. Theo trottet hinter mir her und wirkt gelinde gesagt ein wenig orientierungslos, überrumpelt.
»Geh duschen!«, befehle ich ihm harsch. Und – er tut es. Inzwischen packe ich das umherstehende dreckige Geschirr in die Spülmaschine und schalte sie ein. Als Theo zurückkommt und wieder etwas zivilisierter aussieht, stelle ich ihm eine Tasse Kaffee hin, dazu ein Glas Wasser und ein Aspirin.
Er setzt sich.
»Theo, kannst du mir bitte erklären, was das soll? Du hast meine Nachbarn in Angst und Schrecken versetzt. Die wussten ja nicht, ob du als Nächstes das ganze Haus in Brand setzt. Spinnst du eigentlich? Das war gefährlich! Da hört mein Mitgefühl auf. Wie kommst du auf so eine abartige Idee, wie konntest du so etwas tun?!«
»Ja, ja, ja … ist ja gut.«
Theo trinkt einen Schluck Kaffee.
»Das ist alles, was du zu sagen hast?«, schreie ich ihn wütend an.
»Musst du so laut sein!?«

»Ja. Das muss ich. Das muss ich, Theo, wenn du dich dermaßen bescheuert aufführst.«
»Es tut mir leid«, sagt er leise.
»Ach? Es tut dir leid. Großartig. Jetzt erklär mir doch bitte endlich, warum du dermaßen austickst! Bitte! Theo, ich möchte gern begreifen können, was in deinem Hirn vor sich geht. Falls du es nicht schon im Alkohol ertränkt hast.«
Theo verbirgt kurz den Kopf in seinen Händen. Er ist ein großer Haufen Elend. Es geht ihm nicht gut, das sehe ich. Fast keimt in mir ein kleiner Funken Mitleid auf, aber der erlischt sofort wieder, wenn ich an die Katzentreppe denke.
»Also? Was sollte diese Aktion?«, hake ich nach.
»Ich war betrunken. Und ich war sauer. Ich wollte mich rächen. Es tut mir leid. Ich schäme mich. Wirklich. Ich fühlte mich verlassen und dachte, wenn deine Katze nicht mehr heimkäme, würdest du dich auch verlassen fühlen.«
Er greift nach meinen Händen, schaut mir in die Augen, bittet um Verständnis und Mitgefühl.
»Ich kenne mich selber nicht mehr«, gibt er zu.
Wir sitzen uns eine Weile schweigend gegenüber und trinken Kaffee. Ich bin traurig. Theo auch. Ich hatte auf ein schöneres Ende für uns beide gehofft, dachte tatsächlich, wir könnten Freunde bleiben. Mehr waren wir doch eigentlich längst nicht mehr.
»Wo warst du?«, fragt Theo.
»An einem Schwingfest«, antworte ich.
Er lacht heiser. »Du magst Schwingfeste?«, fragt er mit großen Augen.
»Ja, total«, lüge ich schamlos. »Und Schwinger.«
Wir schweigen uns wieder an.
»Ich fliege in zehn Tagen nach Vietnam«, sagt Theo schließlich.

»Dann reiß dich zusammen. Wenn noch einmal so etwas passiert, muss ich das der Polizei melden. Hör auf zu trinken. Es bekommt dir nicht. Am Ende verlierst du nicht nur mich, sondern alles, sogar deine Arbeit.«
»Ja.« Er nickt zerknirscht. Vielleicht hat er es tatsächlich begriffen.
Eventuell.
Möglicherweise.
Hoffentlich.
»Die neue Treppe kostet dich mindestens zweihundert Franken«, sage ich, und Theo klaubt umständlich sein abgewetztes Portemonnaie aus seinen Jeans und legt mir das Geld in die Hand.
»Danke.«
Izmir wird sich freuen.
Dann stehe ich auf. Theo will mir folgen.
»Bitte bleib sitzen, ich finde selber raus!«
»Es tut mir leid, Bea!«, ruft er mir noch einmal hinterher.
War ich zu böse?
Zu wenig mitfühlend?
Nein.
Bin ich unfair?
Nein, ich bin erschüttert.
Ich hatte ein absolut klares Bild von Theo. Ich glaubte, ihn durch und durch zu kennen. Ich dachte, ich könne bereits jede seiner Reaktionen voraussagen.
Aber ich lag offenbar falsch.

Zu Hause will ich als Erstes Izmir das Geld bringen und klingle an seiner Tür. Seine Frau öffnet und bittet mich herein. Sie ruft nach Izmir und bietet mir Kaffee an.
»Nein, vielen Dank«, lehne ich ab, »das ist sehr nett, aber ich habe heute schon viel zu viel davon getrunken.«

Nun taucht Izmir auf, und auch er will mich als Erstes bewirten. Ich mache ihm klar, dass ich wirklich nichts trinken will, sondern gekommen bin, um ihm das Geld zu bringen.
Er will es zuerst keinesfalls annehmen.
»Theo wollte es dir aber unbedingt geben«, lüge ich wacker. »Er möchte sich damit entschuldigen. Auch dafür, dass er deine Tochter erschreckt hat. Ich habe mich von ihm getrennt, und er war ein wenig durcheinander. Eine neue Treppe kostet Geld – darum, bitte nimm die zweihundert Franken.«
Endlich steckt sie Izmir ein.
Ich bin sicher, Klara wird die schönste Katzentreppe der Welt bekommen. Izmir, der in der Türkei eigenhändig ein Haus für seine Familie baut, ist ein perfekter Handwerker.
Ich verabschiede mich und steige die Treppe zu meiner Wohnung hoch. Da wartet eine weitere Überraschung: Auf der letzten Stufe vor meiner Tür sitzt mein Vater.
»Papa??«
Was das wohl zu bedeuten hat?

Muttertag? Vatertag?

Dieser Tag erscheint mir wie ein endloser Schwingkampf. Immer wenn ich denke, ich hätte wieder einen Gang überstanden, werden weitere Gänge und Paarungen ausgerufen, und ich muss weiterkämpfen. Dabei möchte ich gar keinen Kranz gewinnen, sondern mich nur noch ins Sägemehl legen und schlafen. Im Moment

würde ich mich sogar gern darin vergraben, bis mich keiner mehr sieht und anspricht.
»Hallo Bea«, sagt Papa übertrieben locker und munter.
Ich mustere ihn misstrauisch. Er kommt nie hier vorbei. Nie. Gar nie. Und würde er kommen, käme er niemals ohne meine Mutter. Niemalsnie. Und auch nicht ohne Voranmeldung. Das sowieso nicht.
Aber jetzt ist er da.
Will er mir vorwerfen, dass ich keinen Muttertagsbesuch gemacht habe? Und was hat er in seiner Sporttasche? Er sieht müde aus, blass. Seine Frühpensionierung scheint ihm nicht gut zu bekommen.
»Komm rein«, sage ich. Was könnte ich sonst sagen?
Wir umarmen uns kurz.
»Hast du Hunger?«, frage ich.
Er schüttelt den Kopf und setzt sich an den Küchentisch.
»Ich schon. Ich mache uns Tomatenteigwaren mit Spiegelei. ›Penne Bea‹. Okay?«
Ich fange an, in der Küche zu hantieren.
»Bitte keine Zwiebeln«, sagt Papa.
»Weiß ich doch! Trinkst du ein Glas Wein mit mir?«
»Nein, ich trinke nicht mehr. Aber Wasser wäre gut. Stilles Wasser.«
Stilles Wasser kann er haben. Aus dem Wasserhahn. Schwyzer Bergquellwasser.
»Wie war der Muttertag?«, frage ich beiläufig, behalte aber meinen Vater genau im Blick.
»Kann ich bei dir schlafen?«, fragt Papa und ignoriert meine Frage.
Oh.
»Heute? Oder für immer? Was ist los?«
Jetzt setze ich mich neben ihn.

»Wir hatten Streit«, sagt er schließlich.
»Ihr streitet doch immer«, entgegne ich unbeeindruckt.
Meine Eltern können sich stundenlang zanken. Eigentlich erlebe ich sie selten in harmonischem Frieden. Immer gibt es etwas zu meckern. Ihre Meinungen und ihr Geschmack sind grundsätzlich verschieden, ihre Wahrnehmungen und Erinnerungen genauso. Darum geht der Stoff zum Streiten nie aus.
Papa und Mama kommen mir manchmal vor wie Waldorf und Statler, die beiden kauzigen Alten auf den Balkonsitzen der »Muppet Show«. Sie zoffen sich, schimpfen über alles, können aber wohl doch nicht ohne einander sein. Darum kann mich ein Streit meiner Eltern nicht wirklich schockieren.
»Diesmal wars schlimm.«
Oh.
»Kannst du das Spiegelei bitte auf beiden Seiten anbraten. Wegen der Salmonellen, du weißt schon.«
Aha.
Themenwechsel.
Okay, dann reden wir halt noch nicht darüber.

Ja, ja, Papa hat Marotten. Und jedes Jahr kommen neue dazu. Mama hat sich schon oft bei mir darüber ausgelassen, dass mein Vater immer wunderlicher werde.
Jetzt steht er auf und stellt seinen Stuhl an das andere Ende des Küchentischs.
»Ich kann beim Essen am Tisch nicht so sitzen, dass ich ins Helle schauen muss«, meint er.
»Mach nur«, sage ich ungerührt.
Marotten. Ich habs ja bereits erwähnt. Ich weiß auch, dass er vor jedem Essen einen Esslöffel Olivenöl trinkt. Er meint, ich könnte auf jede kosmetische Behandlung verzichten, wenn ich dies auch

tun würde. Das Öl mache meine Haut von innen heraus schön. Nicht, dass mein Vater jetzt ein besonders schöner Mann wäre, aber er sieht tatsächlich jünger aus, als er ist. Ich stelle ihm ungefragt mein Olivenöl hin und lege einen Löffel dazu.

»Ist das kalt gepresst?«

»Sicher!«

Meine Güte.

»Bitte verkoch die Teigwaren nicht. Ich mag es nicht, wenn sie so labberig sind.«

Mein Vater nervt.

Ich werde ihn auf keinen Fall länger hier wohnen lassen als unbedingt nötig. Eine Nacht kann er bleiben, dann quartiere ich ihn um. Er hat genug Geld, sich ein schönes Hotelzimmer zu nehmen. Wir werden sehen.

Vor dem Essen packt Papa einen Beutel aus seiner Sporttasche. Darin hat er seine Medikamente. Er fängt an zu sortieren.

»Abends nehme ich eine kleine davon, dann diese grüne da und eine halbe von denen. Das hier sind Vitamine, und das hier ist Selen. Die nehme ich auch noch: zwei Omega-Kapseln.« Er legt die Stirn in Falten. »Hoffentlich habe ich nichts vergessen. Maria legt die sonst immer für mich bereit.«

Sieben Tabletten! Auf meine Nachfrage hin erfahre ich, dass sein Arzt ihm nur eine verordnet hat und er die anderen quasi freiwillig nimmt.

Großartig. Ich sollte ihn unbedingt eines Tages mit meinem Quacksalber zusammenbringen. Ich bin sicher, Papa würde liebend gern organisches Silizium oder kolloidales Silber schlucken. Von Lupineneiweiß gar nicht zu sprechen.

Das Essen verläuft ganz friedlich. Wir reden wenig. Mir brummt ohnehin der Kopf. Sämi, Tamara, Izmir, Theo, Papa. Klara liegt zu meinen Füßen. Sie traut sich wohl gar nicht mehr raus, wo man ihr doch den Heimweg abgeschnitten hat.

Gibt es Tage, die länger sind als andere?

Dieser dauert nämlich schon ein Weilchen.

Ich fühle mich erschöpft und ausgelaugt.

Das Essen fand Papas Zustimmung, und jetzt möchte er gern fernsehen. Er verlässt die Küche und setzt sich ins Wohnzimmer, wo ich ihm die Fernbedienung reiche.

Als ich die Küche aufräume, klingelt es an der Tür. Mein Bedarf an Besuchen und Überraschungen ist eigentlich mehr als gedeckt. Wer mag das sein? Ein Pferd auf dem Flur? Das würde doch prima zum heutigen Tag passen.

Aber da steht er.

Sämi. Höchstpersönlich.

»Sämi, was für eine schöne Überraschung!«, rufe ich und bin einen kleinen Augenblick lang versucht, mich in seine Arme zu werfen, um mich dort auszuweinen und trösten zu lassen.

Ich tus nicht, und er strahlt trotzdem wie ein Maikäfer.

Seis drum.

»Komm rein!«, sage ich und strahle zurück.

»Du magst doch überraschenden Besuch – meintest du neulich«, lacht Sämi, »und so dachte ich, ich berichte dir kurz persönlich vom Schwingfest, wenn du mir schon den Tag gerettet hast.«

Mit dem Kopf deute ich zum offenen Wohnzimmer. »Mein Vater schläft heute hier. Bei meinen Eltern hängt der Haussegen schief«, flüstere ich vielsagend.

Mein Vater, der nicht mehr so gut hört, hat nichts vom Besuch mitbekommen, was mir grad recht ist, und so bitte ich Sämi in die Küche, ohne die beiden einander vorzustellen.

»Kaffee?«

»Gern.«

Dann berichtet mir Sämi exklusiv und aus erster Hand vom Muotathaler Rangschwinget. »Der Laimbacher Philipp hat alle sechs Gänge gewonnen. Du weißt schon: der Bruder deines Königs, also sozusagen der Prinz. Hahaha ... Im fünften Gang musste er gegen Martin Grab antreten. Es war extrem spannend. Im Schlussgang gewann er gegen Mike Müllestein. Mit Übersprung. Philipp ist ein würdiger Sieger!«

Ich freue mich. Aber eigentlich schaue ich nur in Sämis Gesicht, seine Augen, beobachte seine Hände, höre seine Stimme. Er ist so lebendig, so frisch, so begeistert. Ich freue mich, dass er hier ist.

»Was hältst du von Tamara?«, fragt er dann plötzlich.

Nein, das geht jetzt wirklich zu weit. Soll ich ihm am Ende helfen, eine Frau auszusuchen? Ich werde ihm nicht erzählen, dass Tamaras Fuß eine Spontanheilung erfahren hat, sobald wir außer Sichtweite waren. Ich werde ihm auch nicht erzählen, dass Tamara Schwingen primitiv findet. Und ich werde ihm ganz sicher nicht erzählen, was ich von Tamara halte. Wenn er nicht selber herausfindet, wie diese Frau tickt, dann hat er sie tatsächlich verdient.

»Sie ist schön«, sage ich nur.

»Stimmt, das ist sie. Aber ist sie mehr als nur schön?«

Ich lache.

»Warum lachst du?«

Ich winke ab.

»Komm jetzt!«, fordert er mich auf.

»Mir ist gerade ein Witz eingefallen.«

»Und?«

»Ach, der passt gar nicht so recht ...«

»Das kann ich ja dann selber entscheiden!«

»Na gut: Ein Mann will einen Kanarienvogel kaufen. Im Laden sieht er einen, der wunderbar singt. ›Unser bester Sänger‹, sagt der Verkäufer stolz. Darauf der Kunde entsetzt: ›Der hat ja nur ein

Bein!‹ Der Verkäufer aufgebracht: ›Ja und, wollen Sie einen Tänzer oder einen Sänger?‹«
Wir lachen beide.
»Ich ahne, was du mir damit sagen willst. Ich muss selber wissen, was ich suche und was mir wichtig ist.«
»Ich wollte damit rein gar nichts sagen«, betone ich.
»Du bist witzig und warmherzig, Bea«, sagt Sämi, und es klingt beinahe wie eine Liebeserklärung, aber halt nur beinah.
Ich mag ihn.
Er sitzt in meiner Küche, als würde er hierhergehören.
Sämi strahlt mich an, dass es mich fast blendet. Merkt er vielleicht langsam, wer und was ich bin, nämlich die einzig Richtige für ihn? Sollte er gerade auf dem Weg der Erkenntnis gewesen sein: keine Chance. Es klingelt nämlich schon wieder an meiner Tür. Heute kommt mir mein Leben vor wie eine schlechte Soap-Opera. Beno stürzt in meine Wohnung, kaum habe ich ihm geöffnet.
»Papa ist weg!«, verkündet mein Bruder außer Atem. »Er ist einfach gegangen, mit Sack und Pack. Wir suchen ihn überall.«
Ich deute wieder mit dem Kopf Richtung Stube. Beno schaut mich fassungslos an und stürmt ins Wohnzimmer. Ich ahne, was jetzt kommt, schließe die Tür hinter ihm, gehe wieder in die Küche und erkläre: »Das war mein Zwillingsbruder.«
Sämi zuckt nur kurz mit den Augenbrauen. Es sitzt sich jetzt aber nicht mehr so gemütlich, denn im Wohnzimmer schreien sich zwei Männer an.
»Bei dir ist wirklich immer etwas los«, stellt Sämi trocken fest.
Ich seufze mit einem Nicken. Wenn er wüsste, was heute schon alles los gewesen ist.
»Ich muss jetzt sowieso heim«, sagt Sämi jetzt und steht auf. »Ach, da habe ich noch etwas für dich. Ein kleines Dankeschön für deine Hilfe heute.«

Er legt einen Umschlag auf den Küchentisch. Ich öffne neugierig das Kuvert und finde darin ein Ticket für das Stoos-Schwingen. Wow! Ich bin gerührt.
»Danke, Sämi. Das ist sehr lieb. Ich habe schon gehört, dass man eigentlich kaum an diese Tickets herankommt.«
»Ich wollte dich halt dabeihaben, darum habe ich meine Beziehungen spielen lassen.«
»Schön. Das freut mich sehr.«
Wir reichen uns die Hände, und genau jetzt ruft mein Vater nach mir.
Und Sämi geht.
Ich atme einmal tief durch und schreite erhobenen Hauptes ins Wohnzimmer. Papa sitzt geknickt auf dem Sofa, Beno läuft nervös auf und ab.
»Was ist denn los mit euch?«
»Mama fühlt sich krank«, erklärt Beno.
»Sie hat es mir nicht gesagt«, schimpft Papa. »Im Gegenteil, sie schien mir sehr gesund, so wie sie mit mir geschimpft hat.«
»Heute Nachmittag hat Mama die Nerven verloren und Papa richtig zusammengefaltet«, erklärt jetzt Beno, »sie hat ihn einen unerträglichen Egoisten und einen elenden Hypochonder genannt. Und als er dann weg war, hat sie mich unter Tränen angerufen und alles erzählt: wie sie es nicht mehr aushalte, ständig nur um Papa zu kreisen und alle seinen Macken zu ertragen. Wie ihr einfach die Kraft dazu fehle. Und dass sie sich wirklich krank fühle, endlich zum Arzt sollte und sich einen Mann an der Seite wünschte, der sich um sie sorge. Und wenn das nicht gehe, wolle sie lieber gar keinen.«
»Was ist denn mit ihr?«, frage ich besorgt.
»Sie hat offenbar Probleme mit dem Blutdruck und mit den Augen. Möglicherweise etwas mit der Schilddrüse, deshalb wohl

hat sie auch so abgenommen. Mama hat Angst, sie könnte Krebs haben.«

»Oh, das wäre ja furchtbar.«

Papa steht auf und greift nach seiner Tasche.

»Fährst du mich?«, fragt er Beno, es klingt allerdings mehr wie ein Befehl.

»Danke, Bea«, sagt er dann zu mir und küsst mich auf die Wange.

Beno winkt mir nur zu, verdreht dramatisch die Augen.

Und schon sind die beiden weg.

Ich bin komplett geschafft.

Sämi, Tamara, Katzentreppe, Izmir, Theo, Papa, Beno, Mama.

Mein Bedarf an Herausforderungen ist für heute mehr als gedeckt.

Ich drehe den Schlüssel meiner Wohnungstür zweimal im Schloss.

Am liebsten würde ich sie zumauern.

Ich will nur noch ins Bett.

Augen zu und tschüss.

Aber das geht nicht, ich muss jetzt zuerst meine Mutter anrufen, ihr sagen, dass Beno Papa nach Hause bringt, und ihr gut zureden, endlich zum Arzt zu gehen, ihr sagen, dass ich mir Sorgen mache.

Meine Mutter ist erleichtert, dass Papa nicht verloren gegangen ist, und erzählt mir alles, was ich schon von Beno erfahren habe.

Und sie verspricht mir, zum Arzt zu gehen.

Als wir uns verabschiedet haben, gehe ich tatsächlich so früh zu Bett wie schon lange nicht mehr.

Klara folgt mir und rollt sich am Fußende zusammen.

Auch sie will nur noch schlafen.

Nachdenken können wir dann morgen.

Mann schlecht, Leben gut

Dass ich heute wieder in der Buchhandlung arbeiten kann, kommt mir sehr gelegen. Ich packe die neu angelieferten Bücher ein, ordne die Stapel auf den Verkaufstischen, staube wo nötig ab, binde das Altpapier zusammen, räume im Pausenraum auf, sauge Staub. Bis die erste Kundin kommt.

Eine kleine Frau betritt den Laden. Das Alter hat ihren Rücken gebeugt und ihr Haar versilbert. Ihre Stimme klingt jung.

»Ich weiß nicht mehr, welches Buch ich kaufen wollte«, sagt sie, und ihre Augen schweifen über unsere Auslage. »Ich kann es nicht fassen. Daheim wusste ich noch ganz genau, wie es heißt.« Sie greift sich an den Kopf, runzelt die Stirn, denkt ganz offensichtlich angestrengt nach, seufzt dann aber resigniert: »Ich habe den Titel vergessen.«

Diese Tatsache macht sie so traurig, dass sie sich verstohlen eine Träne aus den Augen wischt.

»Denken wir doch gemeinsam nach«, schlage ich ihr vor. Sie tut mir leid. Eine nette Dame, aber zunehmend aufgelöst und geradezu verzweifelt. »Wovon handelt denn die Geschichte? Ist es eine Neuerscheinung? Ein Krimi?«

Sie schaut mich an, als hätte ich sie mit drei Fragen gleichzeitig erst recht überfordert. Aber dann antwortet sie doch und erst noch präzise. »Das Buch behandelt die Geschichte der USA und Europas. Es ist etwa ein Jahr alt. Es ist ein Roman.«

»Wissen Sie sonst noch etwas? Wie sieht das Cover aus? Wurde es von einem Mann oder einer Frau geschrieben?«
Sie denkt nach. »Geschrieben wurde es von einem Mann, einem Amerikaner«, sagt sie dann. »Und im Titel war irgendetwas mit Kindern.«
Jetzt denke ich nach. Das geht an meine Ehre. Dieses Buch muss doch zu finden sein. Ich setze mich an den Computer und gebe diverse Stichwörter ein.
»Es ist ein dickes Buch. Sehr dick.«
Ah, jetzt wird es mir klar. Ich muss nur drei Schritte gehen. Da liegt es: »Kinder der Freiheit« von Ken Follett.
Ich reiche es der Kundin, und sie lächelt mich begeistert an.
»Ja, das ist es genau. Mein Sohn wünscht es sich zum Geburtstag.«
Während ich das Buch sorgfältig einpacke, wischt sich die Frau erneut verstohlen eine Träne aus den Augen. Ich schaue sie direkt an, zeige ihr, dass sie ihren Gemütszustand vor mir nicht verbergen kann. Die Frau rührt mich, und ich versuche sie zu trösten.
»Aber jetzt ist doch alles gut. Das kann jedem passieren, dass er einen Buchtitel vergisst.«
»Wissen Sie, mein Mann hat Alzheimer. Ich habe ihn jahrelang zu Hause behalten, aber letzte Woche musste ich ihn in ein Pflegeheim einweisen lassen, es ging einfach nicht mehr. Ich besuche ihn seither jeden Tag, aber er erkennt mich nicht einmal mehr. Und jetzt, jetzt beginnt es also auch bei mir.«
Ich schüttle heftig den Kopf.
»Aber nein. So ist das bestimmt nicht. Hier in der Buchhandlung ist das für uns Alltag: Die Kunden wissen oft nicht mehr, wie das Buch heißt, das sie kaufen wollen, und manchmal können sie viel weniger Angaben zum Buch machen, als Sie das tun konnten. Die wissen nur noch, dass irgendwo eine rote Wolldecke beschrieben

wurde oder dass der Held Toni geheißen hat. Das ist völlig normal und hat nichts mit Alzheimer zu tun. Das passiert auch jungen Leuten immer wieder. Ehrlich!«

»Wirklich?«, fragt die Frau und schaut mich misstrauisch an.

»Ganz sicher.«

Weil grad niemand sonst in der Buchhandlung ist, offeriere ich ihr einen Kaffee, den sie unter der Bedingung annimmt, dass ich auch einen trinke. Als sie eine halbe Stunde später geht, sind Claire und ich per Du und haben herausgefunden, dass wir an derselben Straße wohnen.

Alt werden ist wirklich nichts für Weicheier.

Was, wenn meine Mutter ernsthaft krank ist?

Die Beziehung zu meinen Eltern ist, ich würde mal sagen – so irgendwie mittelprächtig. Sich über sie zu ärgern und zu wundern, ist nichts Außergewöhnliches, sie plötzlich nicht mehr zu haben, das wäre allerdings eine ganz und gar andere Situation. Ich bin ein harmoniebedürftiges Wesen. Streit ist nicht mein Ding. Daher besuche ich meine Eltern nicht mehr so oft. Sie haben eine Beziehung, die ich nicht wirklich verstehe, die ich aber auch nicht infrage stellen will. Ich komme mir in ihrer Gesellschaft manchmal vor, als würde ich mitten ins Gefecht geraten. Es gibt so wenige entspannte, friedliche Momente zwischen den beiden. Ich könnte so nicht leben.

Wenn ich mit meiner Mutter allein bin, ist es anders. Nur gibt es meine Eltern leider meist nur im Doppelpack. Mama macht kaum einen Schritt allein. Oder lässt Papa sie einfach keinen Schritt allein tun? Immerhin muss sie sich jetzt endlich einmal grundsätzlich gewehrt haben. Das ist doch ein Fortschritt. Oder der Anfang vom Ende?

Ich bin besorgt.

Und ein bisschen traurig.

Und als ob das alles nicht schon genug wäre, ist da ja auch noch die Sache mit Theo.

Ich mache mir echt Sorgen. Was, wenn er nochmals durchdreht? Was könnte er wohl als Nächstes in Brand stecken? Hoffentlich reist er bald ab.

Und natürlich denke ich an Sämi, was mir wieder ein Lächeln ins Gesicht zaubert.

»Wo hast du Karten, um Leben anzuschauen?«

Eine Frau reißt mich aus meinen Gedanken. Sie hat kurze, schwarze Haare und steckt in sehr bunten Kleidern. Ihr Alter ist undefinierbar, ihr Akzent auch.

»Karten, um Leben anzuschauen«, wiederholt sie.

Ich brauche einen winzigen kleinen Moment lang, muss kurz überlegen.

»Tarot-Karten?«

»Genau.«

Da muss ich nicht lange suchen.

Scapini-Tarotkarten, 15 Franken 90.

Die Frau öffnet das Päckchen.

»Willst du wissen, was ist mit deine Leben?«

Ich hebe schon die Hände, um abzulehnen, aber sie lächelt mich derart sympathisch an, dass ich gar nicht anders kann, als mich auf eine »Programmvorschau« einzulassen. Vielleicht ist es ja ganz hilfreich, schon mal zu wissen, wie der Film weitergeht.

»Zieh Karten.«

Ich ziehe, und sie legt sie auf dem Verkaufstisch aus. Nachdem sie die Karten einen Moment lang begutachtet hat, sagt sie stirnrunzelnd: »Mann schlecht, Leben gut.«

»Mann schlecht? Leben gut?«

»Kein Mann, aber gute Leben«, erklärt sie.
Hoppla – und sonst? Mehr Auskünfte scheine ich nicht erwarten zu können. Sie hat die Karten schon wieder eingepackt, zückt jetzt ihr Portemonnaie, sucht das Geld heraus und klappert auf hohen Absätzen davon.
Mann schlecht. Leben gut.
Da hätte ich ja auch gleich einen Glückskeks-Spruch meines Bruders lesen können.
Mit Horoskopen und dergleichen halte ich es immer so, dass ich alles glaube, was gut für mich ist, und alles andere als Humbug bezeichne.
Aber hier? Wenn ich daran glauben will, dass »mein Leben gut« ist, muss ich wohl auch »Mann schlecht« akzeptieren.
Katzenkacke.
Echt.

In einer Buchhandlung trifft man Hinz und Kunz. Oft tauchen längst verschollen geglaubte Bekannte an der Kasse auf, um irgendetwas, zum Beispiel eine Land- oder eine Geburtstagskarte, zu kaufen. Oder einen Rucksack. Oder ein Buch. Doch allein vom Verkauf von Büchern könnten Buchhandlungen heute kaum mehr überleben.
Leider.
»Hallo Bea? Du arbeitest hier?«
»Emmi! Wie schön dich zu sehen!«
Ich habe meine ehemalige Schulkameradin sofort erkannt, obwohl wir uns schon lange aus den Augen verloren haben. Sie ist sportlich gekleidet, und ihr langes braunes Haar hat sie locker im Nacken zusammengebunden. Sie wirkt glücklich.
Nachdem wir uns umarmt haben, erkläre ich: »Ja, ich arbeite hier, allerdings nur ab und zu. Als Aushilfe.«

»Und sonst – bist du verheiratet? Hast du Kinder?«
»Und sonst bin ich unfreiwillig selbständige Journalistin, und nein, ich bin nicht verheiratet, sondern frisch getrennt und kinderlos. Und du?«
»Auch die Kurzversion?«, lacht sie. »Ich bin verheiratet, habe Kinder und bin Bäuerin. Und habe leider nicht viel Zeit zum Reden, da ich eine Cousine im Spital besuchen will. Deshalb bin ich auch hier, ich will ihr den neuesten Krimi von Silvia Götschi mitbringen.«
Nachdem ich ihr das gewünschte Buch eingepackt habe und sie bezahlt hat, verabschieden wir uns, und Emmi lädt mich zum Kaffee auf ihren Hof ein. Ich könne jederzeit spontan vorbeikommen, sie sei eigentlich immer dort. Natürlich sage ich sofort zu. Erstens, weil ich sie wirklich mag und gern sehen würde, wie sie lebt, zweitens aber auch, weil es mir sicher guttun würde, etwas mehr über das Leben einer Bäuerin zu erfahren. Eigentlich weiß ich über Landwirtschaft genauso wenig wie über das Schwingen. Wobei ich dort ja schon gewaltig aufgeholt habe.

Wissen ist Macht

Die nächsten Tage halten mich ganz schön auf Trab. Ich habe drei größere Reportageaufträge für eine Lokalzeitung und kann obendrein zwei Porträts schreiben, die unterschiedlicher nicht sein könnten. Genau diese Vielseitigkeit liebe ich so an meinem Beruf. Fürs erste Porträt besuche ich eine Künstlerin, die mit Farbbeuteln Leinwände bewirft und dann mit den Fingern eine Art Ratatouille

daraus macht. Die Frau ist witzig und schräg, hört coole Musik und bietet mir als Erstes einen Joint an, den ich allerdings dankend ablehne, schließlich bin ich ja sozusagen »im Dienst«. Das Gespräch mit der Beutelschmeißerin ist unterhaltsam und erheiternd. Sie macht mir meine Arbeit leicht. Wo fängt Kunst an, und wo hört sie auf? Kommt Kunst von Können? Oder ist manche Kunst einfach bloß Zwergenkram?
Für das zweite Porträt besuche ich eine Frau, deren Geschichte mich tief beeindruckt. Sie hat diese furchtbare Nervenkrankheit, Amyotrophe Lateralsklerose, kurz ALS genannt, die unweigerlichen zum Tod führt und die durch die »Ice Bucket Challenge« weltweit bekannt wurde. Eine Zeit lang sah man im Internet doch immer, wie sich Promis unter die Eiskübeldusche stellten. Sogar Barack Obama machte mit. Das Interview geht mir unter die Haut, weil die Patientin so tapfer ist, so optimistisch und positiv, obwohl sie ganz klar weiß, dass es für sie kein Happy End geben wird. Sie hat bereits Lähmungserscheinungen in den Beinen und in den Armen. Und das ist erst der Anfang. Dass sie mit mir redet, hat einen guten Grund – sie will der Krankheit ein Gesicht geben. Es ist ein sehr hübsches.

Natürlich besuche ich auch meine Mutter. Ihre beste Freundin ist Ärztin. Ich verstehe nicht, weshalb sie ihr nicht schon längst gesagt hat, dass es ihr nicht gut geht, aber wenigstens weiß ich sie jetzt, wo sie ihren Zustand nicht mehr zu verbergen versucht, in guten Händen. Das bestätigt mir Mama dann auch bei einem Kaffee, und sie versichert mir, dass sie persönlich und liebevoll betreut wird. Trotzdem bin ich besorgt, denn Mama wirkt wirklich sehr abgekämpft und müde. Immerhin sehe ich, dass mein Vater sich bemüht, sich kümmert, ihr alles Mögliche abzunehmen scheint und seine Macken zügelt.

»Mach dir keine Sorgen, wir schaffen das hier schon«, sagt er beim Abschied.
Mir keine Sorgen machen?
Ich versuchs.

»Wissen ist Macht«, hat mein Glückskeks mir heute verkündet. Also wird es nun endlich Zeit, dass ich mich mit Emmi treffe. Ich habe mich wirklich gefreut, sie nach all den Jahren wiederzusehen, und bin gespannt darauf, was sie von ihrem Leben als Bäuerin zu erzählen weiß. Vielleicht will ich danach gar keinen Bauern mehr haben?
Emmi finde ich in ihrem kleinen Hofladen, als ich sie besuche. Sie kommt mir entgegen und lacht mich an. Aus dem Radio singt Beatrice Egli von Glücksgefühlen. Emmi verkauft alles Mögliche, von Himbeeressig über Kräuteröl bis hin zu Mirabellenkonfitüre, Bärlauchsauce, Niidle-Zältli, eingelegten Zucchetti und jeder Menge Früchte. Ihr Angebot ist riesig.
»Das ist mein Reich«, sagt sie, nicht ohne Stolz. »Ich muss selten in den Stall, helfe eigentlich nur beim Heuen. Aber ich verarbeite alles, was wir selber produzieren. Das ist auch viel Arbeit, doch es liegt mir und macht mir wirklich Freude.«
Emmi ist ein durch und durch positiver Mensch und erzählt frisch von der Leber weg.
»Den Laden öffne ich nur zweimal pro Woche. Am Samstagmorgen habe ich einen Stand am Schwyzer Wochenmarkt. Den größten Teil unseres Einkommens erzielen wir mit dem Direktverkauf unserer Früchte. Wir haben neunzig niedrigstämmige Kirschbäume, aber auch eigene Äpfel, Birnen, Zwetschgen und Mirabellen.«
»Was ist mit Milch?«
»Mit Milch kann man kaum mehr etwas verdienen. Es gibt im-

mer weniger Milchbauern. Der Milchpreis sinkt und sinkt, und alles andere wird teurer: der Tierarzt, die Medikamente, die Futtermittel, die Baukosten ... Nein, Milch kann man vergessen. Wir jedenfalls haben aufgegeben.«
»Oh. Aber da draußen stehen doch Kühe?«
Emmi lacht mich aus.
»Für ein Landei hast du schon verdammt wenig Ahnung von der Landwirtschaft, oder?«, spottet sie.
Das kann ich nur beschämt bejahen.
»Du denkst, eine Kuh ist eine Kuh und gibt daher einfach Milch?«, fragt sie und schaut mich ein wenig ungläubig an.
Stimmt.
So eine bin ich.
»Immerhin denke ich nicht, dass die Milch aus einer Packung kommt«, wehre ich mich und lasse mich dann aufklären.
»Einfach so zum Spaß gibt eine Kuh keine Milch. Sie gibt erst Milch, wenn sie zum ersten Mal gekalbt hat. Und damit sie regelmäßig Milch gibt, muss sie von da an einmal pro Jahr ein Kalb zur Welt bringen. Merk dir: Eine Kuh macht Muh. Und viele Kühe machen Mühe!«
Gut, wieder etwas gelernt.
»Ganz ehrlich, wir sind froh, dass wir die Kälber mit den Mutterkühen zusammenlassen können. Das Gemuhe einer Kuh, der man nach der Geburt ihr Kalb wegnimmt, tut wirklich weh. Wir schwören auf Mutterkuhhaltung. Unser Stier heißt übrigens Omero. Dort drüben steht er.« Emmi deutet mit dem Zeigefinger zur Wiese. »Der stolze Kerl wiegt eine Tonne und macht seine Sache wirklich gut. Nachwuchsprobleme haben wir keine«, lacht sie und führt mich dann in den offenen Stall. Dort stehen sechzehn Mutterkühe mit ihren Kälbern. Und gleich daneben tummeln sich unter blühendem Holunder an die hundert Hühner.

»Das wirkt alles sehr idyllisch«, sage ich, »aber der ganze Hof macht sicher enorm viel Arbeit. Habt ihr Hilfe?«
»Meine Schwiegereltern wohnen hier im Haus und helfen, wo sie können. Im Notfall packen auch mal Freunde mit an, und auch die Kinder müssen mithelfen. Aber wir haben es uns so eingerichtet, dass wir es eigentlich allein schaffen können. Wobei wir im Moment grad auf dreihundert fleißige Helfer aus dem fernen Ausland zählen können.«
»Dreihundert Helfer?« Jetzt mache ich große Augen.
Emmi schmunzelt spitzbübisch. »Ja, dreihundert – Hummeln! Wir haben sie aus Holland eingeflogen. Also per Post, versteht sich. Und die sind im Moment daran, die Blüten an unseren Obstbäumen zu bestäuben. Es sind sogenannte Koppert-Hummeln, die extra für diese Arbeit gezüchtet werden. Eine solche Hummel ist effizienter als zehn Schweizer Bienen zusammen, sie scheut sich nicht vor Wind und Kälte und schwärmt auch bei schlechtem Wetter aus. Seit wir mit den Hummeln arbeiten, tragen unsere Bäume viel mehr Früchte.«
Holländische Hummeln!
Ich staune.
»Du hast einen faszinierenden Beruf. Ich hätte mir ehrlich gesagt bis vor kurzem nicht vorstellen können, wie vielseitig deine Arbeit ist!«
Aber Emmi relativiert meine Begeisterung: »Ja, die Landwirtschaft hat sich enorm verändert. Aber gell, es ist schon nicht so einfach, wie es aussieht. Neulich haben sie in den Nachrichten berichtet, dass sich in Frankreich jeden zweiten Tag ein Bauer umbringt. Das ist doch wahnsinnig, oder? Das sagt doch alles. Alle zwei Tage … Das muss man sich mal vorstellen!«
Nein, das will ich mir nicht vorstellen, und es stimmt mich traurig. Den Aufwand an Arbeitsstunden dürfe man als Bauer nicht zäh-

len, erzählt Emmi dann weiter. »Ohne Idealismus und Freude am Beruf geht gar nichts.«

»Wolltest du denn schon immer Bäuerin werden? «

»Hm, ja, es hat mich schon früh interessiert, wohl auch, weil ich als Kind meine Ferien oft auf dem Hof meines Onkels verbracht habe. Aber dann habe ich Schneiderin gelernt. Die Bäuerinnenschule habe ich erst später gemacht, als ich Sepp kennen lernte.«

Sie lächelt.

Tja, wo die Liebe hinfällt ... Auch ich schmunzle.

Dann sitzen Emmi und ich beim Kaffee in ihrer guten Stube, und sie will wissen, woher mein plötzliches Interesse an der Landwirtschaft komme.

»Es ist mehr ein Interesse an einem Bauern als an der Landwirtschaft«, gestehe ich.

»Ja bravo!«, lacht sie laut und schüttelt den Kopf. »Ist er von hier?«

Ich nicke.

»Komm, sag schon, wie heißt er?«

»Sämi.«

»Sämi? – Das kann nur Sämi Schuler sein.«

Ich nicke. Sie lacht.

»Da wünsche ich dir viel Glück, das ist ein richtiger Sturkopf, der weiß ziemlich genau, was er will!«

»Stimmt!«

Ich grinse sie an, und wir sagen wie aus einem Mund: »Eine Bäuerin!«

In diesem Moment kommen Emmis Kinder aus der Schule und fordern ihre ganze Aufmerksamkeit. Bevor ich mich verabschiede, kaufe ich ihr noch zwölf Eier und ein halbes Kilo rezenten Alpkäse ab, der von ihren Verwandten hergestellt wurde.

Daheim gewinnt die Journalistin in mir Oberhand, und ich recherchiere im Internet. Während ich lese, wird mir immer bewusster, wie viele Probleme der Beruf von Sämi mit sich bringt.
In den letzten fünfzehn Jahren sind in der Schweiz zehntausend Bauernhöfe verschwunden. Über tausend Bauern gaben allein 2014 auf. 2015 waren es zweihundert weniger. Seit 1985 hat sich die Zahl der Landwirtschaftsbetriebe fast halbiert. Die verbleibenden Höfe werden dafür immer größer. Fünfzehn Prozent der Bäuerinnen haben in einer Umfrage angegeben, psychisch belastet zu sein. Diese Frauen seien der Seismograf für die Zukunft, diktierte der Vizedirektor des Bundesamtes für Landwirtschaft einem Journalisten offenbar mal ins Mikrofon.
In einem Interview spricht der Präsident des Schweizer Bauernverbandes, Markus Ritter heißt er, von einem rekordtiefen Milchpreis, der nicht mehr kostendeckend sei. Rekordtief, das heißt auf einem Niveau von 1970!
In einer Studie habe ich gelesen, dass heute viele Landwirte fünfzig Prozent ihres Einkommens im Nebenerwerb erwirtschaften würden, also außerhalb des Hofes.
Davon hat Emmi auch erzählt: dass ihr Mann Sepp im Winter auf dem Stoos als Skilehrer arbeite und sie auch immer wieder versuche, mit einem Nebenerwerb noch ein wenig dazuzuverdienen.
Eine Branche, die wirklich nicht mehr viel zu lachen hat, genau wie die der Journalisten. Überall kriselt es. Ich habe das ja bereits schmerzhaft zu spüren bekommen, mit meiner Entlassung. Die Zeitungen sind in der Krise, weil sich die News inzwischen schneller und kostenlos übers Internet verbreiten, weil keiner mehr viel lesen will oder kann, weil es Gratiszeitungen gibt, weil die Werbeeinnahmen fehlen, da die Menschen heute ihre Produkte oder freie Stellen im Netz anbieten. Dazu kommt, dass die Zeitungen sich selber immer mehr ins Aus manövrieren, weil sie an allen

Ecken und Enden und vor allem an der Qualität sparen. Der Journalismus wird schlechter, weil die Zeit für fundierte Recherchen fehlt, der Zwang zum Boulevard nimmt zu, und das Korrektorat kocht auf Sparflamme. Alles geht den Bach runter. Ach, ich könnte noch stundenlang so weiterjammern.

Warum sollte ich jetzt also auch noch Bäuerin werden oder einen krisengeschüttelten Bauern heiraten? Ich meine, ich wäre ja völlig bescheuert, käme gewissermaßen vom Regen in die Traufe. Aber noch besteht da ja ohnehin keine Gefahr, da mein Traumbauer auf der Suche nach seiner Traumbäuerin ist und von mir nichts wissen will.

Da klingelt das Telefon.

Es ist Emmi. »Wenn du ganz schnell nochmals bei uns vorbeischaust, könnte sich das vielleicht lohnen«, sagt sie knapp, und bevor ich etwas erwidern kann, hat sie schon aufgelegt.

Ich überlege kurz, zurückzurufen, und denke dann: Was solls, ich habe ja sonst grad nichts Gescheiteres zu tun. Und – ich kann schnell sein, wenn ich schnell sein will. Also hole ich das Fahrrad aus dem Keller und bin in fünf Minuten auf Emmis Hof, wo sie vor der Tür auf mich wartet.

»Fahr weiter zum Stall«, sagt Emmi. »Dort findest du Sepp. Er weiß, dass du kommst.«

»Was wird das? Eine Schnitzeljagd?«, frage ich und steige vom Fahrrad.

»Sei keine Spielverderberin, jetzt geh schon!«

Ich weiß zwar nicht, warum, aber ich fahre wirklich zum Stall, stelle das Velo an die Wand, gehe zur Tür, schaue ins Innere und sehe – nichts.

»Komm nur, ich bin hier!«, ruft jetzt eine Männerstimme aus einer hinteren Ecke, und ich folge der Stimme. In einer vom Rest des Stalls abgetrennten Box sehe ich eine Kuh auf dem Stroh liegen. Sie muht, und der Mann, der mich wohl gerufen hat, redet ihr beruhigend zu. Das muss Sepp sein. Er begrüßt mich, als würden wir uns schon lange kennen. Und ich weiß noch immer nicht, was ich hier soll. Aber dann sehe ich es: eine Geburt! Schon zeigen sich die Vorderfüße und das Maul des Kalbes. Oh, ich fühle mich wirklich geehrt, dass ich dabei sein darf! Anscheinend bin ich gerade noch rechtzeitig gekommen, denn jetzt geht alles ganz schnell. Ich bin gerührt, und als die Kuh ihr Kalb mit ihrer rauen Zunge lang und intensiv ableckt, habe ich Tränen in den Augen. Sepp siehts und lächelt.

»Das Ablecken ist wichtig für beide«, erklärt er. »Beim Kalb werden Kreislauf und Nervensystem angeregt und bei der Kuh hormonelle Reaktionen ausgelöst, die wichtig sind für das Ausstoßen der Nachgeburt, die Gebärmutterrückbildung und den Milcheinschuss.«

Jetzt gibt Sepp dem Muttertier warmes Wasser zu trinken, was es ganz offensichtlich sehr zu schätzen weiß.

Nach einer halben Stunde, in der Sepp und ich mehrheitlich geschwiegen haben, versucht das Kälbchen, erstmals aufzustehen. Sehr unbeholfen und wackelig.

Ein anrührender Moment!

Das Kleine scheitert. Und versucht es nochmals, scheitert erneut. Und endlich gelingt es. Das Kalb steht, wie über sich selbst verwundert, erstmals auf seinen eigenen vier Beinen.

Eindrücklich!

Schnell wische ich eine weitere vorwitzige Träne weg. Auch Sepp ist gerührt, was mich erstaunt, denn eine Geburt im Stall sollte für ihn doch Alltag, Routine, Arbeit, sein. »Nein, nein«, wehrt er sich. »Eine problemlose Geburt und ein gesundes Kälblein, das ist immer noch ein kleines, willkommenes Wunder.«

Ein sympathischer Mann.

Bevor ich den Stall verlasse, mache ich mit meinem Handy Fotos von der Mutterkuh und ihrem Neugeborenen und bin irgendwie einfach nur glücklich.
Die Arbeit auf dem Bauernhof ist so naturnah, so erdverbunden, so sinnvoll. Ich verstehe Emmi und Sepp, und ich verstehe Sämi. Viele von uns verrichten abstrakte Tätigkeiten an irgendwelchen Schreibtischen, surfen dabei durchs Internet, kommunizieren in vier Sprachen und glauben, am Nabel der Welt tätig zu sein. Manche können nicht einmal mehr mit wenigen Worten erklären, womit sie eigentlich ihr Geld verdienen. Wie erfüllend muss die Arbeit in der Landwirtschaft sein, wo Erfolge und Misserfolge sofort greifbar sind; sichtbar, spürbar, messbar und – ja, sogar essbar.
Nachdem ich Emmi für ihren Anruf und den darauffolgenden Anschauungsunterricht gedankt habe, radle ich, tief in Gedanken versunken, wieder heimwärts.

Kunst für die Katze

Es entwickelt sich ein unerwarteter E-Mail-Wechsel mit Sämi. Interessanterweise macht er selber den ersten Schritt und schreibt erstaunlich offen über die verschiedenen Frauen, die er getroffen hat. Ich nehme befriedigt zur Kenntnis: Er hat die Richtige noch nicht gefunden.
Und noch befriedigender ist die Erkenntnis: Er ist zunehmend frustriert. Es gab offenbar einige Pleiten und Pannen.

Auch heute schreibt er wieder: *»Ich glaube, ich habe überhaupt keine Menschenkenntnis. Von Tieren verstehe ich mehr.«*
Das glaube ich ihm sofort.
»Ich dachte, bei so viel Auswahl sei das ein Kinderspiel. Aber es ist alles nicht so einfach.«
Ja, was meinte er denn?
»Gingst Du wirklich von der Annahme aus, bei zig Frauen sei dann garantiert die Richtige schon dabei? Menge gleich Erfolg?«, tippe ich in meinen Computer.
»Irgendwie schon«, schreibt er zurück. *»Ich wünschte, ich hätte mich gar nie darauf eingelassen. Erst jetzt fühle ich mich nämlich wirklich allein.«*
»Ooooooh :-((«
Ich verspotte ihn liebevoll. Er bräuchte nur bei mir zu klingeln – aber darauf muss er selber kommen.
»Du kannst schon lachen! Jetzt hatte ich doch Sandra kennen gelernt. Eine richtige Bäuerin. Nett. Und irgendwie perfekt. Und dann, beim dritten Treffen, fragt sie mich doch allen Ernstes, ob ich ihr zweitausend Franken leihen könne. Sie müssten daheim einen Traktor reparieren lassen, und ihre Eltern seien gerade nicht flüssig, da ihr Bruder einen höheren Geldbetrag verspielt habe.«
Oh.
Bei Geld hört der Spaß natürlich auf.
»Und dann war da noch Uschi. Sie schrieb mir täglich lange E-Mails. Ich kam mit dem Lesen kaum nach. Irgendwann hatte ich das Gefühl, alles über sie zu wissen, sogar, wie ihr Meerschweinchen heißt, das sie als Kind einmal hatte. Ich kannte ihre Schuhgröße, das Liebesleben ihrer Nachbarin, ihren Streit mit der Mutter, die Macken ihres alten Autos. Nur vergaß sie, zu erwähnen, dass sie bereits verheiratet ist.«
Oh?!

Jetzt tut er mir schon fast ein klitzeklein wenig leid.
»*Ruf – mich – an!*«, schreibe ich schließlich, was er dann auch tatsächlich tut. Wir reden über Gott und die Welt. Er hört sich meine Erzählung von der Geburt des Kälbchens an und amüsiert sich über meine Rührung. Dann schimpft er ein wenig über einen Zeitungsbericht von heute.
»Zürcher Forscher wollen herausgefunden haben, dass Kuhglocken schädlich für Kühe sind, weil diese sie beim Fressen stören und so viel Lärm machen würden. So ein Blödsinn!«
Aha.
»Die Glocken sollen so laut sein wie ein Presslufthammer. Noch mal Blödsinn! Kuhglocken sind keine Presslufthämmer, sie sind ein Stück Kulturgut.« Sämi redet sich richtig in Rage. »Sicher werden sie jetzt bald verboten. Nur eine Frage der Zeit. Bei uns Bauern redet einfach jeder mit: Jeder kennt sich aus, jeder weiß Bescheid, jeder weiß es besser. Und wenn man mal nichts weiß, sucht man mit einer Studie nach unnützem Wissen und nach noch mehr Vorschriften. Ich sehe ihn schon kommen, den Tag, an dem unsere Kühe Leuchtwesten tragen müssen. Wir haben in der Schweiz doch eh schon die höchsten Ansprüche ans Tierwohl in der Nutztierhaltung. Kühe ohne Glocken, kannst du dir das vorstellen, Bea?«
Ich glaube, ich schweige besser. Natürlich würde auch ich das Bimmeln der Kuhglocken vermissen. Allerdings besteht nach unserem Telefonat die realistische Gefahr, dass ich jetzt in Zukunft immer an den Presslufthammer denken muss, wenn ich das schöne Geläut höre.
Sämi redet bereits über ein anderes Ärgernis und hat nicht bemerkt, dass ich in Gedanken noch immer an den Kuhglocken herumstudiere. Aufgeregt erzählt er von Kängurus.
Wie ist er jetzt bloß von den Kühen auf Kängurus gekommen?

»Entschuldige, Sämi – was ist mit den Kängurus?«
»Wissenschaftler haben herausgefunden, dass Kängurus schneller verdauen und daher weniger – pardon – furzen als Kühe und Schafe, wodurch sie weniger klimaschädliche Abgase ausstoßen. Jetzt wollen sie Kühe heranzüchten, die ähnlich verdauen wie Kängurus. Die spinnen doch! Sie behaupten, dass unsere Wiederkäuer für zwanzig Prozent der globalen Methangasemissionen verantwortlich seien und somit für die Klimaerwärmung.«
»Die vergleichen Kängurus mit Kühen, habe ich das richtig verstanden? Das klingt ziemlich absurd.«
»Das klingt nicht nur ziemlich absurd, das ist definitiv total bescheuert. Aber es kommt noch besser: Je artgerechter Kühe gehalten werden, also je mehr Gras sie fressen, desto mehr Methangas stoßen sie aus. Wir Bauern können offenbar wirklich alles nur falsch machen.«
»Das ist sicher total frustrierend.«
»Ja. Ist es. Und dass diese studierten Schlaumeier nichts Besseres zu tun haben, als Fürze zu untersuchen, gibt mir wirklich zu denken.«
Ich muss lachen.
Eine Weile ist es still in der Leitung, dann erklärt Sämi: »Wie auch immer, ich gehe jetzt in den Schwingkeller und trainiere den Nachwuchs. Das lenkt mich am besten ab.«
»Dann wünsche ich dir einen schönen Abend, Sämi.«
»Ich dir auch. Tschüss.«
Das wars.
Aber ich will nicht klagen: Wir kommen uns näher.

Ich bleibe online, suche den von Sämi erwähnten Zeitungsartikel über die Kuhglocken und finde ihn schnell. Er wurde bereits über hundertmal kommentiert. Aber es sind nicht die Bauern, die ihr

Fett wegkriegen, sondern die ETH-Wissenschaftler. Sie werden als »studierte Ärsche« und »Volltrottel« bezeichnet. Einer schreibt: *»Eine Glocke ist für eine Kuh im Verhältnis etwa so schwer wie eine Halskette für eine Frau.«* Eine ziemlich schwere Halskette, würde ich mal sagen. Ein anderer reimt: *»Es lebe wohl der Bauernstand – jagt die Studierten aus dem Land!«* Nur wenige Stimmen geben zu bedenken, dass ja nicht alles gut sein müsse, nur weil man es immer so gemacht habe, und dass man sich durchaus überlegen könnte, den Kühen nur noch bei Alpabzügen Kuhglocken umzuhängen.
O herrjemine.
Auch den Zeitungsartikel »Umweltfreundliche Kängurufürze als Klimarettung« finde ich.
Armer Sämi.
Da wird er sich wohl noch öfter ärgern müssen.
Und das obendrein auch noch ganz allein und einsam, weil er auf der Suche nach seiner Traumfrau kopflos durch die Gegend rennt – und mich dabei übersieht. Selber schuld!

Überraschend steht Theo vor meiner Tür, in der Hand hält er eine große Tasche.
»Was willst du?«, frage ich ihn nicht gerade charmant.
»Kann ich kurz reinkommen, Bea? Wirklich nur ganz kurz, bitte! Ich fliege morgen und möchte dir Adieu sagen.«
Ganz ehrlich, am liebsten würde ich ihn draußen stehen lassen, aber wie er so dasteht, mit eingezogenen Schultern und seinem Hundeblick, tut er mir leid, und so lasse ich ihn eintreten.
»Kaffee?«, frage ich.
»Gern, danke!«
Er scheint erleichtert, und mir wird bewusst, dass er mit einer Abfuhr gerechnet hat.

Und dann sitzen wir – wie so oft in den letzten Jahren – an meinem Küchentisch.
Es fühlt sich fremd an. Unsere Vertrautheit verbrannte mit der Katzentreppe.
»Hast du schon gepackt?«, frage ich, einfach um etwas zu sagen.
»Ja, es ist alles bereit. Meiner Reise steht nichts mehr im Weg. Ich freue mich sogar darauf. Ein bisschen jedenfalls. Es ist sicher gut, wenn ich eine Weile von hier wegkomme. Der Abstand wird mir guttun.«
Was soll ich dazu sagen? Ich nicke nur.
Nun kramt Theo aus der Tasche, die er neben sich auf den Boden gestellt hat, umständlich einen in Zeitungspapier eingewickelten unförmigen Gegenstand hervor, den er vor mir auf den Tisch stellt. Auf meinen fragenden Blick sagt er: »Ein Abschiedsgeschenk. Machs aber bitte erst auf, wenn ich weg bin. Hat ein ehemaliger Schulkamerad von mir gemacht.«
Okay. So neugierig bin ich nicht, dass ich das Ding jetzt grad auspacken müsste.
Wir wechseln noch ein paar belanglose Worte, reden über das Klima in Vietnam und sein Bauprojekt dort. Und als klar wird, dass es nichts mehr zu sagen gibt, entschuldigt sich Theo für seine Ausraster in den letzten Tagen, und ich entschuldige mich bei ihm für den Herzschmerz, den ich ihm bereitet habe. Am Ende umarmen wir uns kurz, aber herzlich, und Theo verspricht, sich mal aus Vietnam zu melden.
»Pass auf dich auf, Theo!«
»Du auch, Bea.«
Und dann ist er weg, und ich bin erleichtert.

Wieder in der Küche, packe ich sein Abschiedsgeschenk aus und bin verblüfft: Es ist eine circa dreißig Zentimeter hohe Skulptur,

eine filigrane Schnitzerei – zwei Schwinger, die einen dritten auf den Schultern tragen, ganz offensichtlich den jubelnden Sieger. Schön. Wirklich schön.
Ach, Theo!
Alles zu spät!
Da habe ich in all den Jahren nie ein wirklich persönliches Geschenk bekommen und jetzt so ein Kunstwerk.
Ich merke, wie mich dies alles andere als freut. Im Gegenteil. Ich will es nicht. Wenns von Sämi wär, sähe die Sache anders aus. Aber so? Klara, die sich verzogen hatte, als Theo eintrat, springt auf den Tisch. Normalerweise würde ich sie sofort runterscheuchen, denn auf dem Tisch – und das weiß sie sehr genau – hat sie nichts verloren. Jetzt aber beobachte ich sie, wie sie die Skulptur beschnuppert, daran leckt, um sie herumstreicht und ihren Schwanz in die Höhe stellt. Sie mag die Schwinger.
Spontan beschließe ich, ihr die Holzschwinger zu schenken und sie ins Badezimmer zu stellen. Zwischen dem Katzenklo und der Badewanne stehen sie gut. Kunst für die Katze, das hat auch nicht jeder. Bevor ich mich ins Bett lege, simse ich Trix und Yvonne, dass sich Theo kunstvoll verabschiedet habe, und auf ihr Nachfragen, wie ich das genau meine, schreibe ich zurück: *»Mehr dann lieber mündlich.«*

Ich besuche nun regelmäßig Emmi und »mein« Kalb, das sie Blanca getauft haben. Jedes Mal, wenn ich vorbeischaue, ist es ein gutes Stück gewachsen. Ich kaufe jetzt regelmäßig in Emmis Hofladen ein, was mir ein gutes Gefühl gibt: Eier von glücklichen Hühnern, die ich persönlich beim fröhlichen Herumhühnern im Freien beobachten kann, schmecken einfach besser. Vor allem aber genieße ich jeweils das heitere Plauderstündchen mit meiner neuen Freundin.

Als ich heute auf den Hof radle, rennt Emmi direkt aus dem Laden auf mich zu.
»Gib mir dein Fahrrad!«, befiehlt sie hektisch.
Ich steige ab, sie steigt auf, pedalt davon, und ich stehe verblüfft da. Die Verblüffung steigert sich noch, als keine drei Minuten später Sepp mit seinem Auto auf mich zufährt und neben mir anhält.
»Steig ein!«, sagt er nur und braust davon, kaum dass ich die Tür zugezogen habe.
»Was ist los?«
»Wir spielen ›Räuber und Poli‹«, sagt er und schmunzelt dabei ein wenig. »Wir verfolgen eine Diebin, die von unserem Außenstand schon mehrmals irgendwelche Produkte mitgenommen hat, ohne sie zu bezahlen. Heute haben wir sie auf frischer Tat ertappt.«
Emmi fährt mit meinem Fahrrad auf dem kleinen Landweg Richtung Seewen. Sepp nimmt den Umweg über die Hauptstraße und stellt das Auto dann quer am Ende des Landweges hin. Wir steigen aus und stellen uns vor das Auto. Schon sehen wir ein Mädchen zügig herankommen, hinter ihr Emmi auf dem Fahrrad. Die Diebin schaut uns verunsichert an, blickt nervös zurück, sieht Emmi und will an uns vorbei übers Feld rennen. Das Mädchen ist ganz schön schnell. Aber Sepp ist schneller: Er schnappt sich die Diebin und hält sie vorsichtig, aber kompromisslos fest.
»So, jetzt ist fertig lustig, verdammt noch mal!«, flucht er.
Inzwischen ist auch Emmi bei uns angekommen.
»Was wollt ihr? Ich habe nichts getan, lasst mich gehen!«, spielt die Kleine die Unschuldige.
»Und was hast du da unter deiner Jacke?«, will Emmi nun wissen.
»Nichts!«
»Nichts? Gut, dann rufe ich jetzt die Polizei.«
»Bitte nicht!«, sagt das Mädchen nun in so verzweifeltem Ton,

dass es einem fast leidtun könnte. Aber halt nur fast, denn als Teenager müsste sie ja längst in der Lage sein, Mein und Dein zu unterscheiden.

Und dann öffnet sie den Reißverschluss ihrer Jeansjacke und holt ein Glas Honig heraus, gibt es Emmi in die Hand.

»Meine Eltern dürfen das nie erfahren!«, sagt sie. Ihre Worte unterstreicht sie mit einem flehenden Blick, und wie sie nun so zerknirscht dasteht, tut sie uns allen leid. Emmi lässt ihr Handy sinken und verdreht die Augen. Ich vermute, sie wollte die Polizei sowieso nicht einschalten.

»Wie heißt du?«, will Sepp nun wissen.

»Sabrina Seiler.«

»Und wo wohnst du?«

»In Seewen. Es … es tut mir wirklich leid, ich bringe euch das Geld. Morgen.«

»Sicher?« Sepp schaut das Mädchen böse an. Er kann das. Böse und streng. Einschüchternd. Finster.

»Ja, ganz bestimmt«, verspricht Sabrina kleinlaut. Sie hat rote, kurze Haare und ein spitzes Piercing in der Lippe. Aber hinter der forschen Aufmachung versteckt sich definitiv ein verängstigtes Mädchen.

»Okay«, sagt Emmi schließlich.

»Gut«, meint Sepp.

»Danke«, flüstert das Mädchen erleichtert und rennt schnell davon.

Sepp fährt mit dem Auto heimwärts, und ich spaziere mit Emmi, die mein Fahrrad schiebt, zum Hof zurück.

»Sie wird das Geld bringen, ich bin mir ganz sicher«, ist Emmi überzeugt.

Anderntags erzählt mir Emmi am Telefon, dass sie ihren Kindern von Sabrina erzählte und von ihnen erfahren hat, unter welch

prekären Familienverhältnissen Sabrina aufwachsen müsse. Und als Sabrina schon am frühen Morgen vorbeigekommen sei, um ihre Schulden zu bezahlen, habe sie ihr gesagt, sie solle das Geld behalten.
»Das ist aber keine gute Idee, Emmi. Ich finde, ihr Handeln muss Konsequenzen haben.«
»Hat es ja auch – sie muss ihre Schulden abarbeiten und mir an ein paar Nachmittagen im Laden zur Hand gehen.«
Eine schöne Idee.

Der Stoos-Schwinget

Ich lerne.
Auch weil ich am Schwingfest auf dem Stoos, zu dem mich Sämi eingeladen hat, nachdem ich mich für ihn um Tamara kümmerte, sattelfest sein will. Oder zumindest sattelfester.
Der Brünig-Schwinget, der Schwägalp-Schwinget, der Rigi-Schwinget, der Stoos-Schwinget, der Schwarzsee-Schwinget und der Weißenstein-Schwinget – sechs Bergkranzfeste gibt es. Und der Stoos-Schwinget ist das erste Bergfest der Saison.
Und ja, es heißt *das* Schwingen und *das* Schwingfest, aber es heißt *der* Schwinget.
Aha.
Es gibt viel zu lernen!
Und weil ich grad dabei bin, surfe ich noch ein wenig durchs Netz. Das Eidgenössische Schwingfest gilt als der größte in der

Schweiz stattfindende Sportanlass überhaupt. Dann finde ich die Zahlen zum letzten Eidgenössischen, das 2013 in Burgdorf stattfand, und staune: Die hatten ein Budget von sage und schreibe 25 Millionen Franken, verzeichneten 250 000 Besucher, das OK bildeten nicht weniger als 200 Mitglieder. 4000 Helferinnen und Helfer leisteten 70 000 Helferstunden. Und das Festgelände war 90 Hektaren groß. Gigantisch!
Es gibt so viele Schwingfans.
Zeit, dass ich auch einer werde.
Der Stoos bietet die nächste Chance dazu.

»Der Stoos-Schwinget ist etwas ganz Besonderes, du wirst schon sehen«, erklärt Sämi, als er mich am frühen Morgen mit dem Auto abholt. Ehrlich gesagt, sehe ich irgendwie noch gar nichts, denn es ist ja noch nicht einmal sechs Uhr. Doch, immerhin – Sämi sehe ich: ein durch und durch erfreulicher Anblick! Wir gehen tatsächlich gemeinsam an ein Schwingfest. Das ist ein Rendezvous. Unser allererstes echtes Rendezvous.
Wir fahren nach Morschach, wo Sämi sein Auto auf dem schon überraschend vollen Parkplatz der Seilbahn parkiert. Die Warteschlange der Schwingerfreunde vor der Kasse der Bahn ist sehr lang, also entscheiden wir uns, zu Fuß zu gehen. Wir marschieren los. Immer schön bergauf. Eine Stunde lang. Sämi, der einen voll gepackten Rucksack auf seinen Rücken geschnallt hat, ist fit, wesentlich sportlicher als ich, die ziemlich ins Schnaufen kommt. Wir reden wenig. Als er merkt, dass ich deutlich langsamer werde, nimmt er wortlos meine Hand. Um mich zu ziehen? Oder um mir näher zu sein? Das erschließt sich mir nicht richtig, aber das spielt auch keine Rolle, denn es ist so oder so ein gutes Gefühl, und Hand in Hand wandert es sich wesentlich leichter. Mein Herz klopft nun nicht nur vor Anstrengung, es hüpft auch ein wenig vor Freude.

Auf dem Stoos angekommen, staune ich, wie viele Leute schon hier sind. Sämi lädt mich zu Kaffee und Nussgipfel ins Seminarhotel ein. Verblüfft stelle ich fest: Das elegante Hotel hat sich ein völlig neues Gesicht gegeben, macht auf Festwirtschaft. Jeder Dekorationsgegenstand, von der Kerze über die Pflanzen bis hin zu den Bildern, wurde entfernt. Den schönen Boden hat man mit praktischen Plastikmatten abgedeckt. Kein Tischtuch, keine Stoffservietten. Es stehen nur noch nackte Holztische und Stühle im kahlen Raum. Der Hotelier scheint nicht viel Vertrauen in die Schwingergemeinde zu haben.

Die meisten werden das vielleicht gar nicht bemerken, ich aber habe erst vor ein paar Monaten hier gegessen und liebte die besonderen Kerzenständer aus Wurzeln und Glas und die liebevoll geschnitzten Kühe auf den Tischen. Heute ist nicht einmal ein Salzstreuer irgendwo sichtbar.

»In den letzten Jahren ging einfach viel zu viel kaputt«, erklärt mir eine Serviertochter auf meine Nachfrage. »Einmal hat so ein stämmiger Kerl einen ganzen Tisch einfach umgekippt.«

Oha. Dabei habe ich doch gelesen, nichts sei friedlicher als ein Schwingfest. Es kann also doch vorkommen, dass einzelne der starken Jungs ein bisschen aus der Rolle fallen. Egal, mir kann ja nichts passieren mit Sämi an meiner Seite.

Dann wird es Zeit, dass wir unsere Plätze auf der Tribüne einnehmen, und Sämi holt zu einem kleinen Monolog aus. Vielleicht, um mir noch einmal zu sagen, wie wertvoll seine Einladung ist: »Jeder, der hier einen Platz hat, bekommt ihn im nächsten Jahr automatisch wieder angeboten. Und da die nur gerade 2800 Sitzplatztickets extrem begehrt sind, bekommt man auf dem freien Markt fast keine mehr. Aber das ist nicht nur am Stoos-Schwinget so, das ist bei jedem Bergschwinget so. Beim Brünig-Schwinget gehen jeweils nur noch Stehplätze in den freien Verkauf.«

Ich fühle mich geehrt und auserwählt.
Jetzt geht es los!
Ja, es ist ein ganz spezielles Fest mit einer ganz besonderen Atmosphäre, vielleicht weil das Publikum hier so nahe an den Sägemehlringen sitzt, sicher aber auch, weil es mitten in der weiten Bergwelt stattfindet und die Menschen auf engstem Raum zusammenrücken. Manchmal geht ein Raunen durch die Menge, ein Aufschrei, ein kollektiver Jubel, aber auch immer wieder unzufriedenes Rufen. Die Stimmung ist einmalig. Hier dabei zu sein, macht Spaß. Ich lasse mich vom kollektiven Mitfiebern mitreißen.
Es kämpfen neunzig Schwinger.
Gewaltig.
Kraftvoll.
Angriffig.
Trickreich.
»Eine starke Besetzung«, meint Sämi, »zwanzig Eidgenossen sind dabei.«
Ja, ja, ich weiß jetzt, was Eidgenossen sind, Schwinger, die an den Eidgenössischen Schwingfesten zwar nicht König geworden sind, aber mit einem Kranz ausgezeichnet wurden, was auch eine große Ehre ist. Ich habe meine Hausaufgaben gemacht.
Sämi ist sehr charmant, und es scheint ihm sichtlich Spaß zu machen, mir alles zu erklären. Ich höre ihm gern zu.
Sämi packt auch immer wieder neue Leckereien aus seinem Rucksack aus, schneidet auf dem mitgebrachten Holzbrett Wurst, Käse und Brot. Dazu bietet er mir aus einer Thermoskanne Kaffee an. Das machen hier alle so. Rundherum wird eifrig gepicknickt. Nur der Mann links von mir isst nicht, sondern pafft an einem stinkenden Stumpen. Leider. Immerhin hält er mir damit die Insekten vom Leib.

»Bier, Most, Mineral!«, höre ich auch hier auf dem Stoos die Kinder rufen, die verkaufen, was es zu verkaufen gibt.
Dazu hudigäggelet eine Ländlerkapelle. Zwischendurch kommen Fahnenschwinger auf den Platz, die ab und zu den Schwingern ein wenig ins Gehege kommen, weil es eben eng ist überall.
Ein richtiges Fest.
Ein richtig schönes, friedliches Fest.
Ich fühle mich wohl.
Rundum wohl.
Tatsächlich.
Stimmung gut. Leben gut. Mann – gut!
Nur das Wetter ist unsicher. Der Speaker verkündet, man werde die Mittagspause verkürzen, weil für den Nachmittag zum Teil schwere Unwetter angekündigt seien. Besorgt schauen einige zum Himmel. Mich kümmert das Wetter grad überhaupt nicht, weil ich so nah neben Sämi sitze. Ich höre ihm zu, lache mit ihm, versinke in seinen Augen, versuche, darin zu sehen, dass er mich mag, obwohl ich keine Bäuerin bin.
Die Mittagspause verbringen Sämi und ich im Festzelt bei Kollegen von Sämi, die uns, als sie Sämi entdeckten, zu sich an ihren Tisch gewinkt haben. Wir sind eine fröhliche Gesellschaft. Ich bin entspannt, fühle mich aufgenommen. Immer wieder spüre ich Sämis wohlwollenden Blick, der mich erröten lässt. Heute scheint einfach alles möglich zu sein, alles und mehr. Dieses Gefühl beflügelt mich.
Natürlich drehen sich die Gespräche ums Schwingen. Dass Matthias Sempach sich am Oberaargauischen verletzt hat, erschüttert seine Fangemeinde. Dafür sind alle froh, wie gut es Martin Grab wieder geht. Vom Pokal, der am nächsten Eidgenössischen an den Schwingerkönig vergeben werden soll, ist auch wieder die Rede. Wieder finden ihn die meisten ziemlich überflüssig.

»Was ist jetzt das für eine neue Mode?«, schimpft einer.
»So was braucht es doch nicht«, erklärt ein anderer.
»Das hat mit Tradition jetzt wirklich gar nichts zu tun«, meint auch Sämi.
Dann wird über Doping im Schwingsport geredet und engagiert über Pro und Kontra von Fernsehübertragungen von Schwingfesten diskutiert. Und irgendwann fällt das Wort Frauenschwingen.
»Die Frauen müssen doch wirklich nicht alles machen, was Männer tun. Zum Schwingen sind Frauen einfach nicht gemacht. Sie haben zu wenig Kraft, dafür Brüste – und die stören beim Kämpfen garantiert«, erklärt einer großspurig.
Großes Gelächter – leider auch bei Sämi. Die Männer scheinen sich darüber einig zu sein, dass Frauen im Schwingsport nichts verloren haben. In welcher Zeit leben die eigentlich?
Bevor ich etwas sagen kann, ist das Thema aber bereits vom Tisch, und jetzt wird über das nächste Eidgenössische Schwing- und Älplerfest diskutiert, das 2016 in Estavayer-le-Lac stattfinden wird und an dem eben zum ersten Mal in der Geschichte ein Pokal vergeben werden soll.
»Das findet ja in der Romandie statt – vielleicht hilft es auch, ein Stück Röstigraben zuzuschütten«, meint Sämi nun, und ich verzeihe ihm schon fast sein Gelächter von vorhin.
»Die haben zwar nicht allzu viele Schwinger dort, aber man muss neidlos zugeben, dass es trotzdem schon wirklich gute Schwinger gab, die aus dem Welschland kamen: Pellet, Zbinden, Schläfli oder Yerly«, erinnert sich jetzt einer am Tisch, und ein anderer ergänzt: »Gapany und Duplan könnten auch erfolgreich werden.«
Ich verstehe zwar Bahnhof, fühle mich aber wohl in dieser bodenständigen Gesellschaft. Über das vorausgesagte schwere Gewitter redet niemand. Keiner am Tisch scheint darüber beunruhigt, was passieren könnte, wenn irgendwann alle Besucher *gleichzeitig* aus

der Open-Air-Arena flüchten wollten. Die Bahnen wären dann ja völlig überfordert, und es gäbe sicher eine sehr chaotische Abreise, um nicht zu sagen Flucht.
Aber noch ist das Wetter gut. Und die Stimmung erst recht. Sämi schenkt mir immer wieder Wein nach. Die Bratwurst schmeckt prima. Wir lachen viel, und manchmal singen wir sogar mit, wenn der Jodelklub am Nebentisch wieder ein Lied anstimmt.
Schwingfest gut.
Leben gut.
Mann – immer noch – gut.

Mindestens so lange, bis das gigantische Gewitter hereinbricht: mit Blitzen allerdings, die nur in meinen Kopf einschlagen, mit Donner, der nur mein eigenes Trommelfell vibrieren lässt, mit einem Sturm, der nur mich fast vom Hocker fegt, und mit sintflutartigem Regen, der ausschließlich mich den Berg hinunterspült.
Warum?
Ein junger Mann am Ende unseres langen Tisches ruft plötzlich aus: »Er wurde gestohlen!«
»Was? Wer? Wie?«, wollen alle wissen.
»Der neue Schwingerpokal! Hier, da stehts!« Der junge Mann ist von seinem Sitz aufgesprungen und wedelt aufgeregt mit seinem Smartphone.
Mein erster spontaner Gedanke: Na, dann ist er halt weg. Sie wollten ihn doch sowieso alle nicht. Also: Was solls?
Aber die Empörung ist einstimmig.
»Die sind beim Künstler eingebrochen und haben nichts anderes als diesen Pokal gestohlen!«
Die Entrüstung vereint alle.
»Das erinnert mich an etwas …«, meint ein alter Schwing-Fan tiefsinnig.

»Du denkst an den Unspunnenstein, den die Jurassier damals geklaut haben?«, fragt ein anderer.
»Das wäre dann ja also so etwas Politisches, meint ihr?«, fragt wieder ein anderer und greift sich nachdenklich in den Bart.
»Irgendjemand will die Schwinger treffen! Kein Wunder, schließlich sind sie ja der Inbegriff eines aufrechten Schweizers«, meldet sich ein weiterer ganz aufgebracht und ist sich sicher: »Da kommt sicher noch ein Bekennerbrief, dann werden wir ja sehen.«
Von wem denn, denke ich – vielleicht von einer islamistischen Terrorgruppe? Also bitte!
Ich nehme noch einen großen Schluck Wein. Trinken ist Silber, Schweigen ist Gold. Ich höre zu und amüsiere mich über den Sturm im Wasserglas.
Doch dann verwandelt sich dieser Sturm in einen gewaltigen Tsunami, und dieser haut mich um, und zwar mit voller Wucht. Eben: mit Blitz und Donner und sintflutartigem Regen. Das Handy des jungen Mannes wird herumgereicht, und der Bericht aus dem Internet zeigt auch ein Foto vom Pokal, dessen Form und Aussehen bisher gänzlich geheim war. Sämi reicht mir das Handy, und ich erkenne auf dem winzigen Bildschirm – eine circa dreißig Zentimeter hohe Skulptur, eine filigrane Schnitzerei: zwei Schwinger, die einen dritten auf den Schultern tragen, ganz offensichtlich den jubelnden Sieger.
Eine Schnitzerei! Ich vergrößere das Bild, das Resultat bleibt gleich: Das ist eindeutig die Schwingerskulptur, die bei mir zu Hause neben Klaras Katzenklo steht.
Hilfe, ich will aufwachen!
Theo muss den Pokal gestohlen haben! Anders kann ich mir das nicht erklären.
Und damit nicht genug: Er hat ihn mir anschließend geschenkt, dieser Vollidiot!

Ich sitze im falschen Film.
Im falschen Kino.
In der falschen Stadt.
Im falschen Land.
Auf dem falschen Planeten.
Im falschen Universum.
Holt mich hier rauuuuuus!
Wieder und wieder schaue ich auf das Foto. Aber das ändert nichts an der Tatsache: Der Pokal steht bei mir zu Hause. Punkt.
Mir ist hundeelend. Ich erkläre Sämi, dass mir schlecht sei, und lüge, dass ich zur Toilette müsse. Ich kann doch jetzt nicht hierbleiben. Wie auch? Ich muss etwas tun. Irgendetwas. Keine Ahnung, was.
Ich steige in die Seilbahn und flüchte.
Kaum in der Bahn, schicke ich Sämi eine SMS und erkläre, dass mir wirklich total elend und übel sei – was leider nicht einmal gelogen ist – und ich mich auf dem Weg nach Hause befinde. Er solle das Fest ruhig weiterhin genießen.
Sämi.
Dem kann ich das doch gar nicht erzählen, oder?
Eigentlich kann ich das überhaupt niemandem erzählen, außer meiner Katze und meinen Bananenpflanzen.
Noch eben schwebte ich auf Wolke sieben, und jetzt sitze ich fassungslos in der Bahn ins Tal.

In einer Art Schockstarre fahre ich mit dem Bus nach Hause. Dunkeldüstere Wolkenbänke ziehen bergwärts. Das Wetter wird wohl nicht mehr lange halten. Aber das ist mir im Moment so lang wie breit.
Ist das denn die Möglichkeit?
Es kann doch nicht sein.

Es darf doch nicht sein.
Warum?
Wieso?
Aufwachen, Bea, beschwöre ich mich selber und akzeptiere langsam, aber sicher, dass ich in meinem Albtraum gefangen bleiben werde.
Zu Hause angekommen, renne ich ins Badezimmer.
Immerhin: Die Skulptur steht völlig unbeschadet da! Erleichtert stelle ich fest, dass Klara ihre Krallen nicht daran gewetzt hat, und stelle das Diebesgut auf den Küchentisch. Nun suche ich auf meinem eigenen Smartphone in der Online-Ausgabe der Morgenpost das Bild der gestohlenen Skulptur. Mein allerletzter Funke Hoffnung stirbt den erwarteten Tod.
Ja, das ist sie!
Unverwechselbar!
Am liebsten würde ich das Ding zersägen, anzünden oder wenigstens im Garten vergraben.
Eine riesige Wut steigt in mir hoch. Ich könnte platzen, ausbrechen, wie ein Vulkan. Doch wohin mit meiner Wut?
Theo!
Dieser erbärmliche Trottel.
Dieses liebeskranke A…!
Er kann wirklich froh sein, dass er so weit weg ist.
War das seine Rache? Bringt es ihm etwas, mich vor jedem einzelnen Schwinger in diesem Land unmöglich zu machen?
Wie niederträchtig kann ein Mensch bloß sein?
Ich schicke Theo eine SMS: »*Was soll das? Spinnst Du?*«
Aufgebracht gehe ich in der Wohnung auf und ab. Ob Theo da, wo er gerade ist, überhaupt Empfang hat? Ich habe keine Ahnung, welche Uhrzeit in Vietnam gerade ist. Sicherheitshalber schicke ich ihm auch noch eine E-Mail mit demselben Wortlaut.

Und siehe da, es scheint bei ihm geklingelt zu haben: *»Was ist los, liebe Bea? Deine Wut springt mich sogar hier in Vietnam noch aus dem Bildschirm heraus an.«*
Gott sei Dank. Jetzt kann ich meine Wut und meine Fragen wenigstens loswerden.
»Da fragst Du noch? Siehe Link!!!«
Ich schicke ihm den Link zum Artikel über den Diebstahl.
Daraufhin schreibt Theo:

»Liebe Bea
Das ist wirklich dumm gelaufen. Statt eines Geschenkes habe ich Dir jetzt wohl ein Ei gelegt. Oder sogar eine Zeitbombe. Wie mans nimmt.
Ich hätte wirklich nicht gedacht, dass diese Sache so große Wellen schlägt. Immerhin war doch die Schwingergemeinde nicht so begeistert über diesen Pokal.
Bea, ich war in den letzten Wochen nicht mehr ich selber. Das weißt Du. Das ist keine Entschuldigung, nur eine Erklärung. Oder zumindest der Versuch einer Erklärung.
Jetzt, wo ich wieder arbeite, mein Kopf wieder normal ist, finde ich mein Benehmen beschämend. Aber passiert ist passiert.
Wegen der Skulptur: Wir hatten ein Klassentreffen. Und da war auch Ruedi Rüttimann, der Schnitzer. Er hat sich unglaublich aufgespielt, ja aufgeplustert, dass er jetzt diese Wahnsinnsskulptur gemacht habe für das Eidgenössische. Davon werde es sogar eine Briefmarke geben und so weiter. Das sei jetzt endlich sein großer, verdienter, längst überfälliger Durchbruch, meinte er. Wir konnten es alle nicht mehr hören. Als er dann am Ende der Feier mit einer Frau abzog, einer – wie ich nur so nebenbei noch betonen möchte – erst noch verheirateten, und wir hörten, dass sie ein Hotelzimmer buchten, beschloss ich, ihn zu bestrafen.

Ich war so stinksauer auf ihn, als wäre es seine Schuld, dass Du mich verlassen hast. Also fuhr ich zu seinem Haus, um dort einzubrechen und den Pokal zu stehlen. Einbrechen war aber gar nicht nötig: Der Schürzenjäger hatte einen Ersatzschlüssel unter dem Teppich vor der Tür versteckt, und ich konnte einfach in sein Atelier hineinspazieren, mir die Skulptur greifen und wieder gehen. Es war ein Spaziergang, wirklich, kein Einbruch.
Und weißt Du, es hat mich schon ein wenig verletzt, dass Du jetzt plötzlich auf Schwingfeste gehst, wahrscheinlich mit irgendeinem Kerl oder wegen eines Kerls – möglicherweise ein Schwinger. Daher wollte ich Dir – so rückblickend gesehen – eher eins auswischen, als Dir etwas schenken.«

Ja wunderbar. Jetzt weiß ich, was er getan hat und warum. Aber hilft mir das weiter? Ich bin total aufgeschmissen.
»Und was soll ich jetzt tun, Du Armleuchter???????????«
Theo antwortet postwendend: *»So viele Fragezeichen? Du hast mich in der Hand. Räche Dich, zeig mich an.*
Deine Entscheidung.
Vielleicht findest Du auch eine andere Lösung.«
Rückfrage: *»Eine andere Lösung? Ja, welche? Sag sie mir. Hilf mir! Was ist bloß aus Dir geworden? Ich hasse Dich!«*
Theo meldet sich nicht mehr.
Katzenkacke!
Wie weiter?
Wo ist der Ausgang aus diesem Irrgarten?

Wozu hat man beste Freundinnen? Ich schicke Trix und Yvonne, die ich in letzter Zeit etwas vernachlässigt habe, eine Sammel-SMS mit dem Kürzel SOS.
Und bekomme postwendend Antwort.

Zuerst von Trix: *»Bea, was ist los?«*
Keine Sekunde später von Yvonne: *»Sollen wir vorbeikommen?«*
Ich schreibe zurück: *»Bitte, ja, kommt, sobald wie möglich! Jetzt nur so viel – es hat was mit dem kunstvollen Abschied von Theo zu tun.«*
Trix: *»Von dem wir mündlich noch mehr erfahren werden?«*
Ich antworte: *»Leider, ja. Wann seid ihr da?«*
Trix: *»Bin noch in Zürich am See – aber in gut zwei Stunden bei Dir, suche einen Zug raus.«*
Yvonne: *»Und ich bei einer Tante in Vitznau – komme dann gerade mit Trix. Trix, sag mir, wann Du in Schwyz ankommst, ich hole Dich am Bahnhof ab, dann gehen wir zu Bea. Bis bald, ihr zwei!«*
»Bis bald, danke!«
Dann schalte ich das Handy aus, verdunkle mein Schlafzimmer, schlüpfe ins Bett, ziehe das Leintuch über mich, versuche, unsichtbar zu werden, und höre meinen Kopfschmerzen zu, die dumpf herumhämmern. Irgendwann schaffe ich es, einzuschlafen, träume wildes Zeug von Kuhglocken, die schrill und aufdringlich, hartnäckig und gnadenlos bimmeln. Nicht an Kuhhälsen, sondern an einem Kirchturm. Endlich schlage ich die Augen auf und brauche einen kurzen Moment, mich zu orientieren: Stoos-Schwinget, Sämi, Pokal, Theo, Katzenkacke.
Ach, warum habe ich nicht das Gedächtnis verloren! Endlich realisiere ich, dass es nicht an Kirchtürmen, sondern an meiner Haustür bimmelt. Meine Freundinnen? Jetzt schon? Ich schaue auf die Uhr – seit unserem SMS-Verkehr ist erst eine knappe Stunde vergangen.
Als ich die Tür öffne, steht Sämi draußen.
»Sämi?«
Schnell richte ich mir die Haare ein wenig und schaue an mir

herunter. Ich trage nur ein rotes T-Shirt in Übergröße mit einer aufgedruckten Eule. Peinlich.

»Hallo Bea. Ich dachte mir, ich komme mal wieder zur Berichterstattung vorbei«, scherzt er und kommt herein.

»Öhm.«

»Ey, du siehst ja wirklich übel aus. Nach deiner SMS wusste ich ja schon, dass es dich umgehauen hat – aber grad so. Hast du etwas Falsches gegessen? Musst du zum Arzt?«

Das ist der Moment, in dem ich total einknicke. Ich breche in Tränen aus. Die Versuchung ist zu groß: Hier ist einer, der mir Halt geben, der mich trösten kann, der vielleicht einen Ausweg weiß, mein persönlicher Held auf Hausbesuch. Und Sämi öffnet tatsächlich seine Arme und drückt mich an sich. Unsere erste Umarmung hatte ich mir anders vorgestellt, aber sie fühlt sich – gerade in meinem aufgelösten Zustand – an wie Heimkommen. Ich werde ganz ruhig, höre auf zu schluchzen, atme seinen Duft ein, höre seinen Herzschlag, spüre seine kräftigen Arme, lehne meinen Kopf an seine Schulter, und es ist genauso schön, wie ich es mir oft vorgestellt habe, vielleicht sogar noch schöner.

»Was ist los, Bea, was ist passiert?«

Sämi löst unsere Umarmung auf.

Leider.

Willkommen in der realen Welt.

Ich deute mit dem Kopf in die Küche. Er geht rein und bleibt wie festgefroren vor dem Küchentisch stehen.

»Nein! Sag – bitte! – sag, dass das nicht wahr ist!«

Ich sage gar nichts.

»Das ist der Schwingerpokal fürs Eidgenössische!«

Ich nicke.

Gerade will ich Sämi alles erklären, da explodiert er: »Spinnt ihr Weiber eigentlich alle? Ich lerne eine Frau nach der anderen kennen, und immer, wenn ich denke, eine ist normal, eine passt, dann zeigt sie irgendwelche total schrägen Wesenszüge, dass es mir graut.«

Ich will mich verteidigen, aber Sämi fährt mir erbost über den Mund: »Ich will gar nichts wissen. Ich habe diese Figur nie gesehen. Ich will damit nichts zu tun haben.« Von seinem Lächeln ist gar nichts mehr übrig geblieben. Seine liebevollen Gesichtszüge haben sich in eine wütende Fratze verwandelt.

»Aber ...«, versuche ich zu erklären.

Keine Chance.

Sämi tobt.

»Ich trainiere Jungschwinger. Stell dir vor, es wird bekannt, dass ich die Diebin dieses Pokals kenne? Du weißt gar nicht, was du mir jetzt schon angetan hast. Du hast mich zum Mitwisser gemacht. Ich fass es nicht!«

Er ringt sichtlich um Fassung.

»Aber es ist ...«, starte ich einen weiteren Erklärungsversuch.

Doch erneut fällt mir Sämi wütend ins Wort: »Ja, klar, es ist nicht so, wie es aussieht. Danke, Bea. Das reicht. Ich bin raus.«

»Sämi!«, rufe ich, es ist ein verzweifeltes Flehen.

Er schaut mich bedauernd an, schüttelt den Kopf.

»Ich bin so enttäuscht«, sagt er mit bebender Stimme und verlässt einfach meine Wohnung, mein Leben.

»Fühl mich leer und verbraucht, alles tut weh, hab Flugzeuge in meinem Bauch ...«, würde Herbert Grönemeyer singen.

So ist es. Ich fühle mich leer, verbraucht und bin enttäuscht.

Total enttäuscht.

Von Theo.

Von Sämi.

Von der Welt.

Mann schlecht.

Leben schlecht.
Alles schlecht.
Von wegen Held auf Hausbesuch!

Draußen geht jetzt das längst angekündigte Gewitter nieder. Heftig. Immerhin konnte der Stoos-Schwinget wohl noch ohne Probleme zu Ende geführt werden. Das Wetter passt zu meinem Gemütszustand. Der Himmel ist dunkel und grollt. Ich würde auch donnern und blitzen, wenn ich könnte. Klara kommt über die neue Katzentreppe ins Trockene spaziert, holt sich bei mir ein paar Streicheleinheiten, um sich dann auf dem Sofa breit zu machen.
Und ich, ich stehe einfach so da, mitten in der Wohnung, wie bestellt und nicht abgeholt.
Das – darf – doch – alles – nicht – wahr – sein!
Dann lege ich mich zu meiner Katze aufs Sofa und weine bitterlich, bis mein Selbstmitleid in Wut übergeht. Ich boxe in die Kissen, bis ich keine Kraft mehr habe. Was jetzt? Ich gehe in den Keller und hole zwei Flaschen Wein. Bald werden meine Freundinnen kommen. Ich entkorke eine Flasche, stelle drei Gläser bereit, packe Käseküchlein aus dem Gefrierschrank in den Ofen. Ich atme auf, als es kurz an der Tür klingelt und im selben Augenblick aufgeht. Da sind sie, meine Retterinnen – nehmen mich beide gleichzeitig in den Arm.
Ihre Augen sind riesige Fragezeichen, aber diesmal brauchen sie mich nicht überreden, zu erzählen. Wir stoßen an, und ich lege sofort los: »Das könnte eine schwierige Sitzung werden.«
Wird es auch.
Ich muss unglaublich viel reden, erzählen, berichten, erklären. Trix und Yvonne haben noch nie vom Schwingerpokal gehört. Es braucht einen Moment, bis den beiden die Tragweite des Ganzen

klar wird. Ich zeige ihnen im Internet die Links zu den Berichten, die Fotos und die aufgebrachten Kommentare der Leser.
Als Yvonne die Skulptur inspiziert, meint sie trocken: »Schön. Gelungen. Keine Frage. Aber der Heilige Gral ist das ja nun auch nicht. So ein großes Getue wegen dieser kleinen Schnitzerei.«
Trix schaut mich mitfühlend an: »Theo ist das Letzte.«
»Sämi ist leider auch nicht viel besser«, sage ich nun und erzähle meinen Freundinnen von seiner Reaktion.
Worauf Yvonne meint: »Könnte der Retter in der Not sein, zum Helden werden und hört noch nicht einmal zu. Männer!«
»Und dabei hatten wir heute einen wunderschönen Morgen zusammen. Es war fast wie ein Anfang von irgendetwas«, erzähle ich traurig weiter.
Es vergeht fast eine Stunde, bis wir endlich bei den zwei wichtigsten Punkten meiner imaginären Traktandenliste angekommen sind:
Erstens: Wie weiter?
Zweitens: Was tun?
Okay, die beiden Punkte sind in etwa identisch, aber was solls, ist ja eh alles Katzenkacke.
»Nicht verzagen, Trix fragen«, meint Trix nun cool, lächelt in die Runde und präsentiert ihre Lösung: »Wir packen das Ding in eine Kiste und schicken es per Post zurück. Ist doch keine Sache!«
Damit bin ich nun aber grad gar nicht einverstanden.
»Nein, das ist viel zu gefährlich. Stell dir vor, da passiert etwas, es bricht ein kleines bisschen Nase ab oder so, dann wird man mich suchen wie eine Verbrecherin und über den Poststempel das Postamt finden, was ja sicher videoüberwacht ist und so weiter.«
»Eine andere Idee habe ich leider nicht.«
Wir brüten vor uns hin.
»Kann ich das Ding nicht einfach bei Nacht und Nebel vor die Haustür des Schnitzers stellen?«, schlage ich irgendwann vor.

»Zu gefährlich. Dann wird das Teil am Ende wieder gestohlen, oder der Fuchs holt es sich, oder es beginnt zu regnen, und die Skulptur ist futsch«, vernichtet Trix auch diese unausgegorene Idee.
Yvonne, die bisher geschwiegen und an ihren Fingernägeln herumpoliert hat, breitet nun ihren Vorschlag vor uns aus: »Wir vereinbaren telefonisch einen Termin beim Schnitzer, sagen, wir seien von irgendeinem XY-Kulturverein und möchten uns seine Arbeiten ansehen, weil wir eine Ausstellung planen und vielleicht auch seine Arbeiten zeigen möchten.«
»Und dann?«
»Na ja, wir sind drei attraktive Frauen, und er ist offenbar ein Single, sonst würde er ja nicht mit einer verheirateten Frau …«
An diesem Punkt schauen wir uns alle an und lachen.
Tut das gut!
Dann fährt Yvonne weiter: »Was ich sagen will – wir werden charmant sein und ihn derart bezirzen und um ihn rumwuseln, dass ihm Hören und Sehen vergeht. Während Trix und ich ihn weiterhin ablenken, wirst du, Bea, den Pokal irgendwo im Atelier sicher und unversehrt hinstellen.«
»Klingt gut«, meint Trix, »ich bin dabei.«
Ich habe tausend Zweifel. »Wenn Rüttimann den Pokal findet, muss er ja nur eins und eins zusammenzählen, um herauszufinden, warum der Pokal plötzlich wieder aufgetaucht ist«, werfe ich ein.
Aber Yvonne beschwichtigt: »Uns zu finden, wird nicht so einfach sein, wir werden uns andere Namen geben und von einer anonymen Nummer aus anrufen, wenn wir um den Termin bitten. Wir hinterlassen nichts, keine Koordinaten, nur das Versprechen, uns eventuell wieder zu melden.«
»Ja, aber Bea hat schon recht, es ist mit einem großen Risiko verbunden, vielleicht wär es besser, wir würden Theo ans Messer lie-

fern. Das hätte er ja schließlich auch verdient. Warum rufen wir nicht die Polizei und erklären alles?«, wirft Trix nun ein.
Daran hatte ich natürlich auch schon gedacht, aber: »Würde das nicht auch riesige Wellen schlagen? Theo würde vielleicht sogar seinen Job verlieren. Und auch wenn ich ihn im Moment am liebsten auf den Mond schießen möchte, das wäre mir dann irgendwie doch zu viel Strafe für ihn. Kommt dazu, dass wir dann wohl beide mit dieser ganzen üblen Geschichte in die Medien gezerrt würden. Hässliche Vorstellung.«
»Gut, dann halt doch die Kulturschiene. Seid ihr dabei?«, will Yvonne wissen, und da ich keine bessere Idee habe und der Pokal zurückmuss, sage ich Ja.
Auch Trix nickt.
»Also«, plant sie nun eifrig weiter, »ich empfehle, den morgigen Montag ins Land ziehen zu lassen und erst am Dienstag bei Rüttimann anzurufen und zu versuchen, einen Termin auf Mittwoch zu vereinbaren. Wir müssen jetzt ein klein wenig Geduld beweisen, sonst ist das alles zu auffällig.«
Mittwoch? Ich wäre diesen Holzklotz natürlich gern möglichst schon morgen losgeworden, aber ich stimme ihr zu, vor allem auch, weil wir ja wirklich zuerst den Anruf machen müssen und der Künstler dann wohl auch nicht grad einfach Zeit hat, uns sofort zu empfangen. Und morgen schon anzurufen, wäre vielleicht wirklich etwas zu auffällig.
Trix zückt einen Kugelschreiber, und wir erfinden einen Verein, geben uns neue Namen, arbeiten unseren Plan bis ins Detail aus. Wäre die Lage nicht so ernst, würde das alles direkt Spaß machen. Jedenfalls können wir dabei erneut so richtig lachen. Vielleicht liegt das aber auch an der zweiten Flasche Rotwein, die ich inzwischen geöffnet habe. Mag sein. Aber vor allem hilft das Gefühl von Freundschaft, Frauensolidarität, Frauenpower.

Ich habe wunderbare Freundinnen.
Trix, die Buchhändlerin, hat Mann und Kinder. Sie ist dreiunddreißig, groß und dünn und hält nicht viel von Styling. Bunte Kleider trägt sie nie. Sie hat die Begabung, auf mehreren Hochzeiten gleichzeitig tanzen zu können, braucht wenig Schlaf und ist trotz Doppel- und Dreifachbelastung immer für mich da, wenn ich sie wirklich brauche.
Yvonne ist *die* eingefleischte Singlefrau. Mit ihren zweiundvierzig Jahren ist sie wesentlich flexibler als ich, wandelte sich innert eines Jahres von der arbeitslosen Journalistin zur erfolgreichen Nagelstudiobesitzerin und hat dabei nie ihr Lachen verloren. Sie ist kurvig, weiblich, ich würde sexy sagen. Sie selbst nennt sich pummelig. Ich bin froh, Teil dieses Trios zu sein.
»Die Schwinger spinnen doch völlig«, schimpft Trix jetzt. »Langsam nehmen die sich wirklich etwas zu ernst. Hast du gelesen, dass die jetzt schon Kirschbäume in Zug fällen, für das Eidgenössische, das 2019 dort stattfinden soll? Die Arena mit fünfzigtausend Sitzplätzen habe nur dort Platz, und der Boden müsse sich bis dahin setzen können!«
Ich bin verblüfft, dass sie diesen Artikel, den ich selbstverständlich auch gelesen habe, überhaupt wahrgenommen hat. Befriedigt stelle ich fest, dass ich meine Freundinnen mit meinem neu erweckten Interesse offenbar schon angesteckt habe. Aber über ein Schwingfest 2019 mag ich im Moment wirklich nicht auch noch nachdenken.
Als ich meine Besucherinnen zum Abschied umarme, geht es mir besser. Ich sehe einen Silberstreif am Horizont und danke Trix und Yvonne von Herzen für ihre Freundschaft.
»That's what friends are for«, singt Yvonne theatralisch.
Und Trix und ich stimmen weinselig ein: »For good times and bad times, I'll be on your side forever more. That's what friends are for.«

Als sie weg sind, trinke ich ganz allein den Rest der Weinflasche aus.
Auf wen soll ich anstoßen?
Bei dieser Frage holt mich mein Elend wieder ein, und ich beschließe, ins Bett zu gehen. Wer weiß, vielleicht wache ich am Morgen auf, und es war doch nur ein böser Traum. Alles. Die Hoffnung stirbt zuletzt.
Was für ein Sonntag!

Es wird noch besser

Als ich am Morgen aufwache, holt mich die Realität sofort ein.
Sämi leider weg.
Skulptur noch da.
Theo zum Glück weg.
Die Idee für Schadensbegrenzung in Sachen Skulptur ist eine Notlösung. Aber da werde ich jetzt wohl durchmüssen. Die Glückskeks-App meines Bruders Beno meldet sich. Ich hoffe auf beruhigende, aufmunternde Worte, an denen ich mich aufrichten, an die ich mich klammern kann. Und dann dies: *»Es wird noch besser»*, heißt der Spruch des Tages. Noch besser? Das klingt reichlich ironisch. »Alles wird gut«, wäre wesentlich hilfreicher gewesen. Aber das Leben ist kein Wunschkonzert.
Nach einem ersten Kaffee schaue ich online die wichtigsten Zeitungen durch. In einer Regionalausgabe steht der Stoos-Schwinget im Vordergrund. Philipp Laimbacher gewann im Schlussgang

offenbar gegen Joel Wicki. Ich lese: »Nach zwei Minuten fixierte der Routinier Philipp Laimbacher das achtzehnjährige Nachwuchstalent am Boden und überdrückte ihn zum Resultat.«
Martin Grab ist Zweiter geworden. Nach einjähriger Verletzungspause ein riesiger Erfolg. Warum nicht Joel Wicki Zweiter wurde? Weil es im Schwingen um Punkte geht und Joel »nur« die drittbeste Punktezahl erreichte. Mein persönlicher König Adi Laimbacher wurde immerhin Siebter.
Über den Diebstahl des Pokals kein Wort.
Die »Morgenpost« allerdings macht aus dem Diebstahl des Pokals die Hauptschlagzeile. Es werden Leute zitiert, die von einem Angriff auf die Schwingerszene reden oder gar von einem Angriff auf die Schweiz. Und sie schreiben tatsächlich auch über den zweimal entführten Unspunnenstein und stellen Zusammenhänge her. Man müsse den Diebstahl als politisches Statement sehen. Aha, ja, wogegen bitteschön? Oder wofür? Auch der Schnitzer Ruedi Rüttimann kommt zu Wort. Er gibt sich erschüttert und betroffen. Dabei – seien wir ehrlich – ist die ganze Angelegenheit für ihn nichts anderes als beste, unbezahlbare Gratiswerbung. Um ihn mache ich mir ganz bestimmt keine Sorgen. Für ihn wird es ganz bestimmt noch besser!
Der Tag vergeht im Schneckentempo. Ich versuche, mich mit dem Schreiben einer Kolumne abzulenken, aber das gelingt mir nicht. Wohl auch, weil ich das, was mich im Moment grad am meisten beschäftigt, nicht in die Tasten hauen darf. Also sitze ich einfach da, und der Bildschirm bleibt weiß.
Am späten Nachmittag wird es dann aber doch *noch* besser. Meine Mutter ruft mich an und sagt, dass sie nun nach allen Tests wisse, wo der Hund begraben liege. Sie habe ein bisschen zu wenig Eisen und leide unter einer Schilddrüsenüberfunktion, allerdings nicht so sehr, dass ich mir Sorgen machen müsse. Ihre

Ärztin sei guter Dinge, sie selber übrigens auch und mein Vater erst recht. »Kaum habe ich Entwarnung, zickt er wieder rum wie in alten Tagen«, erzählt meine Mutter. Jetzt lacht sie sogar, und das ist gut. Sehr gut! Ich bin erleichtert, was ich ihr auch sage.
»Aber sag, wie geht es dir?«, will sie nun wissen.
»Gut, wie immer«, lüge ich.
Ich bin froh, als es endlich eindunkelt, und verkrieche mich unter die Bettdecke. An Schlaf ist lange nicht zu denken.

Am Dienstag treffen Trix, Yvonne und ich uns über Mittag im Pausenraum der Buchhandlung und knobeln aus, wer beim Schnitzer anrufen muss. Trix! Yvonne und ich sitzen, gespannt wie zwei Pfeilbogen, daneben. Es dauert genau drei Minuten, und die beste aller Freundinnen hat ihren, äh, unseren Termin. Und zwar schon morgen Mittwoch – um neun Uhr!
»Ui, das ist ja ein ganz charmanter Künstler«, schwärmt sie, »schade, dass wir ihn unter diesen Umständen kennen lernen müssen.«
Trix hat uns als Luzernerinnen ausgegeben. Unser Kulturverein heißt Mohnblüte. Und wir sind wahnsinnig an heimischer Kunst interessiert.
»Es wird schon gut gehen«, predigt Yvonne immer wieder, als wärs ihr neues Mantra. Meine Nerven liegen blank. Auch weil ich übermüdet bin. In den letzten beiden Nächten bin ich immer wieder schweißgebadet aufgewacht und konnte nicht mehr einschlafen.
Von Sämi habe ich seit seinem Ausraster am Sonntag kein einziges Wort mehr gehört, nicht ein winzigstes Lebenszeichen erhalten. Wahrscheinlich muss ich froh und dankbar sein, wenn er mich nicht verrät und die Klappe hält. Aber ich bin mir sicher, ich habe ihn definitiv verloren, und das, noch bevor wir uns richtig gefun-

den haben. Dabei waren wir doch auf einem richtig guten Weg. Zumindest hat es sich so angefühlt.
Verdammt.
Für mich wird es definitiv nicht *noch* besser. Gestern nicht und heute auch nicht.

Und dann, dann ist es endlich Mittwoch. Wie ich geschlafen habe? Gar nicht!
Um sechs Uhr ruft mich Yvonne an und sagt, sie liege mit einer ausgewachsenen Darmgrippe im Bett, und ein Besuch bei Rüttimann würde total in die Hosen gehen, sie müsse sich leiderleiderleider abmelden. Wunderbar! Ich wünsche ihr gute Besserung und weiß gar nicht so recht, ob ich das auch wirklich so meine. Ich bin sauer. Zu Unrecht, ich weiß, aber im Moment habe ich das Gefühl, dass vor allem mir Unrecht geschieht.
Postwendend rufe ich Trix an, die allerdings nicht abnimmt, sich aber eine Stunde später, um halb acht, bei mir meldet: »Bea, ich fürchte, ich habe schlechte Nachrichten.«
»Ja, ich weiß schon, Yvonne ist krank und kann nicht mitkommen. Wir werden das allein drechseln müssen.«
»Das hat mir Yvonne geschrieben, dass sie passen muss, ich rede aber von einer zusätzlichen schlechten Nachricht.«
»Du leidest auch an Durchfall und Erbrechen?« Mir wird schlecht.
»Nein, gesund bin ich – zumindest physisch. Psychisch sieht es etwas anders aus. Ich wurde von meiner Arbeitgeberin soeben zu einer Krisensitzung in die Zentrale nach Zürich gerufen. Es geht um die Zukunft ›meiner‹ Buchhandlung, ich muss bereits um elf in Zürich sein.«
»Du kannst also auch nicht mitkommen?«
»Bea, es tut mir so leid! Komm, lass uns den Termin verschieben!«
Ich überlege kurz und entscheide mich dagegen: »Nein, ich werde

das heute um neun durchziehen. Allein. Ist ja irgendwie auch richtig so, schließlich ist es mein Exfreund, der den ganzen Schlamassel verschuldet hat, also kann ich es auch allein ausbaden, wenn es denn sein muss.«
»Bea überleg es dir nochmals, ich muss auf den Zug, sorry!«
Und dann sitze ich da, fühle, wie mir das Herz in die Hose rutscht, aber auch, wie ich jetzt einfach will, dass diese ganze Geschichte ein Ende hat.
Ich werde die »Aktion Mohnblüte« allein in Angriff nehmen.
Ich kann das! Ich, Bea 007.
Dann rufe ich Yvonne nochmals an, um ihr zu sagen, dass ich die Sache ohne sie durchziehen werde, und sie gibt mir – zwischen zwei Darmattacken, um es mal vornehm auszudrücken, noch ein paar Tipps: »Rede wenig, Bea. Sehr wenig. Halte deinen Besuch kurz, auch wenn der Schnitzer nett ist. Kurz! Und nochmals – rede wenig!«
»Kurz. Wenig reden«, quittiere ich gehorsam, wünsche ihr nochmals gute Besserung und hänge auf.
Ehrlich gesagt braucht es ziemlich viel Mut, allein loszuziehen. Doch es muss sein.
»Aktion Mohnblüte«.
Jetzt oder nie.

Das Haus des Schnitzers steht zwischen Küssnacht und Immensee auf einer Anhöhe. Ich parkiere außer Sichtweite am Waldrand, packe meine übergroße Handtasche mit dem Pokal und mache mich auf den Weg. Das Haus des Schnitzers ist – passend zum Schnitzer – ein Holzhaus. Windschief steht es da, und es wirkt zwischen den riesigen Bäumen, die es umgeben, geradezu winzig. Es erinnert mich an ein Hexenhäuschen. Fast wäre es idyllisch, um nicht zu sagen bezaubernd.

Ich habe mein blumiges, flatterndes Kleid angezogen, klappere auf ungewohnt hochhackigen Schuhen über den nicht asphaltierten Weg, meine Lippen leuchten knallrot, die Augenlider sind fast so bunt wie mein Kleid. Meine Haare habe ich lange nach allen Seiten gebürstet. Dann habe ich mir keck einen weißen, geflochtenen Sonnenhut auf den Kopf gesetzt. So fühle ich mich ein wenig verkleidet und mutiger als sonst.
Guten Tag, Herr Rüttimann, ich bin Trudi Tanner vom Kulturverein Mohnblüte in Luzern, meine beiden Kolleginnen sind leider verhindert, aber ...
Immer wieder sage ich mir das leise vor. Noch nie musste ich mir eine falsche Identität zulegen. Aber so schwer kann das ja nun auch wieder nicht sein. Es ist wie früher im Schultheater. Schon im Kindergarten durfte ich einen Baum spielen; später war ich sogar mal die Maria in einem Krippenspiel, und noch später spielte ich in einem Schwank einen Popstar.
Ich kann das.
Ich weiß, wie es geht.
Ich habs drauf.
Guten Tag, Herr Rüttimann, ich bin Trudi Tanner vom Kulturverein Mohnblüte in Luzern, meine beiden Kolleginnen sind leider verhindert, aber ...
Aber ich zittere. Ich spüre mein Herz klopfen. Mir ist übel. »Normal«, sage ich zu mir selbst, »Lampenfieber halt.« Da muss ich jetzt einfach durch. Mein Auftritt, tröste ich mich, ist immerhin recht kurz, nur ein kleiner Gastauftritt.
Dann – endlich – bin ich an der Tür angekommen.
Guten Tag, Herr Rüttimann, ich bin Trudi Tanner vom Kulturverein Mohnblüte in Luzern, meine beiden Kolleginnen sind leider verhindert, aber ...
Einatmen, ausatmen, Klingel suchen. Ich finde keine, dafür ist

die Haustür nur angelehnt. Ich öffne sie einen Spalt weit, ein altmodisches Glöcklein bimmelt, und ich rufe hinein: »Hallo? Herr Rüttimann?«

Oben an der Treppe lacht mir ein sehr sympathisch wirkender Mann freundlich entgegen.

»Hereinspaziert, Madame. Schließen Sie die Tür, und kommen Sie nach oben!«

Ich trete ein und nehme die ersten Treppenstufen, sage noch im Hochsteigen: »Grüezi, äh, guten Tag, Herr Rüttimann. Ich bin Trudi Tanner vom Kulturverein Mohnblüte in Luzern, meine beiden Kolleginnen sind leider verhindert, aber das macht nichts, denn ich kann durchaus auch allein entscheiden, ob wir Ihre Kunst ausstellen!«

Inzwischen bin ich oben angekommen, reiche Rüttimann, der einen Arbeitsoverall trägt, die Hand, lächle gequält herzlich und denke: »Bea, das war ein Monolog und alles andere als kurz und bündig.« Egal. Ich bin drin, habe nicht gestottert, bin nicht hingefallen, nicht rot geworden.

Ruedi Rüttimann reicht mir seine angenehm warme Hand und begrüßt mich freundlich, bittet mich in sein Atelier und übernimmt sofort das Reden. Ich kann durchatmen.

»Ich habe gerade einen fantastischen Flow. Gestern hatte ich eine unglaubliche Eingebung für eine neue Skulptur und will eigentlich nur eines, dranbleiben, weiterarbeiten, aber für Sie nehme ich mir natürlich gerne Zeit, möchten Sie einen Kaffee oder ein Glas Wasser, oder darf ich Ihnen zuerst meine Werke zeigen?«

Ich nicke, und er führt mich durch den kleinen Raum, redet ohne Punkt und Komma weiter: »Viele denken, ich sei einfach ein Schnitzer, bin ich ja auch, aber ich bin doch nicht einfach nur ein Handwerker, ich bin Künstler, schauen Sie sich meine modernen Holzskulpturen an.«

Er weist in diese und jene Richtung.
»Hier eine Skulptur zur Asylproblematik.«
Ich sehe ein sinkendes Schiff.
Schwer zu erkennen. Abstrakt halt. Aber wohl Kunst.
»Hier eine Skulptur zum Thema Littering.«
Etwas Holz, mit Büchsenteilen kombiniert. Originell. Aber seine einfachen Schnitzereien, die überall herumstehen, gefallen mir viel besser als seine Versuche, ein großer Künstler zu sein.
Rüttimann erklärt mir, dass er auch nach Fotos und Zeichnungen schnitzt und jede Art von Auftragsarbeiten erledigt, macht dann aber klar: »Wenn Sie nur meine Schnitzereien ausstellen wollen, habe ich kein Interesse. Tut mir leid. Ich möchte endlich als der Künstler wahrgenommen werden, der ich bin.«
Natürlich versichere ich ihm, dass wir gern sein umfassendes Werk ausstellen würden, dann, wenn ich mich dafür entschieden hätte, ihn unter Vertrag zu nehmen, was ich mir aber tatsächlich vorstellen könne.
»Tja«, sagt er nun, sichtlich stolz, »jetzt, wo man mir diese Schwingerskulptur gestohlen hat, bin ich irgendwie plötzlich sehr gefragt. Bisher wurde ich unterschätzt. Ich möchte nochmals betonen, ich bin nicht einfach irgendein Schnitzer. Ich werde die Gelegenheit nutzen und mich endlich als Künstler ins rechte Licht rücken.«
Aber klar doch. Und wem hat er das plötzliche Interesse zu verdanken? Seinem ehemaligen Schulkameraden Theo! Es ist bizarr.
»Ich rede und rede, bitte entschuldigen Sie, möchten Sie vielleicht jetzt etwas trinken?«, fragt er nun höflich.
Ich nicke – kurz und bündig.
»Gut, dann gehen wir doch in die Küche hinunter, darf ich bitten?« Mit einer Handbewegung, bittet er mich, Richtung Treppe vorauszugehen.

Ich denke schnell und habe tatsächlich eine unglaubliche Eingebung: Ich werde meine Handtasche, die ich in einer Ecke abgestellt hatte, einfach oben stehen lassen. Agentin 007 denkt voraus.
In der Küche bittet mich Rüttimann an seinen Tisch, serviert mir erst einen Kaffee, danach noch ein Glas Wasser, setzt sich mir gegenüber und quasselt fröhlich weiter. Von seiner Berufung, seiner Zukunft, die er jetzt sehr rosig sehe, der Schwierigkeit, an gutes Holz zu kommen, und der Umstand, dass er sich wohl bald ein größeres Atelier suchen müsse, was ihm sehr leidtue, sein Häuschen habe halt schon etwas sehr Besonderes. Ich spiele meine Rolle als gute Zuhörerin und arbeite gleichzeitig einen Schlachtplan aus. Gut, dass wir Frauen eine Multitasking-Begabung haben.
Der Kaffee schmeckt ein wenig so, wie ich mir Katzenkaffee vorstelle: beschissen. Das liegt aber wohl – ehrlich gesagt – eher an meiner Situation als an des Künstlers Kaffeemaschine.
Jetzt will Rüttimann Konkreteres wissen: »Wann und wo wird die Ausstellung – sollte es tatsächlich eine geben – denn sein. Und wie stellen Sie sich das finanziell vor? Ist Ihr Verein zahlungskräftig?«
Das mit den Finanzen scheint ihn jetzt echt zu interessieren, denn er stoppt seinen Redefluss, und ich spiele meine Rolle gekonnt weiter: »Die Ausstellung wäre für den November geplant. Genaueres, vor allem das Finanzielle, müssten Sie dann aber mit Petra Peyer und Trudi Niedermann abmachen, die ja beide leider kurzfristig absagen mussten, aber ich bin sicher, wenn ich den beiden von Ihrem vielseitigen Können erzähle, wird alles gut kommen. Sie haben wirklich eine ganz besondere Begabung, Herr Rüttimann!«
Das war doch schon richtig viel Text. Hoffentlich nicht zu viel.
»Ich gebe Ihnen unsere Karte. Oh, ich habe wohl meine Tasche oben liegen lassen. Ich hole sie schnell. Vielleicht machen Sie mir noch eine Tasse Kaffee?«

Und schon klappere ich mit meinen Stöckelschuhen die Treppe hoch. Dort nehme ich ebenso schnell wie vorsichtig die Skulptur aus der Handtasche, stelle sie hinter die Tür, damit er sie, hoffentlich, erst findet, nachdem, hoffentlich, noch ein paar andere Besuche bei ihm ein und aus gegangen sein werden, und stöckle wieder hinunter in die Küche, wo ich mich tausendfach entschuldige.
»Ich habe die Karten nicht eingesteckt. Aber das ist ja kein Problem. Wir melden uns einfach wieder bei Ihnen.«
Rüttimann zeigt auf die zweite Tasse Kaffee und scheint sich zu freuen, dass ich sie im Stehen runterkippe. Ganz offensichtlich will er weiterarbeiten.
Also verabschiede ich mich mit den Worten: »Sie hören wieder von uns – garantiert!«
Wir reichen uns die Hände, und dann, dann bin ich weg.
Kurzer Besuch. Wenig reden, zumindest auf der einen Seite.
Geschafft!

Im Auto muss ich ein paar Minuten sitzen bleiben, bevor ich losfahren kann. Ich zittere am ganzen Körper. Schultheater hin oder her: Ich bin keine Schauspielerin. Und Improvisationstheater ist nochmals eine andere Liga, eine Klasse für sich. Ich wische mir mit einem Erfrischungstuch den Schweiß von der Stirn, worauf ich wie eine Zitrone rieche. Dann tippe ich eine SMS für meine Freundinnen.
»Aktion Mohnblüte: geschafft!«
Auf der Rückfahrt läuft im Radio »Bring en hei« von Baschi. Ich drehe die Lautstärke höher und singe lauthals mit: »Chum bring en hei, chum bring en, chum bring en hei, zu mir …«. Das ist vielleicht nicht die ideale Songauswahl. Ich muss lächeln. Gerade bin ich einen Pokal losgeworden. Aber dafür gibt es wohl keinen Song. Den müsste man noch schreiben.

Zu Hause setze ich mich auf den Balkon und schaue in die Berge. Ganz langsam legt sich meine Aufregung, ich habe wieder Ruhepuls, und das spontane Gefühl von Glück und Erleichterung fällt in sich zusammen.
Was bleibt, ist Leere.
Ich denke an Sämi.
Ich denke an Theo.
Ich denke an Sämi.
Ich denke an Theo.
Und ich werde traurig, fühle mich allein, sitze da und weiß nicht weiter.
Aber bevor ich allzu sehr in Selbstmitleid verfalle, raffe ich mich auf und setze mich an meinen Schreibtisch, um endlich das zu tun, was ich schon seit Wochen tun wollte: Ich schreibe eine Kolumne über das Glück, weil ich in einer Zeitung über den sogenannten »World Happiness Report« gelesen habe. Darin wurde festgestellt, dass wir Schweizer die glücklichsten Menschen der Welt seien. Auf dem zweiten Platz befindet sich Island, auf dem dritten Dänemark. Ich muss nicht lange überlegen, was ich schreiben will: *»Ich glaube, diese Studie sagt eigentlich nur aus, dass wir Schweizer am glücklichsten sein müssten, von unserem Umfeld und den Voraussetzungen her. Sind wir aber nicht. Oder wie viele wirklich glückliche Schweizer kennen Sie? Wie viele zufriedene Menschen? Wissen Sie, wie hoch die Selbstmordrate in der Schweiz ist?«*
Ich bin gerade in der richtigen Stimmung, um mich aufzuregen und diese Glücksstudie niederzumachen. Aber ich schreibe auch darüber, auf welch hohem Niveau wir klagen und jammern. Immer wieder. Dabei nehme ich mich gar nicht aus, gebe das zu und sage deutlich, dass auch ich ein großes Talent zur Unzufriedenheit habe, aber versuche, dagegen anzukämpfen. Und am

Ende des Textes werde ich versöhnlich und zitiere den Satz von Voltaire, der mir so gefällt: *»Da es sehr förderlich für die Gesundheit ist, habe ich beschlossen, glücklich zu sein.«*
Als ich fertig bin, lese ich die Kolumne konzentriert noch einmal durch und bin sehr zufrieden mit mir – sie ist mir wirklich gut gelungen. So etwas kann ich: Aus einer schlechten Stimmung heraus einen guten Text schreiben und mich so selber aufheitern. Ich schicke die Kolumne an meine potenziellen Abnehmer. Immerhin haben wir Sommer, und das Sommerloch kommt bestimmt. Da sind solche Texte besonders gefragt. Ich darf also hoffen.
Dann beschließe ich, für heute nichts mehr zu tun, außer mich darauf zu besinnen, wie viel Gutes es in meinem Leben doch eigentlich gibt und dass mein Glas doch halb voll ist.
Die Skulptur ist weg.
Die Katze ist zu Hause.
Ich will mir gerade einen Kaffee machen, als es an meiner Tür klingelt. Sämi? Wohl kaum. Theo? Da wäre ein Schock! Herr Rüttimann, in der Hand die Skulptur, auf seinem Gesicht ein riesiges Fragezeichen? Zu meinem großen Glück nicht!
Vor der Tür steht Claire, »meine« Kundin, die den Titel des Buches, das sie kaufen wollte, vergessen hatte und deren Mann an Alzheimer leidet und die – wie wir herausgefunden hatten – in derselben Straße wohnt wie ich.
»Ich will nicht stören, nur einen Kuchen vorbeibringen, um nochmals Danke zu sagen für deine Freundlichkeit. Die Zeit, die du dir für mich genommen hast, hat mir gutgetan.«
Ich nehme den herrlich duftenden Aprikosenkuchen entgegen, der ganz offensichtlich selbst gemacht ist und den mir Claire jetzt förmlich vor die Nase hält, und sage: »Du störst überhaupt nicht, Claire, im Gegenteil, komm rein.«

Claire zögert, also nehme ich sie am Arm und führe sie auf meinen Balkon, frage, ob sie mit mir ein Stück vom Kuchen essen möchte und ob ich ihr einen Kaffee servieren dürfe.
Sie nickt und setzt sich. Allerdings nicht bevor sie mir noch gezeigt hat, wo sie wohnt – drei Häuserblocks weiter. »Im sechsten Stock.«
Als wir uns gegenübersitzen, sage ich ihr, wie sehr mich ihr Überraschungsbesuch freut und dass sie genau im richtigen Moment gekommen sei; ich könne grad etwas Ablenkung gebrauchen. Und dann reden wir. Über alles. Über die Asylpolitik, die Klimaveränderung, über Europa und die EU und sogar über die Ehe für alle. Und irgendwann reden wir über uns. Ich erzähle ihr, dass ich unglücklich verliebt bin, und sie erzählt mir, dass sie ihren Mann, seit er im Pflegeheim wohnt, nicht nur psychisch, sondern auch physisch vermisse.
Die Zeit vergeht wie im Flug, und als Claire sich schließlich verabschiedet, verspreche ich, auch mal bei ihr vorbeizuschauen.
Dann skype ich Yvonne und Trix an und erzähle den beiden von der erfolgreichen »Aktion Mohnblüte«. Und von Claire.
Und beim Einschlafen beschließe ich, dass ich morgen neu anfangen werde. Mit was auch immer. Auf jeden Fall neu. Und dass ich Sämi vergessen werde. In dieser Nacht kann ich endlich wieder ruhig schlafen, tief und traumlos.

Das war erst der Anfang

Als meine Glückskeks-App am nächsten Morgen verkündet: *»Das war erst der Anfang«*, denke ich nichts Schlimmes, und das tue ich auch nicht, als es exakt in dem Moment, als ich unter die Dusche will, an der Tür klingelt.
Und wie es klingelt.
Sturm!
Hastig werfe ich meinen Bademantel über und schließe widerwillig die Tür auf. Beno! Mein Bruder wirkt aufgeregt und angespannt.
»Komm rein«, sage ich und frage besorgt: »Was ist passiert? Etwas mit Mutter?«
Beno schließt hastig die Tür, dreht sich zu mir um und sagt: »Bea, zieh dich an und pack schnell die wichtigsten Sachen zusammen. Du wirst die nächsten Tage bei mir wohnen.«
Ich muss völlig verdutzt aus der Wäsche schauen, denn Beno wiederholt eindringlich: »Bitte, es ist wichtig, dass wir schnell sind, keine Zeit für Fragen jetzt. Vertrau mir.«
Beno weiß eigentlich immer, was er tut, ist nie so chaotisch und unkontrolliert, wie ich es manchmal bin. Und auch in schwierigen Situationen behält er immer den Überblick. Also vertraue ich ihm, obwohl ich an den Fragen, die ich ihm gern stellen würde, fast ersticke.
Ich ziehe mich an, werfe hektisch ein paar Klamotten in eine

Sporttasche, packe Laptop und Handy dazu, nehme meine Handtasche und bin in Rekordtempo bereit. Beno achtet darauf, dass ich die Wohnung gut abschließe, dann gehen wir in die Tiefgarage, wo er unerlaubterweise geparkt hat.

Als wir losfahren, halte ich es nicht mehr aus: »Was ist los, Beno? Sind wir auf der Flucht? Was ist passiert? Ist Mutter im Spital?«

»Nein, Mutter geht es gut, es … Warte noch, wir sind gleich bei mir, dann lege ich die Karten auf den Tisch.«

Dann schweigt er.

Und ich auch, was bleibt mir anderes übrig.

Endlich in seiner Wohnung angekommen, legt er keine Karten auf den Tisch, sondern knallt mir die »Morgenpost« hin.

Wortlos.

»Lies!«

Ups, offenbar hat die Tatsache, dass der Pokal wieder aufgetaucht ist, bereits dicke, fette Schlagzeilen gemacht, aber … Was ist das?

Mir stockt der Atem.

Unbeschreiblich!

Unfassbar!

Manche würden viel dafür bezahlen, ihr Bild einmal auf der Frontseite der »Morgenpost« zu sehen. Ich definitiv nicht.

Okay, zumindest nicht unter diesen Umständen.

»Sag was!«, fordert mich Beno nun auf.

Ich sage nichts, sondern starre auf das leider sehr scharfe Bild, auf dem ich in meinem bunten Kleid in Rüttimanns Atelier stehe, in der Hand den Pokal. Jeder wird mich darauf erkennen. Wenigstens ist es ein gelungenes Foto, und ich sehe richtig gut aus. Ein bisschen wie ein Filmstar. Immerhin das, versuche ich mich zu trösten.

Aber dann lese ich die Schlagzeile: »Die Pokal-Diebin«.

Nein, ich werde nicht ohnmächtig, bin aber dankbar für den

Stuhl, den mir Beno hinschiebt, denn es ist tatsächlich, als würde man mir den Boden unter den Füßen wegziehen. Alle Zeigefinger der Schweiz sind nun auf mich gerichtet. So fühlt sich das zumindest an.

Hat diese lästige Geschichte denn kein Ende?

Ende?

Bea, das ist erst der Anfang!

Ich sitze am Tisch, bleich und still, wie meine eigene Wachsfigur, und bin überzeugt, ich werde mich nie mehr bewegen und nie mehr etwas sagen, mein ganzes Leben lang nicht. Nie mehr! Ich werde mich verkriechen. Wenns sein muss, auf dem Mond. Wo ist das nächste Mauseloch?

Beno setzt sich neben mich, nimmt mich einen Moment lang in die Arme, hält mich fest, und ich bin ihm unendlich dankbar dafür.

»Bea, wir frühstücken jetzt, und danach erzählst du mir alles«, befiehlt Beno nun ruhig und beginnt umtriebig, in der offenen Küche herumzuhantieren.

Seine Nerven möchte ich haben. Frühstücken!

»Iss!«, kommandiert er, als er mir eine Schale Cornflakes vor die Nase stellt. Dann bringt er Kaffee und setzt sich mir gegenüber. »Ich kann dir nur helfen, Bea, wenn ich alles weiß und ich betone: ALLES!«

Also erzähle ich, alles. ALLES. Er hört zu, fragt nach, macht sich sogar Notizen. Manchmal verdreht er ungläubig die Augen, dann lächelt er wieder, schüttelt den Kopf oder greift kurz nach meiner Hand.

Als ich ALLES erzählt und den dritten Kaffee getrunken habe, fühle ich mich in der Lage, den Bericht in der »Morgenpost« genau zu lesen.

Ich erfahre, dass Rüttimann schon am Tag nach dem Diebstahl

des Pokals in seinem Atelier eine Videoüberwachung installierte. (Zugegeben, die hätte eine 007-Agentin wohl sehen und lahmlegen müssen.) Und interessiert lese ich, was Rüttimann der Zeitung über die Mitarbeiterin irgendeines Kulturvereins erzählt hat. Offenbar nicht viel. Er hat sich nicht einmal an meinen falschen Namen erinnert, stelle ich befriedigt fest. Und alles, was sonst noch über mich steht, sind bloß blöde Vermutungen, über die ich nur den Kopf schütteln kann. Übel.
Der Hauptteil des Artikels befasst sich damit, wie glücklich Rüttimann und überhaupt alle sind, dass der Pokal unversehrt wieder aufgetaucht ist. Auf einmal scheinen alle ganz vernarrt in diese Skulptur. Es seien sogar schon Miniaturen aus Plastik geplant, steht da, und ich denke: »Eine Schneekugel ist wohl nur noch eine Frage der Zeit.« Eigentlich müsste Ruedi Rüttimann Theo bei Gelegenheit einen ausgeben. Der Künstler ist der große Profiteur in dieser leidigen Geschichte, und ich, ich bin die Leidtragende. Die Böse unter allen Bösen. Ich beschließe: Ich werde Theo ans Messer liefern.
»Du weißt schon, was jetzt passiert?«, sagt Beno jetzt. »Sobald man herausgefunden hat, wer du bist, was nicht lange dauern wird, stehen die Journalisten vor deiner Wohnung. Sie werden notfalls deiner Katze eine Kamera umhängen, auf Bäume klettern, um in deine Fenster zu sehen, oder einen Tunnel zu deinem Keller buddeln. Du wirst keine ruhige Minute mehr haben. Du kannst nicht mehr in der Buchhandlung arbeiten, und für Zeitungen schreiben wird gar nicht mehr gehen. Das kannst du alles vergessen! Im schlimmsten Fall musst du mit Sachbeschädigungen und mit ernsthaften Bedrohungen rechnen. Die Leute sind unberechenbar, wenn sie sich mal auf jemanden eingeschossen haben und sich gegenseitig hochschaukeln. Die Kommentare auf »Morgenpost Online« sind jetzt schon unter aller Sau. Dort bist du

bereits eine Schlampe, der man unbedingt mal zeigen müsste, was Schwinger so draufhaben.«

»Klara …«

Ich hole mein Handy hervor.

Beno schaut mich ebenso streng wie fragend an.

»Keine Panik, ich rufe nur Izmir an, damit er auf meine Katze aufpasst. Das hat er schon oft getan.«

Izmir nimmt sofort ab, verspricht, auf Klara aufzupassen, und erzählt mir dann, dass bereits fremde Leute an seiner Tür geklingelt und nach mir gefragt hätten.

»Ich habe gesagt, du seist verreist. Ist das okay?«, fragt er.

»Danke, Izmir. Und danke, wenn du mit niemandem redest. Ich möchte nicht, dass du auch noch Ärger kriegst. Ich erkläre dir alles, wenn ich wieder zurück bin, versprochen.«

»Schon gut, ich habe die ›Morgenpost‹ gesehen, Bea, ich weiß, in was für einer Situation du steckst, aber ich weiß auch, dass es gute Gründe für alles geben muss. Also kein Stress.«

Als ich auflege, sagt Beno: »Bea, ich muss gehen, ich treffe mich gleich mit meinem Anwalt und meiner PR-Frau.«

»Klar, Geschäft geht vor, ich werde mich in der Zwischenzeit hier verkriechen.«

»Geschäft geht überhaupt nicht vor, ich treffe die beiden deinetwegen. Ich möchte wissen, ob die ›Morgenpost‹ dein Bild wirklich derart verbreiten darf und ob sie dich ungestraft eine Diebin nennen und Vermutungen äußern darf, die an Verleumdung grenzen. Wir müssen deinen Ruf wiederherstellen. Dafür werde ich kämpfen. Jetzt, wo ich weiß, wie die ganze Sache zustande gekommen ist, erst recht.«

»Meinen Ruf wiederherstellen? Habe ich einen zu verlieren? Bis anhin war mir das nicht bewusst!«

»Bea, mach keine Witze, diese Geschichte kann schlimme Dimensionen annehmen. Möchtest du, dass jeder, der deinen Namen googelt, für immer lesen kann, dass du eine Diebin bist? Möchtest du in der Öffentlichkeit angepöbelt werden? Oder willst du weiterhin in der Buchhandlung arbeiten und deine Texte verkaufen können? Die Menschen müssen wissen, was genau passiert ist, und vor allem, warum! Das gehen wir jetzt ganz professionell an. Vertraust du mir?«

Ich nicke.

Was bleibt mir anderes übrig?

Schön, dass ich einen solchen Zwillingsbruder habe.

»Kann ich dich allein lassen? Ich gehe jetzt. Bitte verhalte dich still, und beantworte keine Anrufe oder E-Mails. Bitte!«

Mein Bruder kann ganz schön nachdrücklich sein.

»Ja, ja. Ist schon gut.«

»Setz dich hin und schreib die ganze Geschichte auf, bitte. Möglichst genau. Dazu die Handynummern und Kontaktdaten deiner Freundinnen, des Künstlers, und natürlich und vor allem von Theo, diesem Arsch.«

Ups, ich ziehe überrascht die Augenbrauen hoch, so ein A-Wort aus Benos zivilisiertem, gebildetem Mund?

Da scheint wer richtig wütend zu sein auf Theo. Gut, so kann ich ein wenig Wut abbauen. Geteilte Wut ist halbe Wut.

»Bei meinen Freundinnen muss ich mich aber schon melden, die haben bereits versucht, mich zu erreichen, und ich habe die Anrufe auf deinen Rat bist jetzt nicht entgegengenommen«, wehre ich mich.

»Tu, was du nicht lassen kannst. Schärfe ihnen aber auf jeden Fall ein, mit niemandem zu reden!«

Und schon ist er weg, mit dem Aktenkoffer, in eleganter Kleidung und mit Krawatte, die Haare streng nach hinten gegelt. Die Mission heißt jetzt nicht mehr »Aktion Mohnblüte«, sondern »Rettet Bea«.

Als Beno weg ist, fühle ich mich extrem allein. Ich starre auf mein Handy. Soll ich vor meinen Freundinnen zuerst Sämi anrufen? Warum nicht? Ich könnte ihm so richtig die Meinung sagen, denn eigentlich ist er an allem schuld! Oder vielleicht ist doch eher Theo an allem schuld? Oder vielleicht am Ende doch nur ich allein?

Ja, *ich* bin das Problem. Ich allein. Der Grund, warum jetzt alles über mir zusammenbricht, ist doch meine jahrlange Bequemlichkeit, meine Untätigkeit. Ich habe eine Beziehung aufrechterhalten, die ich längst hätte beenden müssen, wäre ich ehrlich mit Theo und mir gewesen. Außerdem hätte ich mich nie um Sämi bemühen sollen. War das mein Jagdinstinkt? Ich wollte Sämi erobern und habe dabei irgendwann die Erkenntnis ignoriert, dass er das ganze vermaledeite Tamtam gar nicht wert ist.

Ich habs versaut, und jetzt fliegt mir alles um die Ohren und wahrscheinlich geschieht es mir recht.

Also rufe ich weder Sämi noch Theo an, sondern Trix, die vor Freude, von mir zu hören, fast zu weinen beginnt.

»Ich hatte Angst um dich, weil du doch Anrufe sonst immer gleich entgegennimmst«, erklärt sie. »Ich war sogar kurz bei deiner Wohnung, wo sich komische Typen herumtreiben. Ich habe geklingelt, und du hast nicht aufgemacht. Fast hätte ich die Wohnungstür aufbrechen lassen – das hat Izmir aber dann verhindert.«

»Ich bin abgetaucht und bei Beno, er kümmert sich rührend um mich, versucht, alles hinzubiegen.«

»Das ist gut. Das ist sehr gut. Wenn ich dir helfen kann: Ich bin da.«

»Könnte schon sein, dass ich dich noch brauche.«

»Du hast meine Nummer«, und dann singt sie wieder: »That's what friends are for …«

»Danke«, würge ich hervor. Mir ist zum Weinen zumute.

Yvonne erreiche ich in ihrem Nagelstudio. »Ich habe so eine Wut«, schimpft sie. »Das haben dir diese Männer eingebrockt, einer blöder als der andere. Wir wären ohne die Kerle wirklich besser dran, wir müssten das nur endlich einsehen!«
Ach, diese Einsicht wird Yvonne schnell vergessen, sobald ein besonders hübscher Kerl sie mehr als einmal anlächelt.
Dabei hat sie recht.
Vielleicht.
Möglicherweise.

Nach diesen beiden Anrufen schalte ich mein Handy ganz aus, um nicht doch noch in Versuchung zu kommen, mich bei Sämi zu melden, und streife durch Benos geschmackvoll eingerichtete Wohnung. Was heißt Wohnung? Er wohnt in einem Penthouse. Ich beneide ihn vor allem um die große Dachterrasse, von der man über den ganzen Talkessel blicken kann, bis hin zum Vierwaldstätter- und zum Lauerzersee. Ich lege mich auf einen der beiden Liegestühle, die unter einem großen Sonnendach stehen, und versuche, nicht zu denken. Nicht zu denken, nicht einmal zu denken, nichts zu denken, das ist enorm anstrengend. Ich konzentriere mich auf meine Atmung: einatmen, ausatmen, einatmen, ausatmen … Nein, ich werde nicht ruhig. Ich denke an Theo und – schon wieder! – an Sämi und weiß gar nicht, wer mich mehr enttäuscht hat und auf wen ich wütender sein soll. Theo ist schuld am Schlamassel. Aber Sämi? Er hat mich fallen lassen. Fallen lassen wie eine heiße Kartoffel.
Ich atme ein, ich atme aus, ich atme ein.
Oooommm.
Aber erneut wird mir klar, dass ich die meiste Wut auf mich selbst habe. Also nichts mit Ruhe. Im Gegenteil – in meinem Kopf jagen sich die Gedanken. Nichts denken ist unmöglich. Ich stehe

auf und tigere ruhelos auf der Dachterrasse umher, von den Liegestühlen zum hübsch angelegten Kräutergarten und wieder zurück.

Jetzt spüre ich, wie Angst in mir hochsteigt. Ich habe das alles ja gar nicht mehr unter Kontrolle. Angst ist ein hässliches Gefühl. Wut ist schöner, Wut ist aktiv. Angst macht klein. Größe tötet den Zwerg!

Um mich abzulenken, aber auch, um – wie von Beno gefordert – alles aufzuschreiben, schalte ich meinen Laptop ein und schreibe dann doch nicht, sondern gehe online und lese unter dem »Morgenpost«-Artikel die Kommentare. Ich erschrecke, als ich sehe, wie viele es sind. Und erst recht, als ich sie lese.

Ein Balz aus Buchs schreibt: *»Frauen sollten einfach gar nichts mit Schwingen zu tun haben. Aber vielleicht war gerade das der Grund für den Diebstahl? Irgend so eine Emanzenschlampe, der es nicht passt, dass wir Männer im Schwingsport noch so eine winzige Insel haben, wo wir unter uns sind.«*

Unter uns? Von Frauenschwingen hat der Schreiber wohl noch nie gehört. Außerdem habe ich an den Schwingfesten erstaunlich viele Frauen getroffen.

198 Leser finden seine Aussage gut, 12 schlecht.

Es ist absurd.

»Es wird wohl um Geld gehen. Am Ende wollte die Tussi noch Kohle rauspressen. So sieht sie auch aus, diese doofe Kuh, wie eine hochstapelnde Erpresserin«, schreibt ein Remo aus Rickenbach.

So sehe ich also aus?

Das stimmt nicht, ich komme auf diesem Foto wirklich richtig nett daher, blumig und trotz der Angst, die ich hatte, irgendwie fröhlich. Logisch, ich glaubte ja, ich hätte die Sache mit dem Zurückstellen der Schnitzerei aus der Welt geschafft.

Ich bin keine Hochstaplerin, aber – vielleicht war ich tatsächlich

ein bisschen doof. Oder einfach verzweifelt genug, etwas Dummes zu tun?
Egal.
137 Leser finden diese Aussage gut, 9 schlecht.
Abartig.
Den Leuten ist scheinbar völlig entgangen, dass ich die Skulptur zurückgebracht habe. Die Möglichkeit, dass ich nicht automatisch die Diebin sein muss, scheint den Lesern keinen Gedanken wert zu sein. Sie könnten mich doch auch als Heldin feiern, als die Retterin des Schwingsports, und einen Feiertag nach mir benennen, den Bea-Tag, wo ab sofort alle in blumigen Kleidern Schnitzereien durch die Straßen tragen. Aber nein, sie errichten einen Scheiterhaufen für mich.
Die Entwicklung beängstigt mich.
Zum Glück habe ich Beno. Beno, diesen erfolgreichen Geschäftsmann, dem keiner ein X für ein U vormachen kann. Er wird mir helfen, ganz so wie früher, als wir noch zur Schule gingen. Er hat sich immer schützend vor mich gestellt, einmal auch, als ein Junge mich verprügeln wollte, weil ich ihm ein Stückchen Schokolade geklaut hatte. Beno stürzte sich todesmutig zwischen ihn und mich und steckte Haue ein für mich. Dafür habe ich ihm dann Alibis verschafft, als er seine erste Freundin hatte und unsere Eltern dagegen waren, dass er sie ständig traf. Wir konnten uns immer aufeinander verlassen, waren immer füreinander da.
Ich setze mich an Benos Schreibtisch, in seinen Bürostuhl aus weichem Leder, einen richtigen Chefsessel, der wahrscheinlich mehr gekostet hat als meine gesamte Büroeinrichtung. So fühlt er sich wenigstens an. Der Schreibtisch ist wohl eine Antiquität. Eine sehr stilvolle Antiquität. Beno hat es geschickt verstanden, alte und neue Möbel in seiner Wohnung zu kombinieren. Mir gefällt sie. Eine Traumwohnung. Was ihm noch fehlt, ist die entspre-

chende Traumfrau. Er trifft zwar immer wieder Traumfrauen, stellt sie mir auch vor – aber so richtig lange halten die Träume nie an.

Und dann schreibe ich.
Tippe alles in meinen Laptop.
Die ganze Geschichte.
Die ganze gestörte Story.
Von Anfang an.
Anschließend erfasse ich die Kontaktdaten von Sämi, Theo, Trix, Yvonne und die von Ruedi Rüttimann.
Dann lese ich alles noch einmal durch und muss sagen, dass sich alles ganz unterhaltsam läse, wäre ich nicht die Hauptfigur. Ich drucke alles dreimal aus und lege die Prints in bunte Sichtmäppchen, die ich auf dem Schreibtisch finde.
Schließlich gehe ich wieder auf die Terrasse und nehme meine Wanderung von den Liegestühlen zum Kräutergarten wieder auf. Was für ein Sommer! Sonne ohne Ende, genau so, wie ich es liebe. Vogelgezwitscher. Schönwetterwolken. Ein Greifvogel fliegt übers Haus. Das Leben könnte so schön sein. Von der Rotenflue her kommen Gleitschirmflieger angekreist. Zu gern würde ich auch einfach abheben. Im Moment befinde ich mich allerdings eher im Sturzflug.

Beno lässt auf sich warten.
Ich schalte den Fernseher ein. Auf dem riesigen Bildschirm erscheint ein junger Mann, der Weltmeister im Kopfrechnen ist. Gerade rechnet er 87 hoch 50 aus. 87 mal 87 mal 87 mal 87, und das noch weitere 47 mal. Das Resultat hat so viele Stellen, dass mir allein davon ganz schwindlig wird. Er aber hat alles im Kopf und verkündet noch, quasi als Zugabe, die Quersumme des

Resultats: 414. Mir bleibt der Mund offen stehen. So ein schlauer Kerl! Der würde sicher nie in so einen Schlamassel geraten wie ich. Sein Leben verläuft bestimmt immer in geordneten Bahnen, geplant, terminiert, ausgeglichen, durchdacht. Vielleicht hat er aber auch nur eine Inselbegabung und leidet unter Problemen, die eine solche mit sich bringt Wer weiß. Kämpfen wir nicht alle mit irgendwelchem Sch…?
Nicht weinen jetzt, Bea.
Kopf hoch.
Das kommt schon irgendwie gut.
Irgendwie?

Dann geht die Tür auf: Beno kommt zurück. Im Schlepptau eine dürre, aufgedonnerte Frau, die auf extrem hohen, dünnen Absätzen balanciert, als wäre sie eine Zirkusartistin. Ihre roten Haare hat sie auf dem Kopf zu einem Was-auch-immer zusammengeknüllt, ihr kurzes Kostüm ist violett, der Rahmen der Brille auf ihrer Nase grün.
»Das ist Cecile Camenzind, meine PR-Frau. Sie ist sehr gut, und du kannst ihr vertrauen. Cecile, das ist Bea Betschart, meine Schwester.«
Wir geben uns kurz die Hand, stellen uns nochmals mit Vornamen vor und machen klar, dass wir uns duzen wollen. Das schräge Weibsbild ist mir auf den zweiten Blick irgendwie sympathisch.
»Vincent van Orsouw, mein Rechtsanwalt, kommt auch grad, er musste noch ein Telefonat erledigen. Wir können ja schon mal…
Ah, da bist du ja, Vincent. Darf ich dir meine Schwester vorstellen?«
Beno darf, und ich drücke dem älteren Herrn, der sehr liebenswert aussieht, die Hand. Er trägt Anzug und Krawatte, hat eine große Aktentasche dabei und offensichtlich hohen Blutdruck. Und heiß. Zumindest schwitzt er still vor sich hin.

»Vincent ist knallhart, Bea, er verhandelt jeden unter den Tisch.«
Cecile und Vincent, den ich auch schon duze, scheinen sich bei Beno zu Hause zu fühlen. Zumindest stellt Cecile ihre hohen Schuhe ordentlich in eine Ecke, und Vincent schlüpft aus seinem Jackett und lockert die Krawatte. Inzwischen hat Beno seinen Wohnzimmertisch von allerlei Drucksachen und Zeitschriften befreit, jedem ein Glas gekühlten Eistee hingestellt und seinen Laptop installiert.
Bevor wir uns setzen, übergebe ich allen dreien je eines meiner vorbereiteten Mäppchen. Cecile und Vincent und auch Beno vermitteln mir ein gutes Gefühl, und ich fühle mich aufgehoben. Es sieht aus, als hätten sie meine Lage im Griff. Während sie meinen Bericht lesen, beobachte ich sie. Alle drei haben ab und zu den Anflug eines Lächelns im Gesicht. Lachen sie mich aus? Vincent schüttelt zwischendurch den Kopf oder räuspert sich.
Und nun?
»Ich habe vorhin bereits mit der ›Morgenpost‹-Redaktion telefoniert. Sie wären bereit, eine Pressekonferenz zu organisieren und Beas Geschichte ordentlich zu kommunizieren. Jetzt wo ich alles gelesen habe, dünkt mich, wir sollten das durchziehen«, erklärt Vincent.
»Das Wichtigste wäre wohl, wenn wir Theo per Videokonferenz zuschalten könnten«, meint Cecile dazu. »Ich werde ihn anrufen und ihm den Tarif durchgeben. Ihm klarmachen, dass er da einfach mitmachen muss. Wird schon klappen.«
Nun, so sicher bin ich da nicht. Theo hat ja auch einen Arbeitgeber, der sicher nicht mit der Sache in Verbindung gebracht werden will.
Wie auch immer: Mein Privatleben wird öffentlich werden. Hässlich. Das wollte ich nie. Aber klar, wer will das schon?
»Ich möchte nicht, dass Theo seinen Job verliert«, wage ich ein-

zuwenden, und Cecile lächelt: »Dein Mitgefühl und deine Fürsorge ehren dich, Bea. Und das werden wir auch so kommunizieren, aber – ganz ehrlich – du hast ganz andere Sorgen. Jetzt lasst mich erst mal telefonieren. Vielleicht sogar zuerst mit dem Arbeitgeber von Theo, da hast du recht, Bea. Wenn Kabinata sagt, dass sie kein Problem damit haben, macht Theo sicher eher mit, das stimmt.«

»Das habe ich nicht so gemeint. Mir ist nicht wohl bei der Sache. Sollte man nicht doch zuerst Theo anrufen? Es zumindest versuchen?«

»Nein, Bea, glaub mir, ich weiß, was ich tue. Ich werde Kabinata anrufen. Aber keine Sorge: Ich werde Theo nicht als Kriminellen hinstellen, sondern als liebeskrank, was er ja auch ist oder zumindest war. Bitte entschuldigt mich, ich werde das Telefonat auf dem Balkon führen.«

Während Cecile telefoniert, reden Beno und Vincent über das weitere Vorgehen, ich aber mag gar nicht zuhören und entschuldige mich ins Bad. Irgendwie ist mir das alles wirklich zu viel.

Als ich zurück bin, sitzt auch Cecile wieder am Tisch. Mit guten Nachrichten: »Ich konnte mit dem obersten Boss reden und – er hat Verständnis für Theo. Mehr noch, er will Kapital aus der Sache schlagen.«

»Kapital?«, fragt Beno erstaunt.

»Ja, der ist fix. Er meinte, Kabinata könnte sich als guter Arbeitgeber mit Verständnis für Liebeskummer zeigen, und jetzt hört gut zu, das glaubt ihr fast nicht: Er will eine Reise nach Vietnam zu Theos Baustelle sponsern – für jemanden, der Liebeskummer hat oder so.«

»Oder so? Und dass Theo einen Einbruch verübt hat, das stört sie jetzt gar nicht oder wie? Ich …«

Ich kann nicht fassen, welche Dimensionen das ganze Theater annimmt.

»Bea, verlass dich auf uns, das kommt schon gut«, sagt Beno, steht auf, klatscht in die Hände und verkündet: »Essenszeit – ich werde Pizza bestellen. Wer will was drauf?«
Eine knappe Stunde später sitzen wir am Esstisch, und es macht »Pling«.
Cecile schaut auf ihr Smartphone und lacht. »Offenbar haben sie Theo schon erreicht und ihm meine Nummer gegeben. Er meldet, dass er sich allem stellen wird und wir mit ihm rechnen können.«
»Gut«, sagt Beno.
»Sehr gut«, sage ich.
Vincent sagt nichts. Er mampft seine Pizza Prosciutto.
Dafür lässt Cecile ihre Pizza Hawaii jetzt stehen und meint: »Ich werde Theo anrufen und ihm sagen, wie ich mir das Ganze vorstelle, und die Kosten für den Anruf, mein lieber Beno, die verrechne ich dir voll.« Sagts, lacht und düst wieder auf den Balkon.
Als sie zurück ist, meint sie: »Theo ist mit allem einverstanden – wir schalten ihn per Skype zur Pressekonferenz dazu, beamen ihn auf eine Großleinwand, und er bekennt sich in allen Punkten schuldig. Und vor allem entschuldigt er sich bei dir, Bea. Er wollte zuerst zwar noch ein wenig maulen, aber ich habe ihm dann schon gesagt, wo der Bartli den Most holt! Und ich habe ihn daran erinnert, dass er in Vietnam sitzt, wo ihn keiner kennt, und du hier, wo dich bald alle kennen.«
Ich bin erleichtert.
»Terminieren wir die Pressekonferenz auf heute Abend, 17 Uhr?«, will Cecile wissen. »Im ›Morgenpost‹-Gebäude in Zürich?«
»Ja«, bestätigt Beno.
»Dann lade ich gleich alle Medien ein und gebe Kabinata Bescheid«, gibt sich Cecile geschäftig.
»Deine Freundinnen sollten auch dabei sein«, meint Beno, »dann kommt alles noch viel authentischer rüber, wenn du erzählst, wie

ihr gemeinsam eine Lösung für das Problem gesucht habt, und du ihnen live danken kannst.«

Ich rufe Yvonne und Trix sofort an, und sie sind beide dabei, obwohl es für sie schwierig ist, sich so kurzfristig freizumachen. Yvonne wird ihren nervösen Darm mit Medikamenten ruhig stellen. Es geht ihr zum Glück schon etwas besser.

Trix sagt: »Gut, dass sich etwas tut, liebe Bea. Du musst tatsächlich aktiv werden. Stell dir vor, mein Chef aus Zürich hat schon angerufen. Er wollte dich vorübergehend freistellen.«

»Wirklich?«, frage ich schockiert.

»Wirklich! Ich kann es selber kaum fassen, wie schnell man einen Menschen zur Persona non grata machen kann. Offenbar braucht es dazu wirklich nur eine einzige ›Morgenpost‹-Schlagzeile. Und die muss nicht einmal stimmen!«

Ich erzähle meiner Tischrunde von dieser Entwicklung, und Beno nimmt meine Hand in seine und sagt: »Du bist nicht allein. Wir sind dein Team. Und glaube mir: Wir sind ein Top-Team.«

Und es ist tatsächlich ein Top-Team – denn jetzt kommt doch tatsächlich noch eine Stylistin angereist. Sie will meine Haare bändigen, über die Kleiderfrage diskutieren und mir ein zartes Makeup verpassen. Und ich lasse mich fallen in dieses wertvolle Netz aus Fürsorge und Liebe und Professionalität.

Die Stylistin ist eine mütterliche Frau, die sich von mir in Benos Badezimmer alles erzählen lässt und mir viel Mitgefühl entgegenbringt. Die Beschäftigung mit Äußerlichkeiten gibt mir etwas mehr innere Ruhe. Ich lasse die Frau sogar an meinen Haaren herumschneiden. Sie dünnt meine Haarpracht ein wenig aus, »diszipliniert« sie, wie sie es nennt. Zusammen mit ihr entscheide ich, dass ich das blumige Kleid tragen werde, mit dem ich schon in der Zeitung abgebildet wurde. Beno klatscht in die Hände, als er mich sieht, und meint: »Wirklich großartig!«

Kurze, ungewollte Berühmtheit

So ein Zirkus!
Und alles meinetwegen.
Na ja, eigentlich wegen Theo. Ich muss mir wirklich immer wieder sagen, dass er es war, der mir das alles eingebrockt hat. Und die »Morgenpost« hat dem Ganzen noch die Krone aufgesetzt mit der Veröffentlichung meines Bildes und dieser doofen Schlagzeile.

Als Cecile, Vincent, Beno, Trix, Yvonne und ich in Zürich im Pressehaus der »Morgenpost« ankommen, werden wir sofort in den geräumigen Sitzungsraum geführt, der bereits perfekt für unser Vorhaben eingerichtet wurde, was Beno sehr zufrieden feststellt.
Daniela Schriber, die Journalistin, die den Text in der »Morgenpost« verbrochen hat, stellt sich mir vor und entschuldigt sich: »Ich bin wohl etwas über das Ziel hinausgeschossen.« Aber es ist offensichtlich: Ihr Bedauern köchelt auf winziger Flamme. »Wir werden das jetzt wieder geraderücken, alles wird gut«, meint sie, und damit ist das Thema für die junge Frau wohl gegessen. Sie schüttelt ihre blonde Löwinnenmähne, dreht sich um, stöckelt davon und hinterlässt eine Parfümwolke.
Ob sie sich jemals bewusst gemacht hat, dass ein unsorgfältig recherchierter Text ganze Leben und Existenzen und berufliche

Laufbahnen ruinieren kann? Haben solche Gedanken in einem jungen, gestressten, überforderten Journalistinnenleben Platz? Allerdings ist mir schon klar, dass sie für die Schlagzeile ziemlich sicher gar nicht verantwortlich ist und dass man ihr für den Text wahrscheinlich relativ harte Vorgaben gemacht hat, denen sie gerecht werden musste. Boulevardjournalismus halt. Für eine gute Schlagzeile, eine auflagensteigernde Geschichte wird da auch mal die Wahrheit ein wenig zurechtgebogen. Gut, dass ich bei meiner alten Zeitung nie so arbeiten musste. Obwohl: Die Tendenz zum Boulevard war auch dort mehr und mehr erkennbar. »Der Leser will das so«, hieß es plötzlich, und der Chef machte immer mehr Druck in diese Richtung. »Sex and Crime and Rock 'n' Roll – das ist es, was die Abonnenten heute wollen«, lachte er jeweils grölend, und ich war mir ziemlich sicher, dass er wieder mal einen Schluck Wodka aus seiner im blauen Ordner versteckten Flasche genommen hatte. Er hasste diese Entwicklung im Journalismus auch und gab die Anweisungen der Zentrale nur zähneknirschend (und Wodka trinkend) weiter.

Yvonne und Trix weichen mir nicht von der Seite. Beno hängt am Handy, als wäre es an seinem Ohr angewachsen. Vincent ist mitgekommen, um zu überwachen, dass alles ordnungsgemäß abläuft, und wohl auch, um ein wenig Eindruck zu machen. So nach dem Motto: »Die kommen sogar mit einem Anwalt!«
Cecile stellt mir den Chefredaktor der »Morgenpost« vor: Manfred Müller. Wir drücken uns die Hand, doch Zeit zum Reden haben wir keine, da jetzt eine groß gewachsene, gut aussehende Frau durch die Tür kommt, völlig locker, sie lächelt und verbreitet gute Laune. Ein Wirbelwind. Sie begrüßt uns alle – samt Manfred Müller, mit einem sportlich-festen Händedruck und erklärt: »Mein Name ist Tina Bolfing, ich bin die Pressesprecherin von

Kabinata. Mein Chef ist leider verhindert, sonst wäre er selber gekommen, aber keine Sorge, alles wird gut. Wir kriegen das wieder hin. Ich kenne Theo persönlich. Er ist für uns ein wichtiger Mitarbeiter. Nun hat er einen Fehler gemacht, und wir werden ihm helfen, ihn mit Anstand wieder auszubügeln.«
Dann füllt sich der Raum langsam mit Journalisten. Drei Fernsehteams sind da: zwei Lokalsender und tatsächlich auch das Schweizer Fernsehen. Dazu Vertreter von Schwingermagazinen. Ich schüttle diverse Hände. Erst im letzten Moment kommt Ruedi Rüttimann hereingehastet. Er genießt den Rummel sichtlich. Mir kann er allerdings nicht so recht in die Augen schauen. Gut, ich habe ihm ein Theater vorgespielt, dafür hat er sich aber bereits revanchiert. Schließlich war er es ja wohl, der mein Foto an die »Morgenpost« weitergereicht hat. Dabei hätte er das gar nicht tun müssen, schließlich hatte er die Skulptur zu diesem Zeitpunkt ja bereits wohlbehalten zurück. Er wollte nur noch ein paar zusätzliche Schlagzeilen. Andererseits ist bei ihm eingebrochen worden. Ich wäre danach auch nicht besonders großzügig. Ach, es ist vertrackt.
Vielleicht hätte ich ihm beim Kaffee in seiner Küche einfach ganz ehrlich die Wahrheit erzählen sollen, wer weiß, vielleicht hätte er seinem ehemaligen Schulkollegen den Diebstahl und mir mein Theater verziehen, und wir hätten gemeinsam eine Lösung gefunden, die…
Weiter komme ich nicht, denn jetzt eröffnet Manfred Müller die Pressekonferenz, stellt sich auf ein kleines Podest und als Erstes gleich klar: »Wir haben einen Fehler gemacht.«
Hut ab! Das beeindruckt mich. Er stellt sich vor die junge Journalistin und übernimmt Verantwortung. Das ist nicht selbstverständlich.
Dann bin ich dran, meine Knie sind weich, als ich aufstehe und

auf das Podest zugehe, und erst recht, als ich in kurzen Sätzen meine Geschichte erzähle, exakt so, wie ich sie während der Autofahrt nach Zürich tausendmal mit Beno durchgegangen bin. Zuerst flattert meine Stimme ein wenig. Dann versuche ich mich auf Yvonne und Trix zu konzentrieren, die in der ersten Reihe sitzen. Das hilft.

Und dann, dann kommt der Moment, wo Theo zugeschaltet wird – die Videoübertragung klappt tatsächlich – und riesengroß auf der Leinwand erscheint. Er sieht gut aus, ist braun gebrannt und scheint irgendwie – trotz des Stresses, den er garantiert hat – zufrieden. Vielleicht tut es ihm gut, sich alles von der Seele reden zu können. Ich merke sofort, dass auch er seinen Text mit jemandem einstudiert hat.

»Es ist alles meine Schuld. Ich liebe, nein, ich muss wohl sagen, liebte Bea und habe das Ende unserer Beziehung nicht verkraften können. Unsere Trennung hat mich total aus der Bahn geworfen, und ich habe Dinge getan, die ich heute weder verstehen noch erklären und schon gar nicht entschuldigen kann. Unter anderem habe ich den Pokal gestohlen und ihn Bea geschenkt ...«, hier zeichnet er mit beiden Händen Gänsefüßchen in die Luft und fährt dann weiter: »... ohne ihr zu sagen, woher ich ihn hatte. Nie im Leben hätte ich mir vorstellen können, was für Konsequenzen diese blöde Idee für Bea hatte. Ich entschuldige mich hiermit in aller Form. Bitte verzeih mir, Bea! Auch beim Schwingerverband und vor allem bei meinem ehemaligen Schulkameraden Ruedi Rüttimann möchte ich mich entschuldigen. Und ich möchte meiner Arbeitgeberin, der Kabinata, danken, dass man mich nicht zum Teufel schickt, sondern Verständnis zeigt für einen liebeskranken Idioten wie mich. Und nochmals, Bea: Es tut mir – ehrlich – leid.«

Oh.

Ich bin gerührt.
Auch Yvonne tupft sich doch tatsächlich verstohlen eine Träne aus dem Augenwinkel. Beno zwinkert mir zu und nickt unauffällig. Ja, Theo hat seine Sache gut gemacht. Gut für mich. Gut aber auch für ihn.
Nun ist die Reihe an Tina Bolfing, der Kabinata-Sprecherin. Sie lobt Theo als einen äußerst zuverlässigen und vertrauenswürdigen Mitarbeiter, dem die Firma seinen Fehltritt ganz einfach habe verzeihen müssen. »Wir sind ja alle nur Menschen, und wir wissen, wie sehr Liebeskummer schmerzen kann. Darum haben wir uns überlegt, dass wir jemandem, der gerade darunter leidet, eine Reise nach Vietnam sponsern wollen, inklusive Baustellenbesichtigung mit Theo. Schreiben Sie uns einfach, wenn Sie Liebeskummer haben, und wir werden dann auslosen, wer die Reise gewinnt.« Dann macht sie eine Pause und tut etwas, was garantiert nicht vorgesehen war, aber sehr zu ihr passt: »Eine Frau wäre uns natürlich, wenn ichs mir so überlege, am liebsten, wer weiß, vielleicht können wir dann ja bald schon davon berichten, dass sich Theo neu verliebt hat.« Sie lacht und geht, unter großem Applaus, von der Bühne. Ganz schön clever, nicht?
Jetzt darf noch Heinz Holdener vom Eidgenössischen Schwingerverband aufs Podest. Er erzählt von seiner großartigen Idee, für das Eidgenössische in Estavayer einen Siegerpokal schnitzen zu lassen, und lobt die Arbeit von Ruedi Rüttimann, der jetzt kurz aufsteht und sich allen präsentiert und dabei wie ein Honigkuchenpferd in die Kameras strahlt. Dann aber wendet sich Holdener an mich, dankt mir, dass ich den Pokal heil zurückgebracht habe, und überreicht mir Freikarten für den Rigi-Schwinget: »Seien Sie unser Gast, liebe Frau Betschart, und bringen Sie drei Menschen mit, die Ihnen wichtig sind.«
Nochmals Applaus.

Jetzt erklärt Chefredaktor Müller, dass man noch Fragen stellen könne. Muss das sein? War das so abgemacht? Ich will hier raus! Geht nicht. Ein offensichtlich genervter Journalist will doch tatsächlich wissen, ob es nicht ein wenig übertrieben sei, für eine solche Bagatelle eine Medienkonferenz zu veranstalten. Und bevor irgendwer was sagen kann, stehe ich auf und sage: »Bagatelle? Ich hätte fast meinen Job verloren, weil ich als die Diebin des Pokals dargestellt wurde. Man bezeichnete mich öffentlich als Emanzenschlampe, dumme Kuh und Erpresser-Tussi, und Hunderte von Lesern fanden das gut. Ich schaue gar nicht mehr weiter auf die Online-Kommentare. Die schaukeln sich bestimmt immer noch hoch. Dabei habe ich nur den Pokal zurückgegeben – eigentlich eher ein Grund für Dankbarkeit. Ich hätte ihn auch vergraben, verbrennen, entsorgen können. Aber ich wollte ihn zurückgeben. Ich denke schon, dass es wichtig war, auch meine Sicht der Dinge anzuhören.«
Puh, das tat gut.
»Werden Sie wieder mit Theo zusammenkommen?«, will nun eine Journalistin wissen.
»Kein Bedarf, danke«, sage ich nur und setze mich wieder. Leider offenbar zu früh.
»Gibt es einen neuen Mann an Ihrer Seite? Oder warum haben Sie sich von Theo getrennt?«, hakt die Journalistin hartnäckig nach.
Aber jetzt hilft mir doch tatsächlich der Chefredaktor: »Das geht nun zu weit«, sagt er bestimmt. »Bea Betschart hat nie die Öffentlichkeit gesucht. Es besteht kein Anlass, dass sie ihr ganzes Privatleben vor uns ausbreiten muss. Es ist die große Bitte aller hier Anwesenden, Bea Betschart jetzt und in Zukunft in Ruhe zu lassen. Sie soll nach diesen Richtigstellungen, die Sie alle hier hoffentlich unter Ihren Lesern und Zuschauern verbreiten, wieder in

Ruhe leben können. Bea Betschart schreibt übrigens sehr gute Kolumnen, und wir überlegen uns, sie dafür bei uns anzustellen.«

Ja, das wüsste ich aber …

Kolumnistin bei der »Morgenpost« …

»Wenn zur Sache keine Fragen mehr im Raum stehen, möchte ich diese Pressekonferenz jetzt schließen. Ich danke allen für ihre Anwesenheit und bin froh, dass wir den Fall richtigstellen konnten. Wir von der ›Morgenpost‹ werden alles dafür tun, dass unsere Leser morgen Bescheid wissen und Bea Betschart rehabilitiert ist. Danke.«

Müller packt mich recht unsanft am Arm und zerrt mich durch eine Hintertür aus dem Raum.

»He!«, wehre ich mich.

»Glauben Sie mir, das war in Ihrem Interesse. Jetzt hätte jeder Journalist noch ein persönliches Statement von Ihnen haben wollen, möglichst noch ein paar persönliche Worte und so weiter und so fort. Aber alles Nötige war bereits gesagt, mehr brauchen sie nicht.«

Stimmt.

Ich atme tief durch. Ein und aus und ein und aus. Langsam, aber sicher fällt die Anspannung von mir ab. Trix und Yvonne sind nun auch durch die Hintertür raus, und wir umarmen uns.

»Was für ein Zirkus!«, sagt Trix. »Schlimm, dass das nötig war. Ich konnte das ja selber kaum glauben, aber du hättest tatsächlich deinen Job bei uns verloren. Wahnsinn. Und deine Kolumnenabnehmer hätten sich bestimmt auch eine Weile zurückgehalten. Übel.«

»Das war jetzt bestimmt spannend für dich, mal nicht die Journalistin zu sein, sondern auf der anderen Seite zu stehen, oder?«, meint Yvonne cool.

»Na ja, auf diese Erfahrung hätte ich gern verzichtet.«

Jetzt stoßen auch die anderen zu uns. Vincent und Cecile und Beno, der mich liebevoll umarmt und ein »Well done, Schwesterherz«, ins Ohr flüstert. Er ist großartig, und ich bin glücklich.
Nun verabschieden sich Cecile und Vincent von uns, und Beno lädt Yvonne, Trix und mich ins »Zunfthaus zur Waag« beim Zürcher Fraumünster zum Abendessen ein. Alle bestellen dasselbe: Zürcher Geschnetzeltes. Während wir ausgelassen zusammensitzen, fast ein wenig übermütig sind, nun, wo die Anspannung weg ist, muss ich daran denken, wie Journalisten jetzt Texte über mich in die Tasten tippen und wie fürs Fernsehen mein Auftritt zurechtgeschnitten wird. Ein kleines Stück Ruhm, ungewollt, unnütz, hoffentlich vergänglich und schnell vergessen.
Ich lehne mich zurück, nehme einen Schluck Rotwein und beobachte, wie Beno mit meinen Freundinnen flirtet. Ich bin so unendlich erleichtert.
Da mein Handy immer noch ausgeschaltet ist, ruft Theo bei Beno an, sagt ihm, er möchte noch kurz mit mir reden. Aber ich lehne ab. Ich bin dankbar, dass er mitgemacht hat, und ich habe ihm verziehen, aber das wars dann auch. Also sage ich zu Beno, so laut, dass es sicher auch Theo hört: »Sag Theo bitte, alles sei gut, und ich sei dankbar für seine Aktion heute, bräuchte jetzt aber Abstand.«
Auch meine Mutter ruft bei Beno an, fragt, wie es gegangen sei. Mama! Papa! Ich habe in der ganzen Aufregung gar nicht daran gedacht, dass sie ja auch Zeitung lesen und bestimmt unglaublich besorgt waren. Doch Beno hat sich auch um sie gekümmert. Und jetzt beruhigt er Mama: »Hervorragend, du kannst stolz sein auf Bea. Sie erzählt dir dann bestimmt alles haargenau.«
Ich lehne mich zurück und genieße mein Glücksgefühl, meine Erleichterung.
Leben gut.

Dann kommt Sepp Wimmer, der Wirt der »Waag«, an unseren Tisch und begrüßt Beno wie einen alten Freund. Mein Bruder klärt mich dann auf, dass er immer hier isst, wenn er in Zürich zu tun hat, und dass Sepp und er eine wunderbare Abmachung haben. Und Wimmer lächelt, stellt fünf mit ein wenig Rotwein gefüllte Gläser vor ihn hin, die alle mit einem andersfarbigen Punkt gekennzeichnet sind, und erklärt: »Beno bildet sich ja so einiges auf seine Weinkenntnisse ein, also teste ich ihn – wenn er alle fünf Traubensorten erkennt, zahle ich die Weinrechnung, wenn nicht, lädt er mich zum Dessert ein.« Sepp lacht, und Beno macht sich an die »Arbeit«. Yvonne bietet ihm ihre Hilfe an. Die beiden sind mit großem Eifer dabei, amüsieren sich köstlich, kichern und lachen.

Als ich zur Toilette gehe, folgt mir Trix und meint: »Komm, wir bleiben ein wenig länger als nötig hier.« Auf meinen fragenden Blick hilft sie mir auf die Sprünge: »Da läuft was!«

»Was läuft? Meine Nase?«

»Yvonne und dein Bruderherz», erklärt Trix und verdreht dramatisch die Augen.

Oh.

Ich war wohl zu sehr mit mir selber beschäftigt, um zarte Schwingungen in meiner Umgebung wahrzunehmen.

»Schön«, sage ich und freue mich. Also nehmen wir uns viel Zeit vor dem Spiegel, kämmen unsere Haare, ziehen die Lippen nach, waschen die Hände ausgiebig und probieren alle kosmetischen Produkte aus, die den Gästen hier zur Verfügung gestellt werden: Haarspray, Parfüm, Handcreme. Dann gehen wir an den Tisch zurück.

Beno lächelt. Yvonne lächelt.

Schön, da lächle ich doch gern zurück.

Wie großartig wäre das, wenn das ganze Drama doch noch etwas Gutes bewirken würde.

Hinfallen – aufstehen

Das wusste ich schon, bevor ich es in der Glückskeks-App lesen konnte: *»Wenn du siebenmal hinfällst, musst du achtmal aufstehen.«* Ich bin bestimmt schon tausendmal hingefallen. Und immer wieder aufgestanden. Ich weiß, ich muss da durch. Aber nach dem ganzen »Hoselupf« der letzten Tage bin ich halb krank, völlig erschöpft und liege richtig flach.

Zwei Tage wohne ich noch bei Beno. Jetzt muss ich wohl froh sein, dass ich überall in den Schlagzeilen und sogar im Fernsehen bin. So werde ich wieder rehabilitiert. Ich schreibe meinen verschiedenen Arbeitgebern persönliche Briefe, in denen ich noch einmal alles erkläre. Es ist wichtig, dass sie mir weiterhin ihr Vertrauen schenken, sonst bin ich ruiniert.

Die »Morgenpost« hält Wort: Ich könnte ab sofort für die Online-Ausgabe Kolumnen schreiben. Die Bezahlung sei zwar bescheiden, dafür würde ich eine sehr große Leserschaft erreichen und bekannt werden, meinten sie. Dennoch lehne ich dankend ab – für die Morgenpost würde ich doch immer nur die Frau mit dem Pokal bleiben. Nein, da warte ich lieber, bis etwas mehr Wasser den Rhein hinabgeflossen ist. Vielleicht später einmal? Falls sie mich dann noch wollen.

Wir werden sehen.

Aber eben, auch das ist erst der Anfang.

Es wird noch besser.

Ich werde in verschiedene Fernsehsendungen eingeladen. Das Schweizer Fernsehen will eine Hintergrundsendung zu meiner Geschichte machen: »Ungewollt berühmt für einen Tag – vom verantwortungslosen Umgang der Medien mit Menschen«. Ein privater Sender möchte mit mir und Ruedi Rüttimann einen »Talk zum Tag« aufzeichnen, ein anderer lädt mich zu seiner »Aktuellen Stunde« ein. Und unsere Lokalzeitung möchte mich zum »Kopf der Woche« machen.
Aber ich habe gesagt, was es zu sagen gab. Es soll jetzt einfach bitte wieder Ruhe einkehren in meinem Leben, ganz normaler, total langweiliger Alltag. Ich sage allen ab.

Ich bin glücklich und froh, als ich zurück in meiner Wohnung bin und freue mich riesig auf Klara. Sie zickt zwar zuerst ein wenig rum, straft mich mit Missachtung, bleibt aber immerhin in meiner Nähe. Erst nach einer Weile verzeiht sie mir meine Abwesenheit und erlaubt mir gnädig, sie zu streicheln.
Mein Nachbar Izmir erzählt mir von der Belagerung durch die Medien. Es wurde ihm sogar Geld angeboten, falls er bereit wäre, ein paar private Geschichten über mich auszuplaudern. »Für die Story mit der Katzentreppe hätte ich sicher gut kassieren können«, lacht er, um dann ernst anzufügen, dass man sogar seine Tochter bedrängt habe, bis sie weinte. Und: »Einer hat sich als Elektriker ausgegeben, der unbedingt in deine Wohnung müsse.«
Izmir schüttelt den Kopf.
Auf der Jagd nach dem Primeur, nach der neusten Neuigkeit, nach der sensationellen Story kennen einige meiner Berufskollegen offenbar wirklich kein Pardon.
Die Welt ist verrückt.
Doch die eigenen vier Wände tun mir gut. Ich fühle mich geborgen und sicher. Ich schlafe viel, arbeite nichts, lese einen Krimi

von Simon Kernick, der mich wunderbar ablenkt. Sehr bewusst schalte ich meinen Computer erst am zweiten Tag meiner Heimkehr wieder ein und stelle befriedigt fest, dass die »Morgenpost« all die Kommentare unter dem ersten Bericht gelöscht und die Kommentarfunktionen geschlossen hat. Nach »Blöde, dumme Kuh«, »Schwingerschlampe« und »Stopft ihr das Maul mit Sägemehl!« konnte man die Beschimpfungen sowieso nicht mehr steigern. Dann öffne ich die Mailbox, klicke mich durch und sehe, dass Theo mir mehrere E-Mails geschrieben hat. Sie fallen recht unterschiedlich aus, je nach Grad der Alkoholisierung beim Schreiben. Er trinkt ganz offensichtlich immer noch wesentlich mehr, als ihm guttut. Schade. Ich schreibe ihm, dass ich seine Mails in den nächsten drei Monaten nicht öffnen, sondern ungelesen löschen werde und dass er sich gefälligst auf sein eigenes Leben konzentrieren solle.

Dann schalte ich den Flugmodus in meinem Handy wieder aus und bin ganz zurück in der digitalen Welt. Ganz ehrlich, ein ganz klein wenig hatte ich gehofft, dass ich eine SMS oder eine Mail von Sämi finden würde. Aber da ist nichts. Einfach nichts. Was mich enttäuscht. Um nicht zu sagen maßlos enttäuscht. Eine Entschuldigung, wenigstens eine kleine, habe ich mir schon erhofft. Und dann, dann steht er am Abend des dritten Tages meiner Heimkehr einfach vor meiner Tür.

Widerwillig lasse ich ihn eintreten.

Er gefällt mir nach wie vor, mein Herz schlägt jedenfalls lauter. Dass er da ist, freut mich irgendwie, was mich selber wundert, denn ich war bis gerade eben doch noch enttäuscht von ihm und bin es immer noch – eigentlich – irgendwie. Aber, jetzt steht er da, in voller Pracht, mit seinem unwiderstehlichen Lächeln.

»Ich dachte, ich schaue mal rasch bei dir vorbei«, sagt er, ein wenig unsicher und leicht verlegen. Ich weiß selber nicht so recht, wie ich ihm begegnen soll, und merke ganz fest: Ja, ich bin nachtragend.

Als wir schließlich am Küchentisch sitzen und in den Kaffeetassen herumrühren, als könnte man Kaffee nur tausendfach gerührt trinken, entschuldigt sich Sämi doch noch: »Es tut mir leid, Bea. Ich hatte in letzter Zeit einfach zu viel erlebt mit Frauen. Ich hätte dir vertrauen sollen, aber es sah doch alles so eindeutig aus.«

Jetzt bin ich ein wenig eingeschnappt. Keine meiner Freundinnen würde auch nur einen Moment lang in Erwägung ziehen, ich könnte so eine blöde Skulptur geklaut haben, selbst wenn alles noch hundertmal eindeutiger aussehen würde.

That's what friends are for.

Ich gehe aufs Volle: »Eindeutig? Hast du eben e-i-n-d-e-u-t-i-g gesagt? Sämi, keine meiner Freundinnen würde mir einen Mord zutrauen, auch wenn sie mich direkt neben der Leiche hockend mit der Tatwaffe in der Hand anträfen. Selbst wenn mir das Blut von den Händen tropfen würde. Sie würden einfach wissen, dass ich so etwas nicht tun könnte. Aber du, du siehst etwas und zeigst sofort mit dem Finger auf mich, hast mich nicht mal erklären lassen.«

Sämi macht große Augen und meint: »Jetzt mach mal einen Punkt, den Diebstahl eines Pokals mit einem blutigen Mord zu vergleichen, ist …«

»Vergiss es, Sämi, du checkst es nicht. Okay, das ist jetzt ein wenig weit hergeholt, aber als Bild …«

Sämi gab mir nicht einmal die Chance, etwas zu erklären. Was stimmt also nicht mit ihm, mit uns?

»Ich war einfach nicht ich selber«, erklärt Sämi.

Hatte ich das nicht auch schon von Theo gehört? Das kommt in der Beliebtheit von Sätzen in Beziehungskrisen wohl gleich hinter »Es ist nicht so, wie es aussieht« und knapp vor »Fangen wir doch noch einmal neu an« oder »Jeder verdient eine zweite Chance«. Und wer sagt mir, dass Sämi nicht ganz genau so ist, wie er sich im entscheidenden Moment dargestellt hat: einer, der beim ersten Problem wegläuft, keiner zum Pferdestehlen, keiner, auf den man sich verlassen kann. Das sollte ich ihm sagen, direkt ins Gesicht, und ihn zum Teufel schicken, für immer und ewig.

»Wir hatten es doch so schön auf dem Stoos, und ich dachte plötzlich, es könnte zwischen uns etwas entstehen ... etwas ... etwas Großes, Schönes«, gesteht Sämi und ist zweifelsohne sehr verlegen.

»Das habe ich mir auf dem Stoos – wenn ich ganz ehrlich bin – auch gedacht, Sämi. Aber heute ist die Welt eine andere. So verpasst man sich im Leben.«

»Falscher Zeitpunkt, ja, ja. Aber weißt du, in letzter Zeit ist in meinen neuen Bekanntschaften wirklich genau immer dann etwas schiefgelaufen, wenn ich mir mehr erhofft habe. Ich habe fast darauf gewartet, dass auch bei uns beiden etwas schiefgehen würde. Und dieser Pokal, der passte dann genau zu meinen negativen Gedanken.«

Tja, dumm gelaufen.

Mir fällt dazu nicht viel ein.

Stattdessen lenke ich ab und plaudere mit ihm über dies und das, bringe ihn mit meiner Pokal-Geschichte zum Lachen, obwohl sie für mich zum Weinen ist, nein, war. Es ist halt schon so: Der Ernst von heute ist der Humor von morgen. Sämi spürt, dass ich ihm nicht verzeihen kann. Im besten Fall *noch* nicht.

Jetzt sieht er die Tageszeitung auf meinem Küchentisch liegen. Offensichtlich hat er sie zu Hause auch schon gelesen, weiß, dass wieder einmal über Kühe mit und/oder ohne Hörner diskutiert wird. Logisch, dass er sich ärgert.

»Schon mischen sich wieder alle ein, und alle wissen Bescheid«, schimpft er. »Man wollte doch diese Freilaufställe, damit die Tiere mehr Freiheit haben. Dafür mussten sie ihre Hörner opfern. Das ist der Deal. Zum Schutz von Tier und Halter. Man bräuchte sonst gigantisch große Ställe. Alles würde noch teurer. In der Schweiz werden die Hörner beim Kalb immerhin unter Narkose vom Tierarzt oder von Bauern mit Sachkundenachweis ausgebrannt. In anderen Ländern wird das wesentlich lockerer gehandhabt. Wir schauen gut zu unseren Tieren.«

Ich habe den Artikel heute Morgen natürlich gelesen. Ich las aber auch davon, dass man im Labor mit spagyrischen Analysen Unterschiede in Blut, Urin und Milch sehen könne, bei Kühen mit und/oder ohne Hörner. Das gab mir ein wenig zu denken, obwohl ich nicht einmal weiß, was eine spagyrische Analyse ist.

»Die frühesten bekannten Kuhrassen hatten gar keine Hörner«, ergänzt Sämi jetzt. »Man hat sie ihnen angezüchtet, um sie auf den Feldern besser führen zu können. Und jetzt werden wir sie halt wieder wegzüchten. Das ist eine Sache von ein paar Jahren.«

Ich habe auch gelesen, dass sich Kühe jetzt vermehrt am Bauch verletzen. Früher hätten sie nur mit den Hörnern, gegeneinander gekämpft. Heute würden sie einander die Köpfe in den Leib rammen. Außerdem hätten sie deformierte Schädel. Ob das wohl alles stimmt? Ich werde Emmi fragen. Sämi ist mir bei diesen Diskussionen immer viel zu emotional.

Überhaupt ist es jetzt Zeit, dass Sämi geht. Ich will mich mit einem guten Buch allein ins Bett legen, was ich ihm auch sage.

»Okay, ich geh ja schon, nur das noch: Sehen wir uns am Schwingfest auf der Rigi?«

»Ob wir uns sehen, weiß ich nicht, aber ich werde mit meinen Freundinnen dort sein, ja!«

»Wollen wir nicht etwas abmachen? Es wird viele Zuschauer haben, schließlich werden neunzig Schwinger antreten, unter ihnen zehn Eidgenossen.«

»Abmachen mag ich jetzt nicht – aber du kannst mich ja dann auf meinem Handy anrufen.«
»Du bist wirklich eingeschnappt.«
»Nein, ich bin enttäuscht, aber komm, lassen wir das jetzt. Gute Nacht!«
Aber so schnell gibt er nicht auf und lenkt nochmals aufs Schwingen: »Weißt du, dass Laimbacher Adi – dein persönlicher König – nach dem Rigi-Schwinget aufhören wird?«
»Nein, das weiß ich nicht, und das ist wirklich schade. Aber geh jetzt, bitte!«
Ich öffne schon die Haustür, doch Sämi bleibt dran: »Adi hat schon mehrmals auf der Rigi gewonnen. Vielleicht erlebst du ja noch einmal einen Sieg. Mich würds freuen. Für dich, aber auch für ihn. Er ist ein richtiger Bergfestspezialist. Er gewann viermal auf der Rigi, viermal auf dem Stoos, einmal auf dem Brünig und einmal auf der Schwägalp. Aber da ist ja auch noch sein Bruder Philipp, und da sind auch Christian Schuler und Andreas Ulrich, die alle den Rigi-Schwinget schon einmal gewonnen haben. Alles Favoriten. Alle oben, wenn wir oben sind.«
Viele Namen, viele Favoriten. Ganz ehrlich, ich bin mir plötzlich gar nicht mehr so sicher, ob ich auf die Rigi fahren werde. Was soll ich da? Ich habe mich für das Schwingen interessiert, weil ich mich für Sämi interessierte. Und jetzt? Soll ich ihm das sagen? Nein, ich lasse es sein, vor allem auch, weil er jetzt tatsächlich Anstalten macht, durch die Tür in den Gang zu treten, damit ich sie hinter ihm schließen kann. Doch da dreht er sich noch einmal um, nimmt mich vorsichtig in die Arme, hält mich einen Moment lang, drückt mich ganz zart an sich. Der Augenblick ist schön, angenehm, und könnte ich mich fallen lassen, hätten wir ein Happy End. Aber ich kann nicht, winde mich aus seinen Armen und sage: »Tschüss!«

Sämi geht, und ich bleibe verwirrt zurück, aufgewühlt und durcheinander.

Ich arbeite wieder in der Buchhandlung, und es gibt sie immer wieder, die Leute, die mich auf die leidige Pokal-Geschichte ansprechen. Da muss ich wohl durch. Viele wissen nur noch, dass mein Bild in den Medien war, und haben schon wieder vergessen, warum. Einigen komme ich bloß bekannt vor, und sie wissen nicht, warum. Sie schauen mich prüfend an, und ich sehe, wie es in ihrem Kopf rumort und sie zu keinem Resultat kommen. So ticken wir Menschen. Es ging mir doch selber schon so: Da kommt mir jemand bekannt vor, und ich weiß nicht mehr, ob er neulich im Fernsehen eine Quizsendung moderiert hat, ob ich sein Foto auf einem Werbeplakat gesehen habe oder ob er letzte Woche in der Reinigung meinen Wintermantel entgegengenommen hat. So läuft das doch.

Als mich eine Kundin nach der Ballistikabteilung fragt, kann ich wieder herzlich lachen. Auch weil das nicht das erste Mal passiert, und – Ballistik oder Belletristik, der Teufel liegt eben im Detail. Oft kann sogar ein einzelner »Buchstabendreher« alles »urinieren«.

Es tut gut, wieder zu arbeiten.

Ein junger Mann fragt nach einem Buch über Erdbeeren aus Chile. Im Computer finde ich nichts. »Ich brauche das für die Schule«, sagt der Bursche und wird furchtbar rot. Warum? Ist es ihm peinlich, ein Buch zu kaufen? Schämt er sich dafür, dass er den Titel nicht richtig wiedergeben kann? Ich suche weiter nach Stichworten und bin stolz, als ich dann doch das richtige Buch präsentieren kann: »Könnte es sich um die Novelle ›Das Erdbeben in Chili‹ von Heinrich von Kleist handeln?«

Kunde glücklich.

Verkäuferin glücklich.
Verlag glücklich.
Natürlich gebe ich nicht zu, dass ich von dem Buch noch nie vorher gehört habe, obwohl mir Kleist natürlich ein Begriff ist.

Sogar meine Eltern stehen überraschend am Verkaufstresen. »Sonst bekommt man dich ja nicht mehr zu sehen«, meint meine Mutter und drückt mich herzlich an sich. »Ach, es war gerade viel los in meinem Leben«, entschuldige ich mich.
Meine Eltern lachen: »Als hätte das irgendwer nicht mitbekommen.« Natürlich wurden auch sie schon mehr als nötig darauf angesprochen und mussten einiges einstecken.
»Es ist spannend. Man lernt noch einmal eindrücklich, wer tatsächlich ein Freund ist und wer nur darauf wartet, dass er sich das Maul zerreißen kann«, meint mein Vater.
Meine Mama sieht schon viel besser aus, und als ich sie auf ihren Gesundheitszustand anspreche, sagt sie erstaunlich ruhig: »Es wird wirklich alles wieder gut werden, Bea, ich brauche halt einfach Geduld.«
»Und Geduld hat sie ja, deine Mutter, sonst hätte sie mich längst zum Teufel geschickt«, kommentiert nun Papa einsichtig.
Die beiden wirken locker und harmonisch wie selten. Diese geballte Eintracht könnte einem fast Angst machen. Ich beobachte sie misstrauisch. Und siehe da: Als Mama ein Buch kaufen will, einen dicken Krimi, fängt das Gezanke wieder an, und ich bin beruhigt.
Er: »Du sollst deine Augen schonen, hat die Ärztin gesagt.«
Sie: »Ich muss ja nicht alles auf einmal lesen.«
Er: »Du sollst überhaupt keine Bücher lesen.«
Sie: »Bist du mein Arzt, mein Vater oder was?«
Er: »Du bist unbelehrbar, und nachher jammerst du dann wieder bei mir.«

Sie: »Ich jammere? Wenn hier jemand jammert, dann du. Du jammerst, wenn es zu heiß ist, wenn es zu kalt ist, wenn du dich vernachlässigt oder zu sehr gefordert fühlst, die Musik zu laut oder aber zu leise ist, im Fernsehen der falsche Film läuft …«
Er: »Das reicht.«
Sie: »Findest du?«
Unglaublich!
Wie in einem Lustspiel von Kleist.
Am Ende verkaufe ich meiner Mutter ein Buch mit extragroßer Schrift. Es ist trotzdem nicht so dick und somit der perfekte Kompromiss. Als die beiden den Laden verlassen, atme ich auf. Nein, ich muss mir keine Sorgen machen. Sie werden sich noch im Altersheim streiten. Offenbar brauchen die beiden das. Vielleicht ist das der Kitt, der sie zusammenhält. Ich bin da viel harmoniebedürftiger. Ich brauche Frieden und Ruhe in einer Beziehung. Dafür bin ich wohl allzu bereit, Kompromisse einzugehen, einiges einzustecken, auch mal leer zu schlucken und mir sogar den Mund zu verbieten. Manchmal lernt man von seinen Eltern eben nicht, wie man leben soll, sondern, wie man nicht leben will. Dafür macht man dann fröhlich andere Fehler. Was solls. So ist das Leben.
Eine Kundin holt mich aus meinen Gedanken. Sie will mir ihr eigenes Buch verkaufen. Nein, nicht wirklich verkaufen: Sie bringt zehn Stück vorbei und will, dass wir es für sie verkaufen. In Kommission. Die junge Autorin hat ihr Werk selber drucken lassen, auf eigene Rechnung, ohne Verlag, und jetzt muss sie persönlich damit hausieren gehen, was ihr sichtlich unangenehm ist. Mir tun diese Autorinnen immer leid, aber Trix ist da knallhart. »Wenn das Buch zu schlecht war, um einen Verlag zu finden, gehört es auch nicht in unsere Auslage«, so ist ihre Devise. Ich finde, man könnte die Bücher wenigstens lesen und dann je nach Qualität entscheiden. Aber ich bin ja nicht die Chefin.

Vielleicht gehe ich eines Tages auch mit einem eigenen Roman hausieren? Aber noch habe ich nicht einmal mit Schreiben begonnen und nur eine Idee im Kopf und Träume im Herzen.

Vorerst halten mich aber meine journalistischen Arbeiten voll auf Trab. An Aufträgen mangelt es mir im Moment in keiner Art und Weise. Ob wegen der Pokal-Sache, erschließt sich mir nicht. Ich glaube, es ist einfach so, wenn man selbständig ist. Alles kommt auf einmal, sodass man beim besten Willen nicht alle Angebote annehmen kann. Und danach passiert wieder gar nichts mehr, und man hat Angst, vergessen worden zu sein und bald am Hungertuch nagen zu müssen.
Einer dieser momentan zahlreichen Aufträge kommt von einer sogenannten Lola, deren Stimme am Telefon nach purem Sex und nach zu vielen Zigaretten danach klingt. Ich glaube, ich höre sogar noch eine Nuance Whisky heraus.
»Mir gehört die ›Seerose‹.«
Aha. Das sagt mir im Moment gar nichts.
»Der Sexklub am See, direkt vor Gersau.«
Ah. Sie sagt das so, als müsste das jeder wissen. Bisher hatte ich noch kein Bedürfnis.
Und jetzt, was will sie von mir? Dass ich für sie arbeite? Als was? Ein ganz klein wenig Empörung wächst langsam, aber sicher in mir heran, und gerade, als diese groß genug wird, um sich in Worten Luft zu machen, erklärt Lola ihren Auftrag genauer.
»Schau dir mal unsere Website an. Da gibt es diverse Angebote. Ich würde gern zu jedem Angebot eine kurze, heiße, erotische Geschichte aufschalten. Denkst du, du könntest so was schreiben? Es muss die Männer heiß machen, anturnen. Verstehst du?«
O ja, ich verstehe sehr wohl und muss grinsen. Erotische Geschichten, das wäre doch mal etwas ganz anderes, sie würden sich

total von meinen Werken über kolloidales Silber oder organisches Silizium abheben.
»Bist du noch da?«, haucht Lola ins Telefon.
Ich lasse mir von ihr den Link zur Website der »Seerose« geben und verspreche, da mal reinzuschauen.
»Ich zahle gut«, schickt Lola hinterher, nachdem sie sich verabschiedet hat.
Erotische Geschichten.
Ein völlig neues Thema für mich.
Ich google ein wenig und lese, dass es in der Schweiz rund 900 Bordelle gibt und über 10 000 registrierte Prostituierte. Ich finde eine Studie, die behauptet, jeden Tag würden in der Schweiz volle 18 700 (in Worten: tag-täglich acht-zehn-tausend-siebenhundert) Männer ins Puff gehen. Allerdings frage ich mich, wer diese Männer denn nun gezählt haben soll. Die Zahlen scheinen mir eher geschätzt worden zu sein. Man darf nicht alles glauben, was da im internetten Raum zu lesen ist.
Auf der Website der »Seerose« ist als Erstes ein gigantisch großes goldenes Sprudelbad zu sehen. Es steht in einem roten Raum. An den Wänden hängen geschmackvolle Aktgemälde. Wirklich schön gemacht. In dieser Luxuswanne haben wohl einige Leute Platz. Natürlich schaltet sich gleich mein Kopfkino ein: Wildes Treiben schlägt wogende Wellen. Tsunami-Gefahr beim multiplen Orgasmus. Aber möchte ich wirklich in diesem Wasser sitzen? Kann man da genug Chlor reinkippen, damit es nicht voller Leben ist? Ich muss schmunzeln. Das Lachen vergeht mir, als ich mich auf der Seite durch die verschiedenen Folterräume klicke. Jeder nach seinem Geschmack. Natürlich habe ich »Fifty Shades of Grey« gelesen, wenn auch mit weniger Begeisterung, als der Rest der Welt wohl vorgibt. Trotzdem: Muss ich mich ernsthaft mit solchen Themen befassen? Nein, muss ich nicht.

Schön, dass ich es mir gerade leisten kann: Ich sage ab.
Und nehme ein heißes Bad.

Die Rigi – Königin der Berge

Ich lerne.
Schon 1871 führte eine Zahnradbahn auf die Rigi – sie war die erste Bergbahn Europas. Johann Wolfgang von Goethe musste allerdings noch zu Fuß hochsteigen, bevor er die Aussicht genießen konnte und dann begeistert schrieb: »*Rings die Herrlichkeit der Welt.*« Mark Twain beschrieb seine Ankunft auf Rigi Kulm so: »*Einige Minuten waren wir tief ergriffen von dem wunderbaren Ausblick und für alles andere tot.*«
Vor 120 Jahren fand das erste Schwingfest auf der Rigi statt. Der Wettkampfplatz liegt auf Rigi Staffel, 1550 Meter über Meer. Somit ist der Rigi-Schwinget das höchstgelegene Kranzfest überhaupt.

Wer Schwingfeste besucht, das habe ich schon am Stoos-Schwinget gelernt, muss Frühaufsteher sein oder zumindest so tun als ob, notfalls eben widerwillig und übellaunig. Ja, ich habe mich entschieden, an den Rigi-Schwinget zu gehen. Nein, nicht um Sämis willen, sondern eigentlich Emmis wegen, die sich riesig über meine Einladung gefreut hat: »Ich werde es genießen, den Hof ein paar Stunden Hof sein lassen zu können. Sepp wird die Kinder übernehmen und sich um meine Hühner kümmern, das wird im wahrsten Sinn des Wortes ein Fest-Tag werden. Ich liebe Schwingfeste!«

Trix war etwas verhaltener, freute sich aber auch: »Egal, dann halt ein Schwingfest. Hauptsache, wir sind gemeinsam unterwegs. Ich würde mit euch auch ein Kuhfladenbingo oder ein Schachturnier besuchen, sogar ein Konzert von André Rieu, dem schmierigen Schmalzgeiger«, meinte sie fröhlich. Als Familienfrau braucht sie ab und zu eine Art Alibi, um eine Auszeit nehmen zu können.

Yvonne allerdings war mehr als skeptisch: »Schwingen ist doof«, meinte sie und wiederholte diese drei Worte wie eine alte, zerkratzte Schallplatte ständig. Aber ich machte ihr klar, dass sie das gar nicht beurteilen könne, wenn sie noch nie ein Schwingfest besucht habe. Dieser Argumentation konnte sie wenig entgegensetzen. Hilfreich war auch, dass mein Bruder Beno gerade auf Geschäftsreise im Ausland weilt. Ja, es tut sich etwas zwischen Yvonne und Beno. Aber beide hüllen sich in Schweigen. Nun, ich kann warten.

Und jetzt treffen wir vier uns also an diesem Sonntag, dem 12. Juli, in aller Herrgottsfrühe, um mit dem Auto nach Goldau zu fahren, wo wir um 6 Uhr 32 die Zahnradbahn auf die Rigi nehmen. »Morgenstund hat Gold im Mund« oder, wie Emmi konstatiert: »Der frühe Vogel fängt den Wurm.« Nun macht sie, die frühes Aufstehen gewohnt ist, sich über unsere zerknitterten Gesichter lustig.

»Wer will denn einen Wurm«, murrt Yvonne, die ihr Nagelstudio nie vor neun aufschließt. »Stimmt«, meint Emmi dann und zeigt auf ihren voll bepackten Rucksack, «ich habe genug andere Leckereien für euch eingepackt.« Das war ihr wichtig, dass sie den Proviant für alle mitnehmen darf, um sich für die Einladung zu revanchieren.

Der Schwingerverband hat mich auf die Ehrengästeliste gesetzt, daher habe ich nicht nur vier Gratiseintritte, sondern auch noch vier Gratistickets für die Rigibahn bekommen. Sogar zum Mittagessen sind wir eingeladen. Der Tag ist perfekt, sonnig, wolkenlos, warm. Der Wetterbericht verkündet, dass es genau so bleiben wird, und garantiert uns einen entspannten Ausflug in die Berge. Jeder Sitzplatz in der Zahnradbahn ist besetzt. Die meisten Passagiere sind bereits guter Laune, lachen, schwatzen, witzeln. Die Mehrzahl ist männlich und über sechzig. Dazwischen sehe ich auch erstaunlich junge Leute und extrem attraktive Frauen.

»Schwingergroupies«, spöttelt Trix.

Emmi sieht sich neugierig um.

»Die Laimbachers«, zischt sie und ellbögelt mich an, als sie meine Lieblingsschwinger nur gerade mal ein Abteil weiter vorn entdeckt.

Während die Bahn langsam vorwärtsruckelt, können wir auf allen Wegen Wanderer beobachten. Viele scheinen den Ehrgeiz zu haben, den Schwingplatz mit einem Fußmarsch zu erreichen, vielleicht wollen sie sich aber auch einfach eine teure Bergbahnfahrt sparen. Auf den Holzbänken in den nostalgisch anmutenden Zügen kommt man sich schnell näher. Als wir nach dreißig Minuten auf Rigi Staffel einfahren, haben wir schon Kurt, Franz und Othmar kennen gelernt, die im hinteren Aargau wohnen, sind mit ihnen per Du und haben aus winzigen Plastikbechern Schnaps mit ihnen getrunken. Als wir aussteigen, sind wir nicht nur hellwach, sondern auch eingestimmt und strahlen bereits übers ganze Gesicht.

Die Menschen auf dem Weg zum Schwingplatz erinnern mich an eine Prozession. Am Rande des Weges stehen Werbepartner, die Sonnencreme, Hüte und Snacks verteilen. Da wir gut ausgerüstet sind, brauchen wir nichts.

»Immer mehr Werbung!«, schimpft ein Alter, der vor uns geht, leise vor sich hin, »früher wars anders.«
Schon klar. Es wird alles größer und aufwendiger, und dann geht es halt nicht mehr ohne Geld und ohne Werbung. Auch die Schwinger investieren ja immer mehr in ihr Training, die besten reduzieren ihr Arbeitspensum, und dann möchten sie gern etwas zurückbekommen. Das kann ich verstehen. Ich glaube aber auch, dass viele Schwingerfreunde sich ganz einfach nicht bewusst sind, dass die Feste sich automatisch verändern, je mehr Aufmerksamkeit der Schwingsport bekommt und je größer das Interesse und der Publikumsaufmarsch wird. Am Ende geht es um immer mehr Geld. Und ja, da muss man schon aufpassen, dass das Urwüchsige, Ursprüngliche, Traditionelle, Bodenständige, Unangepasste, Eigenwillige nicht verloren geht.
Alles ist in Bewegung.
Auch die Schwingerszene.
Da nützt aller Widerstand nichts.

Der Schwingplatz auf Rigi Staffel gefällt mir außerordentlich gut: eine sonnige Arena, mit Blick auf oder vielmehr direkt in die Bergwelt. Hier braucht es keine Tribüne. Das Gelände mit seiner sanften Steigung konnte problemlos in eine vollkommene Naturarena verwandelt werden, man brauchte nur noch Bänke aufzustellen. In der Zeitung stand, dass Freiwillige dazu 1300 Pfähle in den Boden gerammt hätten.
Hier gefällt es mir.
Unsere Sitzplätze sind VIP-mäßig schön mittig, mit bester Sicht auf die drei Sägemehlringe. »Jetzt brauche ich einen Kaffee, biiiiiitteeee«, quengelt Yvonne, und so steuern wir aufs Festzelt zu. Kaffee und Nussgipfel, das gehört für mich inzwischen sowieso zum Beginn eines Schwingfestes. Die Plätze im Zelt sind schon

fast alle besetzt. Etwas ratlos sehen wir uns um, und da, da steht an einem der nächsten Tische einer auf und ruft: »Bea, kommt hierher, wir haben gerade noch Platz für vier schöne Frauen!«
Sämi!
Nun winkt er uns zu sich, und während ich noch zögere, gehen meine Begleiterinnen schnurstracks an seinen Tisch. Sämi schafft Platz: »So, rutscht ein wenig zusammen, dann reichts für alle.« Ich stelle ihm meine Freundinnen vor und er uns dann seine Freunde. Irgendwie hat es Sämi geschafft, dass ich mich direkt neben ihn setze, und er packt die Gelegenheit beim Schopf, legt den Arm um mich, zieht mich ein wenig zu sich und flüstert mir ins Ohr: »Schön, dich zu sehen.«
»Ja, ja, gut«, murmle ich relativ unfreundlich zurück und befreie mich aus seinem Arm. Heute war ein Frauentag geplant, und jetzt sitzen wir mitten unter Kerlen. Okay, für einen reinen Frauentag ist ein Schwingfest vielleicht die drittbeste Idee. Fehlt nur noch, dass Theo um die Ecke kommt. Ich halte tatsächlich kurz nach ihm Ausschau.
»Soll ich euch Kaffee und Nussgipfel holen?«, bietet Sämi nun seine Dienste an, und ich will schon dankend ablehnen, als Yvonne mir in den Rücken fällt: »O ja, das wäre total lieb.« Dazu klimpert sie mit den Wimpern. Ich schaue sie strafend an, und als Sämi weg ist, meint sie: »Der gibt sich doch total Mühe, ist richtig nett.«
»Du vergisst, wie er mich behandelt hat, als ich ihn wirklich gebraucht hätte«, erinnere ich sie.
»Stimmt«, antwortet Yvonne. »Genau deshalb kann er uns doch ruhig ein wenig bewirten. Ich glaube, kaum habe ich meinen ersten Kaffee ausgetrunken, brauche ich unbedingt einen zweiten und einen dritten. Wart nur, den halt ich schön auf Trab.« Sie lacht, und ich schüttle resigniert den Kopf.

Und dann rennt Sämi tatsächlich mehrmals hin und her, immer höflich und beflissen, und wickelt meine Freundinnen mit seinem Charme um den Finger. Als wir dann später unsere Plätze in der Arena aufsuchen, bin ich froh, dass er woanders sitzt. Zum Mittagessen können wir uns auch nicht treffen, weil ich ja mit den Freundinnen im Eventzelt bewirtet werde, wo nur Prominente reindürfen. Bei diesem Gedanken muss ich unwillkürlich schmunzeln. Gut so.

»Hast du Sämis Handynummer?«, fragt mich Yvonne nun wie aus heiterem Himmel. Ich schaue sie strafend an. »Nur falls wir irgendeinen Service benötigen«, meint sie gespielt unschuldig, »zum Beispiel jemanden, der unsere Rücken mit Sonnencreme einreibt.«

»Setz lieber deinen Hut auf, sonst kriegst du am Ende noch einen Sonnenstich – oder hast du jetzt schon einen?«

Yvonne tut, als hätte sie mich nicht gehört, setzt dann aber lachend ihren Hut auf.

Es wird auf jeden Fall ein heißer Tag werden, das merkt man jetzt schon. Bereits am frühen Morgen kann man ohne Jacke hier oben sitzen. Und wir sind immerhin 1550 Meter über Meer. Bei seiner Begrüßung warnt der Speaker dann auch eindringlich: »Bitte schützen Sie Ihren Kopf, cremen Sie sich mit Sonnenschutz ein, und trinken Sie viel – Wasser!« Ein amüsiertes Raunen geht durchs Publikum.

Um 8 Uhr 30 ist Anschwingen. Man hat das Gefühl, alle 4500 Zuschauer säßen tatsächlich schon auf ihren Plätzen. Einige hocken oder liegen im Gras, andere schauen aus großer Entfernung mit dem Fernglas von einem Hügel herunter. Ich fühle mich wohl. Erstmals interessiert mich ein Schwingfest tatsächlich, einfach so, ohne dass ich es jemandem vorspielen muss. Ich möchte, dass Adi Laimbacher sein letztes Schwingen heute gewinnt. Nach dem ersten Gang sieht es auch tatsächlich gut aus für ihn. Adi und sein Bruder Philipp gewinnen, genauso wie Andreas Ulrich, Arnold Forrer und Raphael Zwyssig. »Alles Eidgenossen«, kommentiert ein Zuschauer hinter uns. Yvonne interessiert das Geschehen im Sägemehl nicht, sie macht sich lieber auf ihrem Smartphone im Internet in Sachen Schwingen und allem Drumherum schlau und unterhält uns mit den runtergeladenen Informationen. Ziemlich lautstark, was mir ehrlich gesagt ein wenig peinlich ist. Auf www.schlussgang.ch schaut sie sich nun die Steckbriefe der Schwinger an, und kaum schnappt sie einen Namen auf, hält sie mit ihrem Wissen nicht hinter dem Berg:

»Dann wollen wir uns doch mal den Laimbacher Adi anschauen. Wahnsinn! Der ist 112 Kilo schwer und 190 Zentimeter groß und erst 34 Jahre alt. Liebe Leute, wusstet ihr, dass Adi in seiner Freizeit Jäger, Fischer *und* Handörgeler ist? Seine beiden Brüder sind auch Schwinger. Okay, das wisst ihr sicher alle längst. Aber wisst ihr auch, dass Adi Geschäftsführer in einer Umzugsfirma ist? Ich stelle mir grad vor, wie der locker mein Klavier die Treppe rauftragen würde. Ganz und gar allein. Problemlos. Zaubertrankmäßig. Asterix lässt grüßen. Doch, ich muss schon sagen, den würde ich sofort engagieren. Ich sollte dringend wieder mal umziehen!«

Beim Gersauer Andreas Ulrich verkündet sie – und dabei wird sie noch lauter: »Der 29-Jährige isst am liebsten panierte Koteletten und Tomatenspaghetti. Davon sollte er wohl etwas mehr essen, denn er ist im Vergleich zu den anderen leicht untergewichtig. Er bringt nur gerade hundert Kilo auf die Waage. Aber gell, wenn man zurückblickt: In 29 Jahren hat der hundert Kilo erreicht, das sind, lasst mich mal rechnen, Moooment – das sind 3,4 Kilo pro

Jahr. Wenn er so weitermacht, ist er mit hundert Jahren 340 Kilo schwer.«

Jetzt lachen sie schon drei Reihen vor uns, aber es scheint für alle in Ordnung zu sein, dass sich Yvonne derart ins Zeug legt – man dreht sich zwar neugierig nach uns um, aber da man uns gleichzeitig auch Essen und Getränke anbietet und uns in die Zwischenranglisten schauen lässt, begreife ich: Die Leute lieben Yvonnes unterhaltsame Kommentare.

Nach zwei Gängen sind Philipp Laimbacher und Andreas Ulrich unbesiegt.

»Philipp Laimbacher, ich schaue grad schnell nach, wartet, ich schau grad kurz nach.«

»Laimbacher Philipp«, ruft ein gut gelaunter Mittfünfziger links von uns.

»Ja eben, der Laimbacher, hier ist er, der wohnt in Sattel, hat Jahrgang 82, ist 105 Kilo schwer und 1 Meter 85 groß. Und – alle Singlefrauen herhören: ledig! Aber so einfach dürfte das nicht werden, er liebt nämlich vor allem Mamas Küche. Schwierig.«

Schallendes Gelächter von links und rechts. Yvonne ist in ihrem Element.

Adi Laimbacher, mein König, musste einen Gestellten akzeptieren, in einem spannenden und nicht unumstrittenen Gang mit Arnold Forrer.

»Nöldi Forrer ist wohl einer der Ältesten, schon 36 Jahre alt. Von Beruf ist er Käser, und ob er Käsefüße hat, steht hier nicht, aber dass sie groß sind, schon: Er trägt Schuhgröße 52.«

Heiteres Gelächter.

Yvonne könnte mit dieser Nummer problemlos am »Arosa Humor-Festival« auftreten.

Emmi packt immer wieder Leckereien aus ihrem Rucksack: Käse, Trockenfleisch, Brot, Früchte. Auch rundherum wird ständig gegessen und getrunken.

»Bier, Most, Mineral«, rufen auch hier wieder die Kinder, die den ganzen Tag durch die Reihen gehen, um Flüssiges zu verkaufen. Die Sonne brennt zünftig, und der Speaker warnt immer mal wieder: »Setzt Hüte auf, trinkt viel, achtet auf Sonnenschutz!«

Und einige gehorchen nur zu gern und trinken wirklich viel. Einfach das Falsche. Die Kinder kommen kaum nach, so schnell leeren sich die Bierflaschen.

Dann ist Mittagspause, und alle strömen ins Zelt zum Essen. Wir haben überhaupt keinen Hunger, wie auch, nach Nussgipfel und Emmis Leckereien – aber die Einladung ins Eventzelt, wo es Braten mit Kartoffelgratin und viel Schatten gibt, lassen wir uns nicht entgehen, und so mischen auch wir uns unter die geladenen Gäste.

Was für ein Sommerfest! Schon um 14 Uhr muss der Speaker verkünden, dass es im Moment kein Bier mehr gebe, aber Nachschub angefordert worden sei, der sicher bald komme. Ich staune, wie viele auch ältere Leute hier stundenlang in der brütenden Sonne auf einer Holzbank ohne Rückenlehne sitzen. Mir tut ehrlich gesagt langsam, aber sicher alles weh. Ständig verändere ich meine Sitzposition, aber es hilft nichts. Irgendwann bringt Sämi uns allen ein Eis vorbei und wird für diese Heldentat gehörig gefeiert. Hut ab! Wir hatten wirklich Lust auf ein Cornet, aber die Warteschlange beim Eisstand schreckte uns ab.

Nach drei Gängen führen Andreas Ulrich und Philipp Laimbacher. »Mein« Adi hat leider an Boden verloren.

Wir haben Spaß, amüsieren uns köstlich auf dem Schwing- und Älplerfest auf Rigi Staffel. Sicher auch, weil das Fest der Älpler neben dem der Schwinger nicht zu kurz kommt. Auf der kleinen Bühne spielen im Wechsel volkstümliche Formationen. Und als Höhepunkt zieht am Nachmittag ein großer Alpaufzug mitten über den Festplatz: herausgeputzte Älpler mit ihren Familien, Mädchen in Trachten, Männer mit Kleinkindern in ihren Wiegen auf dem Rücken, Frauen mit Körben voller Wiesenblumen, festlich geschmückte Tiere. Man führt dem Publikum das Innerschweizer Brauchtum vor und versprüht heile Welt. Es ist pure Freude!

Rund um uns herum wird fröhlich gebechert. Der Speaker fordert ja auch ständig zum Trinken auf, weil es so heiß ist. Nur denkt er dabei wohl eher an Wasser, nicht an Bier und Wein. Hinter uns sitzen junge Männer, die immer lauter werden. Und geselliger. Sie bieten uns von ihrem Schnupftabak an, und Emmi lässt sich nicht zweimal bitten, was ihnen sehr gefällt. Die Männer singen, grölen und schunkeln, als der Jodelchor ein Lied anstimmt, das ich noch nie gehört habe: »Drum muesch dini Seel ä chli la bambälä la … bambälä la …« Ich lasse meine Seele also baumeln, genieße den Moment.

Bald einmal wird leider klar, dass Adi Laimbacher heute nicht als Sieger vom Platz gehen wird. Schade, das hätte ich ihm bei seinem letzten Einsatz von Herzen gönnen mögen. Immerhin wird er auch so als einer der besten Innerschweizer Schwinger aller Zeiten in die Geschichte eingehen. Einen Kranz hat er schon auf sicher, und der Speaker verkündet, dass dies sein 105. Kranz sein wird und der 35. an einem Bergfest.

Bei seinem letzten Gang tritt er gegen Schurtenberger Sven an, und alle fiebern richtig mit.

»Buah, das ist halt schon immer wie in einem Krimi!«, meint Emmi, und dann – oh! – geht ein Aufschrei durchs Publikum. Die beiden Schwinger sind mit den Köpfen zusammengeprallt.

Sven blutet. Der Kampf wird unterbrochen. Für eine Weile verschwinden beide im Sanitätszelt. Sind beide verletzt? Sollte Adis Schwingerkarriere so enden? Das Publikum ist ganz still. Doch dann wird der Gang fortgesetzt und endet leider mit einem Gestellten, also unentschieden.

Trotzdem: Die Zuschauer jubeln und klatschen. Und jetzt – noch vor dem Schlussgang – wird Adi offiziell verabschiedet. An seiner Seite sind seine hübsche Frau und seine vier Kinder, drei Mädchen und ein Bub, alle barfuß, alle in Tracht. Es ist die pure Idylle, ein erstklassiges Fotosujet. Adi lässt seine Zwilchhosen an riesigen weißen Ballonen in den Himmel steigen. Ein emotionaler Moment, in dem – mehr oder weniger heimlich – viele Tränen weggewischt werden.

»Du wirst eine große Lücke hinterlassen«, erklärt Fidel Schorno, der technische Leiter des Schwyzer Kantonalen Schwingerverbandes, jetzt. Und dann wird Adi von Kameraden auf einer Sänfte aus dem Ring getragen. Auf seinem Schoß sein stolzer Sohn. Ich spüre eine große Ergriffenheit im Publikum, bin selber wirklich gerührt. Das war ein extrem würdiger, unvergesslicher Abgang. Und ich war dabei.

Nun steht nur noch der Schlussgang an.

Jetzt geht es um die Wurst, respektive um das Rind, den Lebendpreis.

Höchstspannung.

Dem jüngeren Bruder von Adi, Philipp Laimbacher, würde ein Gestellter zum Sieg reichen. Darum wohl greift sein Kontrahent Andreas Ulrich auch wirklich mutig an. Ich höre vom Speaker, dass hier zwei Trainingskameraden gegeneinander antreten. Das Publikum geht mit, feuert die beiden lautstark an, dazwischen herrscht aber auch immer wieder angespannte Ruhe. Und dann gehts ganz schnell: Nach nur fünf Minuten gewinnt Andreas

Ulrich. »Mit einem Kurzzug wie aus dem Bilderbuch«, wie ein älterer Herr, der direkt vor mir sitzt, voller Bewunderung kommentiert. Wir jubeln, feiern, und klatschen.

»Danke, Bea«, sagt Trix als wir später nochmals ins Festzelt gehen, um uns zum Abschluss einen Kaffee Pflümli zu genehmigen, »mit dieser Einladung hast du mir eine große Freude gemacht.«
Yvonne hebt den Daumen, und Emmi, die vor uns geht, sich jetzt aber umdreht, nickt bestätigend, und so beschließen wir, als wir kurz darauf mit einem Pflümli anstoßen, einstimmig, in Zukunft jeden Rigi-Schwinget zu besuchen. Das soll ein festes »Alle-Jahrewieder« für uns vier Frauen werden.
Wir können froh sein, dass wir ganz hinten im Zelt noch einen Sitzplatz finden, denn da hier bald schon die Rangverkündigung stattfinden wird, füllt es sich jetzt schnell. Wir haben noch nicht zur Hälfte ausgetrunken, als mich plötzlich ein Halbwüchsiger von hinten anrempelt und lallt: »Du bi-ihist doch die Tuss-ssi, di-die den Po-hokal gegestoh-ohlen hat!«
Im Nu verschwindet mein Wohlgefühl. Mir ist der heiße Pflümli-Kaffee über die Hose geschwappt. Ich versuche aufzustehen, was alles andere als einfach ist, denn jetzt steht plötzlich nicht nur der Teenie, sondern zwei weitere Typen hinter mir. »Du traust dich hierher?«, brüllt mich einer von ihnen an und stößt mir seine Faust in den rechten Oberarm.
Der dritte schubst mich an meinen Schultern zurück.
»Lasst gefälligst meine Freundin in Ruhe!«, ruft Yvonne wutentbrannt und steht nun auch auf. Emmi und Trix erheben sich von ihren Bänken. Aber das hilft nichts, denn jetzt hat mich das Gerangel aus dem Gleichgewicht gebracht, und ich falle hin, liege auf dem Boden. Ich habe Angst. Besoffene Halbstarke, denen die Sonne zu lange auf den Schädel gebrannt hat, sind nicht zu unter-

schätzen. Die Typen stellen sich nun über mich und reißen mich hoch. Meine drei Freundinnen versuchen weiter, zu intervenieren, jetzt sogar tatkräftig, aber die drei spüren keinen Schmerz. Bier sei Dank. Ich rieche ihre Alkoholfahne und ihren Schweiß.

»Dir sollte mal jemand eine Lektion erteilen«, meint einer mit nasser Aussprache, und in seinen Augen sehe ich mehr als Wut. Das ist Hass.

»Genau. Und zwar so, dass du nie wieder hierherkommst. Was hast du blöde Kuh denn an einem Schwingfest verloren? Gar nichts!«, übernimmt der erste der drei nun wieder das Zepter und schwankt bedenklich. Seine Haare stehen ihm kreuz und quer vom Kopf. Sein Gesicht hat eine gefährlich rote Farbe. »Von sohol-lchen wie dir lass-sse-ssen wir uns nihicht den Schwing-sch-port ka-kaputt mache-ehen. Bleib daaa-da-daheim, und strick wa-has Schööh-nenes!«

Dann liege ich plötzlich wieder am Boden.

War das ein Wyberhaken?

Ein Gammen?

Es ging so schnell, kam völlig überraschend, und mein Kopf schmerzt höllisch, weil er gegen die Tischkante geprallt ist. Ich fasse mir kurz an den Hinterkopf und habe Blut an den Händen. Blut! Die jungen Männer lachen und meine Freundinnen schreien sie in Grund und Boden. Jetzt endlich mischen sich auch andere Leute ein. Einige wollen schlichten, auseinanderhalten, andere schlagen einfach mal zu, ohne groß zu fragen, worum es geht. Ich bleibe am Boden liegen, schütze meinen Kopf mit den Händen und bin entsetzt.

Meine Freundinnen knien sich zu mir. Yvonne zaubert ein buntes Tuch hervor, das sie mir auf die blutende Stelle hält. Die drei schützen mich, derweil rund um uns das nackte Chaos ausgebrochen ist. Emmi hält ihren großen Rucksack wie einen Schutzschild vor sich. Nein, eine Massenschlägerei ist es noch nicht, aber das Gewusel und Geschrei kann sich jederzeit in eine solche verwandeln. Weit über mir sehe ich nun, wie sich ein Mann ein Alphorn schnappt und es als Schlaginstrument einsetzt. Ein alter Mann blutet aus der Nase, greift nach einer herumstehenden Fahne, mit der er wild herumwedelt. Was will er damit erreichen? Verwirrung im feindlichen Lager stiften? Aber wer ist hier Feind, und wer ist Freund? Ein Musiker im bestickten Hirtenhemd erobert sich erbost und mit wildem Gezerre sein Alphorn zurück. Dafür haut ihm der Fähnrich eins über.

Wie soll das hier jetzt weitergehen? Ich liege auf dem Boden, geschützt von meinen Freundinnen, die ganz offensichtlich auch ihr Fett wegkriegen, und rundum versperrt uns ein Tumult den Rückzug. Es nimmt nun doch immer mehr die Züge einer Massenschlägerei an.

Ich will heim! Wie kommen wir hier raus?

Und wo ist Sämi, jetzt, wo wir ihn bräuchten? Der große Held hat sich wohl einmal mehr aus dem Staub gemacht, in einem Moment, wo er wirklich wichtig wäre, wo er Farbe bekennen könnte. Es wird immer lauter, aggressiver, und dann, dann knallt ein ohrenbetäubendes Pfeifen durch das Zelt, das selbst die wildesten und besoffensten Kämpfer innehalten lässt. Für einen Moment herrscht Grabesstille. Alle stehen bocksteif da und schauen Richtung Bühne. Meine Freundinnen nutzen die Gunst der Stunde und helfen mir auf die Beine.

Und wen sehe ich ganz weit vorn auf der Bühne?

Sämi!

In seiner Hand hält er ein Mikrofon, und als die Unruhe wieder steigt, tut er es nochmals: Er hält das Mikrofon ganz nah gegen die Boxen und produziert abermals eine heftige Rückkoppelung, die sich in einem grässlichen sirenenhaften Pfeifen entlädt.

»Spinnt ihr denn alle?«, schreit er jetzt ins Mikrofon. »Wetten, dass die Hälfte von euch nicht einmal weiß, weshalb gekämpft wird und was der Auslöser war?«
Sämi ist wütend. Richtig wütend. Viel wütender als damals, als er den Pokal auf meinem Tisch entdeckte. Es würde mich nicht wundern, wenn plötzlich Rauch aus seinen Nasenlöchern und Ohren käme.
»Hört auf, so aufeinander loszugehen, und lasst die Frau dort«, jetzt zeigt er doch tatsächlich auf mich, »in Ruhe! Sie hat den Schwingerpokal *nicht* geklaut. Im Gegenteil, sie hat ihn zurückgebracht. Das sollte doch inzwischen bei jedem noch so verbohrten Ignoranten angekommen sein. Aber ich kanns gern noch buchstabieren: Sie hat ihn z-u-r-ü-c-k-g-e-b-r-a-c-h-t! Und statt Danke zu sagen, greift ihr drei Lümmel da – ja, ihr, ich habe euch genau beobachtet – eine *Frau* an und schlagt sie zu Boden. Und der Rest von euch allen macht mit, ohne nachzudenken. So, und jetzt ist fertig lustig, setzt euch wieder hin, und trinkt euer Bier. Oder vielleicht besser nicht: Reicht euch die Hände! Ihr seid hier an einem friedlichen Schwingfest, verdammt noch mal!«
Sämi schnaubt laut und schließt dann: »Ich habe fertig!«
Einen kurzen Moment noch scheint es, als halte das ganze Festzelt den Atem an. Dann hört man einzelne Lacher und vereinzelten Applaus, zögerlich erst und dann immer lauter. Mit einem Schlag ist die Luft draußen, sind die wildesten Aggressionen verraucht. Einer der jungen Rambos grinst mich an, als wäre alles in bester Ordnung, als hätte er nur gerade ein wenig Spaß und Action gebraucht. In seinem Gebiss fehlt seit wenigen Minuten ein Zahn. »Na gut«, sagt er zu mir, »dann sei halt willkommen in der Schwingergemeinde.« Er reicht mir doch tatsächlich die Hand, die ich ihm aber verweigere und erst reiche, als er sagt: »Es tut mir leid, ehrlich!«

Jetzt entschuldigt sich auch der zweite Rambo, klopft mir schwingerlike den Dreck vom Rücken und meint: »Die nächste Runde geht auf mich.«
Nur der dritte, der, der angefangen hat, sagt nichts, sondern sieht aus, als würde er sich ein Mauseloch wünschen. Dieses Gefühl kenne ich. Gut, dass auch er keines findet! Aber ein bisschen mache ich mir ganz ehrlich gesagt doch Sorgen um ihn, denn über seiner linken Augenbraue klafft eine Rissquetschwunde.
So schnell, wie die Stimmung hier gekippt ist, kehrt wieder Ruhe und Fröhlichkeit ein. Aber mir geht es da wie meinen Freundinnen: Wir wollen nur noch raus. Gerade noch waren wir mitten in einer Schlägerei, ich war sogar der Auslöser dafür. Das können wir alle vier nicht einfach so wegstecken. Die Angst steckt uns noch in den Knochen. So viel Gewaltbereitschaft! Und dann lacht man einfach darüber und putzt sich die blutende Nase?
Wir entfernen uns möglichst schnell vom Zelt und lassen uns ins Gras fallen.
»Meine Güte, mit dir kann man wirklich etwas erleben«, sagt Yvonne und lacht, aber ihr Lachen klingt noch ein wenig holperig.
»Auf solche Erlebnisse kann ich gern verzichten«, meint Emmi leise, und ich gebe ihr schweigend recht.
Vorsichtig taste ich meinen Hinterkopf ab. Es scheint nur eine kleine Verletzung zu sein, die schon nicht mehr blutet.
Emmi schaut sich die Stelle trotzdem genauer an und beschließt: »Das muss desinfiziert werden. Sag, ist dir schwindlig, übel, siehst du doppelt?«
Ich verneine. Trotzdem begleitet sie mich zum Sanitätszelt. Trix kommt auch mit. Sie hat sich an der Hand geschnitten, als sie sich gegen den fahnenschwingenden Opa wehren wollte und dabei ein Glas umgehauen hat.
Im Sanitätszelt treffen wir auf bekannte Gesichter: die klaffende

Rissquetschwunde über der linken Augenbraue, die blutende Nase, den fehlenden Zahn. Es ist schon beinahe ein fröhliches Meeting. Die Sanitäter verarzten uns alle professionell. Vom Festzelt her klingt Ländlermusik und fröhliches Jauchzen.

»Jetzt aber keine Prügeleien mehr!«, sagt der Sanitäter, der Trix die Hand verbunden hat, streng.

Der hat Nerven! Ein echter Spaßvogel. Als wären wir Rambo-Schwestern und auf der Suche nach Ärger!

Als alle draußen sind, tastet er meinen Kopf noch einmal ab und sagt: »Du hast wirklich eine gute Blutgerinnung. Man sieht fast nichts mehr von der Wunde. Ich gebe dir Schmerztabletten mit, und ich möchte, dass du in den nächsten 24 Stunden nicht allein bist. Es könnte schon sein, dass du eine leichte Gehirnerschütterung hast. Hast du jemanden, der sich neben dich legen kann heute Nacht?«, sagt er schließlich unverfroren, grad so, als würde er sich mir als Nachtwache anbieten wollen.

Warum nicht? Der Sanitäter ist ein knackiger, junger Kerl, mit Plüschbart und langen Haaren, die er zu einem Dutt zusammengebunden hat, und er hat ein wirklich charmantes Lächeln. Aber jetzt muss er sich um einen Notfall kümmern: Einer Frau ist hundeübel. Sie hat wohl zu viel Sonne abgekriegt und scheint einer Ohnmacht nahe zu sein. Also verlasse ich das Sanitätszelt und gehe mit Trix, die draußen auf mich wartet, zurück zu Yvonne und Emmi.

Die beiden sitzen noch immer im Gras, nippen aber inzwischen an einem Kaffee – diesmal alkoholfrei und im Pappbecher. Sie halten auch uns zwei Becher entgegen.

»Sämi war hier und hat uns mit Nachschub versorgt«, lacht Emmi, »er hat sich tausendfach entschuldigt, dass er dir nicht aktiv helfen konnte, Bea. Er kam einfach nicht zu uns durch, saß vorn fest, hat alles gesehen und sich dann zur Bühne durchgeboxt.

Die Idee mit dem Mikrofon war super, findest du nicht?« Yvonne schaut mich fragend an und zwinkert mir zu.
»Ja«, sage ich nur. Sämi hat wirklich couragiert reagiert. Und ja, damit hat er mich beeindruckt. Sehr sogar.
Der Kaffee tut gut. Es ist, als könnte ich damit ein wenig von dem Schrecken hinunterspülen.
»Was für ein Tag!« Yvonne, die immer noch im Gras sitzt, streckt die Arme aus und lässt sich auf den Rücken fallen.
»Ja, unvergesslich«, lacht jetzt Emmi.
»Sehr unvergesslich«, meint Trix trocken. Jetzt schauen alle mich an, als müsste ich auch unbedingt noch etwas zum Besten geben. Aber – ich schweige.
»Komm jetzt, Bea, nun bist du so lange hinter Sämi hergelaufen. Und jetzt läuft er endlich hinter dir her. Das ist doch süß«, meint Yvonne und lächelt mich an.
»Meinen Segen hättet ihr«, erklärt Emmi.
Und Yvonne insistiert: »Das, was heute passiert ist, kann dich doch nicht unbeeindruckt lassen, Bea!«
»Ist ja gut«, erkläre ich genervt. »Ja, ich bin beeindruckt. Und ja, es tut mir gut, dass er sich jetzt endlich um mich bemüht.«
»Lieber spät als nie«, meint nun Trix.
Und ich ereifere mich: »Reichlich spät allerdings und vor allem erst, nachdem er ein Dutzend andere getestet hat.«
»Er brauchte halt etwas länger, um deine Qualitäten erkennen zu können. Hey, das kannst du ihm doch nicht vorwerfen. Er ist ein Mann«, erklärt Yvonne. Sie lächelt verschmitzt. Ob sie wohl an meinen Bruder Beno denkt?
Ich finde es schon lustig, dass meine Freundinnen für Sämi Partei ergreifen.
»Ich finds okay, wenn du ihn zuerst ein wenig auf den Knien antanzen lässt«, kommentiert nun Trix.

Und dann, dann steht er plötzlich vor mir.
Sämi.
Nicht auf Knien.
Nicht allein.
Sämi steht einfach da, mit einem Strick in der Hand, und daran wiederum ein unglaublich riesiges Rindviech, zumindest wirkt es so, von unten gesehen. Und wie er so dasteht mit seiner tierischen Unterstützung und mich anlacht, kann ich nicht anders, als ihn einfach süß zu finden.
»Bitte, Bea, hör mir zu.«
»Ja?«, sage ich kühl und lasse ihn ganz bewusst ein wenig zappeln.
»Ich bin Bauer, verstehe sehr viel von Tieren. Man sagt sogar, ich sei ein ›Kuhflüsterer‹. Aber mit den Menschen habe ich so meine Probleme. Das heißt, nein, das stimmt eigentlich nicht, nicht mit den Menschen, eher mit den Frauen. Irgendwie verstehe ich euch einfach nicht so richtig. Alles ist so kompliziert – aber Bea, ich …«
»Ja?«
»Ich, nun, ich habe mich – äh, ich habe Andreas Ulrich sein Siegerrind abgekauft. Und glaub mir, ich musste hart verhandeln, so mir nichts, dir nichts hat er es dann nicht aus der Hand gegeben. Aber ich wollte es einfach. Weil – ich möchte es dir schenken.«
»Schenken? Wie meinst du das? Was soll ich mit einem Rind?«
Jetzt ist es ihm wirklich gelungen, mich zu verblüffen.
»Nun, Theo hat dir eine Skulptur gestohlen, ich habe dir ein zweijähriges und erst noch trächtiges Rind gekauft. Es heißt Victoria. Und ich weiß auch schon, wo du es unterstellen kannst.«
»Bei Emmi?«, frage ich und bemerke, dass meine drei Freundinnen die Szene mit Spannung verfolgen.
»Klar, bei Emmi, wenn du möchtest. Oder aber bei mir. Ich habe viel Platz. Auch für das Kalb. Sogar für dich hätte ich Platz. Harry würde sich freuen.«

»Du willst jetzt aber nicht fragen, ob ich zu dir ziehen will, Sämi, bevor wir uns überhaupt das erste Mal geküsst haben?«
»Doch, das würde ich gern, aber ich weiß, das ist ein wenig sehr blauäugig. Drum bitte ich dich einfach: Gib mir nochmals eine Chance.« Dann lacht er und sagt: »Und einen Kuss.«
Ich stehe auf, was gar nicht so einfach ist, weil jeder Knochen schmerzt. Das ist aber sofort vergessen, weil Sämi mich in die Arme nimmt und ich nicht nur weiche Knie bekomme – nein, auch einen himmlischen Kuss. Meine Freundinnen applaudieren und ziehen sich dann diskret zurück. Ich habe sowieso nur noch Augen für meinen Sämi. Diesen Kuss werde ich nie vergessen. Niemals.
Als wir uns voneinander lösen, schaut er mich fragend an: »Wollen wirs versuchen?« Dabei zittert seine Stimme tatsächlich ein wenig. In seinem Gesicht steht ein aufkeimender Funken Hoffnung.
Ich antworte nicht.
Er soll ruhig noch ein wenig schmoren.
Dann aber sage ich: »Sämi, ich, ich liebe – es jetzt schon, dieses Rind. Du allerdings bist noch in der Probezeit.«
Jetzt strahlt Sämi mich an und nimmt mich wieder in die Arme, hält mich fest, wiegt mich hin und her.
Mir geht Mark Twain durch den Kopf: *»Einige Minuten waren wir tief ergriffen von dem wunderbaren Ausblick und für alles andere tot.«*
Genau so geht es mir gerade. Ich bin auch ergriffen und für alles andere – wie Zweifel oder Vernunft – mausetot.
Jetzt spüre ich Sämis Lippen wieder auf meinen, schließe die Augen, lasse mich fallen in dieses wunderbare Glücksgefühl und hoffe, dass dies der Anfang von etwas ganz Wunderbarem ist. Der Augenblick ist romantisch, prickelnd, perfekt – bis ich etwas Raues, Nasses in meinem Nacken spüre.

Victorias Zunge! Wäääh!
Ich drehe mich leicht angeekelt weg, muss aber lachen.
Tja, sie gehört jetzt wohl zu uns.
Hilfe, ich bin verliebt. Verliebt in einen Kuhflüsterer, verliebt in einen Bauern, einen Schwingfan, einen Schwingtrainer.
Wohin soll das bloß führen?
Jetzt habe ich schon ein Rind, bald auch ein Kalb. Bin ich jetzt schon Bäuerin?
Wenn ich mir einen Glückskeks-Spruch für heute wünschen dürfte, dann wäre es dieser: »Das ist erst der Anfang.«
Als Alternative käme auch folgender infrage: »Und es wird noch besser.«
Wer sagt denn, dass man sich nicht selber einen Spruch des Tages wählen darf? Ein Tagesmotto? Wozu brauchen wir Kekse?

Sämi bringt mein Rind zum Bauern Schnüriger, gleich hier nebenan. Unter dessen Obhut wird es den Sommer verbringen, hier oben auf den Wiesen mit den würzigsten Kräutern. Ich lege mich ins Gras, genieße die letzten Strahlen der untergehenden Sonne, und als ich spüre, wie Sämi sich ganz nah neben mich legt und mit seiner Hand meine sucht, bin ich einfach nur glücklich.
Wir liegen nebeneinander, schauen gemeinsam in den Abendhimmel. Es ist weit und breit keine Wolke in Sicht. Absolut ungetrübte Aussichten. Wenn das kein gutes Omen ist! Ich höre auf, zu denken, zu grübeln, zu hinterfragen. Ich spüre, wie sich ein Lächeln in mein Gesicht zaubert wie ein Lichtstrahl, der tief aus meinem Innern kommt.
Pling!
Und dann weiß ich: Ich habe den Stoff für einen Roman gefunden. Eine Geschichte, die das Leben schrieb, mit Höhen und Tiefen, Berg und Tal, Siegen und Niederlagen.

Und ich weiß auch schon, wie ich das Buch nennen werde: »Schwingfest«.
Ja, das Leben ist wie ein Schwingfest.
Ich atme tief durch und fülle meine Lungen mit Bergluft.
Es ist, wie es ist.
Und das ist gut so.
Das ist erst der Anfang.
Und es wird noch besser.

Danke

Ich danke ganz herzlich Gabriella Baumman-von Arx vom Wörterseh Verlag für die freundschaftliche Zusammenarbeit! Ein Dankeschön an meine Lektorin Andrea Leuthold, die Korrektorin Claudia Bislin, an Rolf Schöner, der die Buchstaben in der Satzherstellung auf die Reihe kriegt, und an den genialen Cover-Designer Thomas Jarzina. Ich habe ein großartiges Team: www.woerterseh.ch!
Ich danke der Schwingerkönigin Jeannette Burri-Arnold und dem Spitzenschwinger Adi Laimbacher für ihre Gespräche über den Schwingsport. Auch den OKs der Schwingfeste Rigi und Stoos danke ich. Koni Schelbert (feldwaldwiesenblog.ch) half mir geduldig mit seinem breiten Wissen über den Schwingsport weiter. Viele hilfreiche Infos fand ich auf der großartigen Homepage des Schwingermagazins »Schlussgang« (www.schlussgang.ch).

Ich danke meinem Hans und meiner Familie, meinen Freunden und Kollegen für ihre Unterstützung und ihre Liebe. Danke, Madeleine Amstutz, fürs Mitlesen.
Ich danke auch meinem neuen Teilzeitarbeitgeber, der Swiss Knife Valley AG, Brunnen (Victorinox-Museum).
Vielen Dank aus verschiedensten Gründen Regula und Felix Appert, Lisbeth und Hanspeter Egli, Erwin von Allmen, Vroni Schärer, Mona Ackermann, Laura Vercellone, Celeste Baggenstos, Ruth Harrison, Sepp und Sandra Wimmer, dem Team vom

Büro Züri, Monika Steiner, allen Kollegen vom Stoos, Roger Schönenberger (Mythen Informatik), Markus Fässler (Marktkreisel), Miriam Blunschy, Blanca Imboden-Mounir (Winzerin und Namensvetterin), Silvo Perren, Edith Zweifel, Judith Stadlin und Michael van Orsouw, Cily Müller und Tina Bolfing.
Ich bin überhaupt sehr dankbar. Dankbar und glücklich, dass ich meinen Traum leben darf und nun wirklich Schriftstellerin bin. Das ermöglichen mir meine treuen LeserInnen. Ich freue mich über jede Rückmeldung über www.blancaimboden.ch und versuche, jede E-Mail zu beantworten.

Der erste Bestseller

Blanca Imboden
Wandern ist doof
Ein Kreuzworträtsel mit Folgen

224 Seiten
Taschenbuch
12,5 x 19,0 cm
Print ISBN 978-3-03763-305-2
E-Book ISBN 978-3-03763-535-3
www.woerterseh.ch

Die Frankfurterin Conny hat bei einem Kreuzworträtsel zwölf Tage Ferien gewonnen. Ferien in der Schweiz. In der Urschweiz. Ferien im schwyzerischen Morschach. Der Gewinn kommt für die Hotelrezeptionistin, die gerade Liebeskummer hat, wie gerufen. Doch die Freude währt nur so lange, bis ihr klar wird: Diese Ferien sind als Wander- und Fastenreise für Singles ausgeschrieben. Conny will absagen, denn sie weiß genau: Wandern ist doof. Fasten ist doof. Und Männer sind erst recht doof. Dank der Überredungskunst ihrer Freundin Andrea fährt sie trotzdem hin. Im Gepäck ihre neu gekauften Wanderschuhe. Im Herzen die Gewissheit, das wird vor allem eines – verlorene Zeit.

»Man muss kein Wanderhasser sein, um dieses vergnügliche Buch zu lieben – spritzige, witzige, gute Unterhaltung!«

Tanja Kummer, Literaturexpertin, SRF 3

Der zweite Bestseller

Blanca Imboden
Drei Frauen im Schnee
Weihnachten, Geburtstage und andere Katastrophen

208 Seiten
Klappenbroschur
13,5 x 21,2 cm
Print ISBN 978-3-03763-037-2
E-Book ISBN 978-3-03763-544-5
www.woerterseh.ch

Sonja ist verheiratet, Mutter von Teenager-Zwillingen und lebt mit ihrer Familie unter demselben Dach wie ihre Schwiegermutter. Das allein schon sorgt für allerlei Zündstoff. Eines Tages beschließt Sonja: Dieses Jahr muss Weihnachten anders werden. Leider gelingt ihr das nicht wie gewünscht. Im Gegenteil. Das Fest der Liebe gerät völlig aus den Fugen, das weihnächtliche Chaos ist perfekt. Sonja packt kurzerhand ihren Mantel, verlässt das Haus und – bekommt ein Geschenk: zwei neue Freundinnen. »Drei Frauen im Schnee« ist ein witziges und sehr charmantes Weihnachtsmärchen, das vom Zauber der Freundschaft erzählt und davon, wie Menschen sich helfen können, das Leben der anderen zum Positiven zu verändern.

»Nach ›Wandern ist doof‹ ein zweiter vergnüglicher Lesespaß von der Innerschweizer Autorin Blanca Imboden!«

Harry Ziegler, »Neue Schwyzer Zeitung«

Der dritte Bestseller

Blanca Imboden
Anna & Otto
Liebe mit Verfallsdatum

224 Seiten
Klappenbroschur
13,5 x 21,2 cm
Print ISBN 978-3-03763-045-7
E-Book ISBN 978-3-03763-551-3
www.woerterseh.ch

Die drei WG-Partnerinnen Anna, Heidi und Caro haben in einer feuchtfröhlichen Silvesternacht eine veritable Schnapsidee: Jede der drei Frauen tippt – blindlings – in den Kurskatalog der Schwyzer Erwachsenenbildung und muss den zufällig gewählten Kurs dann auch tatsächlich besuchen. Anna, Journalistin mit Leib und Seele, erwischt den »Trommelworkshop«. Abartig! Aber – Anna lernt im Trommelkurs Otto kennen, einen Krankenpfleger, mit dem sie sich gleich verbunden fühlt, und dies nicht nur, weil ihre beiden Vornamen vorwärts- wie rückwärtsgelesen dasselbe ergeben. Es entwickelt sich eine Liebesgeschichte, die zu einem etwas ungewöhnlichen Happy End führt. Das Zauberwort heißt »loslassen«.

»Was kann man von einem Roman erwarten, der mit den Worten ›Tam, tam, bum, bum‹ beginnt? Einiges, wenn die Autorin Blanca Imboden heißt!«

Sven Gallinelli, »Neue Luzerner Zeitung«

Der erste Akt ...

Blanca Imboden, Frank Baumann
Johnny Depp
Schule ist doof[1]

224 Seiten
Hardcover
Durchgehend vierfarbig illustriert
13,5 x 21,2 cm
Print ISBN 978-3-03763-066-2
E-Book ISBN 978-3-03763-595-7
www.woerterseh.ch

Im ersten Buch der Jugendbuchreihe »Schule ist doof« erzählt Johnny, der zum Nachnamen eigentlich Janser heißt, von seinem doppelt schweren Schülerleben: Sein Vater ist der Mathelehrer seiner Klasse und die Mutter eine sehr bekannte Volksmusiksängerin. Deshalb ist Johnny auf der Beliebtheitsskala der Klasse ganz weit unten. Sara Super, Tim Tabak und Georg Gepard, die hipsten seiner Mitschüler, mobben ihn, und von den anderen wird er gar nicht erst wahrgenommen. Doch dann passiert rund um seine Mutter ein haarsträubendes Verbrechen, das Johnny in den Mittelpunkt des Interesses katapultiert und sein Leben verändert. Von Grund auf.

»›Johnny Depp‹ ist ein originelles, liebevoll gestaltetes und sehr witziges Buch für junge Menschen, das bestimmt auch von Erwachsenen mit größtem Vergnügen gelesen wird. Schräg, verblüffend und spannend.«

Marianne Fehr, »Schweizer Familie«